IŞIK BAHÇELERİ

Amin Maalou … lumbilim
okuduktan so… … yaşıyor.
Çeşitli yayın o… … nış olan
Maalouf, bugü… … dır.

Çok iyi bildiği A… … un söylencelerini
yapıtlarında başa… …, ilk kitabı *Les Croisades vues
par les Arabes* (198… *…ların Gözüyle Haçlı Seferleri*, YKY, 2006) ile
tanındı ve bu kitabın çevrildiği dillerde de büyük bir başarı kazandı. 1986'da yayımlanan ve aynı yıl Fransız-Arap Dostluk Ödülü'nü kazanan ikinci kitabı (ilk romanı) *Léon l'Africain* (*Afrikalı Leo,* YKY, 1993) ise bugün bir "klasik" kabul edilmektedir.

Maalouf'un 1988'de yayımlanan ikinci romanı *Samarcande* da (*Semerkant,* YKY, 1993) coşkuyla karşılandı ve pek çok dile çevrildi. *Les Jardins de Lumière* (1991), (*Işık Bahçeleri,* YKY, 2004) ve *Le Ier Siècle après Béatrice* (1992), (*Beatrice'ten Sonra Birinci Yüzyıl,* YKY, 2005) adlı romanlarının ardından, 1993'te yayımlanan romanı *Le Rocher de Tanios* (*Tanios Kayası,* YKY, 1995) ile Goncourt Ödülü'nü kazanan yazarın, *Les Echelles du Levant* (*Doğu'nun Limanları,* YKY, 1996) adlı romanı 1996'da, *Les Identités Meurtrières* (*Ölümcül Kimlikler,* YKY, 2000) adlı deneme kitabı 1998'de çıktı. Maalouf 2000'de *Le Périple de Baldassare*'ı yayımladı (*Yüzüncü Ad - "Baldassare'nin Yolculuğu"*, YKY, 2000). Finlandiyalı müzisyen Kaija Saariaho'nun bestelediği opera için yazdığı *L'amour de loin* (*Uzaktan Aşk*, YKY, 2002) Maalouf'un ilk librettosudur. 2004'te *Origines* (*Yolların Başlangıcı,* YKY, 2004) adlı romanı, 2006'da ikinci librettosu *Adriana Mater,* (YKY, 2004) 2009'da ise ikinci deneme kitabı *Le dérèglement du monde* (*Çivisi Çıkmış Dünya,* YKY, 2009) yayımlanmıştır. Amin Maalouf 2011 yılında Fransız Akademisi'ne (Académie Française) seçilmiştir. 2019 yılında kaleme aldığı *Les naufrages des civilisations* (*Uygarlıkların Batışı,* YKY, 2019) Prix Aujourd'hui Jüri Özel Ödülü'ne (Fransa) ve Tiziano Terzani Uluslararası Edebiyat Ödülü'ne (İtalya, 2020) layık görüldü.

Saadet Özen 1972'de İstanbul'da doğdu. Notre Dame de Sion Fransız Kız Lisesi ve İstanbul Üniversitesi Arkeoloji ve Sanat Tarihi Bölümü'nü bitirdi. Bir süre turist rehberliği yaptı, ardından uzun süre Can Yayınları'nın Fransızca editörlüğünü yürüttü. Aralarında José Saramago, Yves Simon, Romain Gary, Fernando Pessoa, Paulo Coelho'nun bulunduğu çeşitli yazarların kitaplarını Türkçe'ye çevirdi.

Amin Maalouf'un
YKY'deki kitapları:

Afrikalı Leo (1993)
Semerkant (1993)
Tanios Kayası (1995)
Doğu'nun Limanları (1996)
Ölümcül Kimlikler (2000)
Yüzüncü Ad - "Baldassare'nin Yolculuğu" (2000)
Uzaktan Aşk (2002)
Işık Bahçeleri (2004)
Yolların Başlangıcı (2004)
Béatrice'ten Sonra Birinci Yüzyıl (2005)
Adriana Mater (2006)
Arapların Gözünden Haçlı Seferleri (2006)
Çivisi Çıkmış Dünya (2009)
Doğu'dan Uzakta (2012)
Fransız Akademisi'ne Kabul Konuşması (2017)
29 Numaralı Koltuğun Hikâyesi -
Fransa Tarihinin Dört Yüzyılı (2018)
Uygarlıkların Batışı (2019)
Empedokles'in Dostları (2021)

Yüzüncü Ad 1 - Baldassare'nin Yolculuğu (2013)
Yüzüncü Ad 2 - Yıldızsız Gökyüzü (2013)
Yüzüncü Ad 3 - Cenova'nın Ayartması (2014)

AMIN MAALOUF

Işık Bahçeleri

Roman

Çeviren
Saadet Özen

YKY
YAPI KREDİ YAYINLARI

Yapı Kredi Yayınları - 2045
Edebiyat - 606

Işık Bahçeleri / Amin Maalouf
Özgün adı: Les Jardins de Lumière
Çeviren: Saadet Özen

Editör: Orçun Türkay
Düzelti: Korkut Tankuter

Kapak tasarımı: Nahide Dikel

Baskı: Mega Basım Yayın San. ve Tic. A.Ş.
Cihangir Mah. Güvercin Cad. No: 3/1 Baha İş Merkezi
A Blok Kat: 2 34310 Haramidere / İstanbul
Telefon: (0 212) 412 17 00
Sertifika No: 44452

1-5. baskılar: Telos Yayınları, 1997-2001
YKY'de 1. baskı: İstanbul, Nisan 2004
(1-3. baskılar Esin Talû-Çelikkan'ın çevirisiyle)
28. baskı: İstanbul, Şubat 2023
ISBN 978-975-08-1195-1

Yapı Kredi Kültür Sanat Yayıncılık Ticaret ve Sanayi A.Ş.
İstiklal Caddesi No: 161 Beyoğlu 34433 İstanbul
Telefon: (0 212) 252 47 00 Faks: (0 212) 293 07 23
http://www.ykykultur.com.tr
e-posta: ykykultur@ykykultur.com.tr
facebook.com/yapikrediyayinlari
twitter.com/YKYHaber
instagram.com/yapikrediyayinlari

Yapı Kredi Kültür Sanat Yayıncılık
PEN International Publishers Circle üyesidir.

Yapıcıların reddettiği taş, köşenin başı olacak.

TEVRAT; MEZMURLAR, 118: 22

Giriş

Dicle, akıntıyla inilen ya da yelkenliyle tırmanılan Nil'in tersine, tek yönlü bir nehirdir. Mezopotamya'da rüzgârlar, tıpkı sular gibi dağdan denize akar, asla karaların içine doğru esmez; bu yüzden giderken eşekler, katırlar mecburen kayıklara yük edilir ki, dönüşte, kupkuru yollarda, o yalpalayan ceviz kabuklarını köylere doğru çeksinler.

Hırçın Dicle, yeryüzüne çıktığı en kuzeyde kayaların arasından azgınca akar, üç beş Ermeni kayıkçıdan başka hiç kimse, gözünü köpüren deli sulara dikip de meydan okuyamaz. Yolcuların birbirine rastlamadığı, yan yana geçmediği, kimsenin kimseye ne bir söz söylediği, ne bir işaret ettiği tuhaf bir yoldur bu. İnsan işte bu yüzden, bir koruyucu meleği ya da kıyılardaki hurma ağaçlarından başka yoldaşı olmadan, suda yapayalnız ilerlediğini hissederek sarhoş gibi olur.

Sonra, Babil ülkesinin büyük şehri, Part krallarının yaşadığı Ktesifon şehrine varınca Dicle uslanır, halk korkmadan gelir yanına, artık sadece dev bir akarsu koludur. İnsanlarla malların balık istifi gibi içine doluştuğu, ağız hizasına kadar suya gömülen, bazen topaç gibi dönse de batmayan, düz dipli, yuvarlak küfelerle kıyıdan kıyıya geçilebilir, tufan nehrini dize getiren, kaba saba, örgü sepetlerdir bunlar. Dicle burada öyle uslanır ki, yüzeyde çırpınan sarmaş dolaş uğursuz çiftler açıkça görülebilir: içi boşaltıldıktan sonra dikilip şişirilmiş hayvan derileri ve adeta bir ölüm kalım dansı yaparcasına onlara tutunmuş yüzücüler.

Mani'nin hikâyesi Hıristiyanlık çağının şafağında başlar, İsa'nın ölümünün üzerinden iki yüz yıl bile geçmemiştir henüz. Dicle'nin kıyılarında hâlâ bir yığın tanrı vardır. Kimi tufandan ve ilk İncillerden doğmuş, öbürlerini fatihler ya da tacirler getirmiştir. Ktesifon'da tek bir put belleyip sadece ona dua eden mümin azdır, çoğu hangi tapınakta şölen varsa oradadır. Ziyafetten nasiplenmek için Mitra'nın kurban törenine koşarlar; öğlen vakti İştar'ın bahçelerinde, gölgelik bir köşe ararlar; gün biterken gelen kervanları da Nanai tapınağının etrafında gezinerek beklerler; çünkü seyyahlar geceleri bu Büyük Tanrıça'nın kanadına sığınır. Rahipler yolcuları karşılar, kokulu sular sunar, sonra koruyucuları olan tanrıçanın heykelinin önünde eğilmeye davet ederler onları. Uzaklardan gelenlerin Nanai'ye, daha aşina oldukları bir tanrıçanın adıyla yakardıkları olur, Yunanlar bazen Afrodit der ona, Persler Anahita, Mısırlılar İsis, Romalılar Venüs, Araplar Allat, hepsinin sütanasadır o, ve cömert memesi, sonsuz nehrin suladığı kızıl toprak gibi kokar.

Şehrin az ötesinde, Selefkiler köprüsüne bakan bir tepede Nabu Tapınağı yükselir. Bilginin, yazılı şeylerin tanrısıdır o, gizli ve açık bilimlere hükmeder. Simgesi kalemdir, rahipleri hekimdir, müneccimdir, inananlar ayaklarının dibine en sevdiği sungular olan tablet, kitap ya da parşömenler bırakırlar. Babil'in şaşaalı zamanlarında hükümdarların adının başında bu tanrının adı söylenir, bu nedenle adları Nabunassar, Nabupolassar, Nabukadnezar olurdu. Bugün sadece okumuşlar gelir Nabu'nun tapınağına, halk saygıyla uzaktan geçmeyi yeğler; öbür tanrıların huzuruna giderken Nabu Tapınağı'nın sundurmasının önüne gelince adımlar sıklaştırılır, tapınağa doğru kaçamak, ürkek bakışlar atılır. Çünkü kâtiplerin tanrısı Nabu, aynı zamanda tanrıların kâtibidir, geçmiş ve gelecekteki olayları sonsuzluk kitabına kaydetmek onun görevidir. Bazı ihtiyarlar tapınağın kızıl duvarının yanından geçerken telaşla yüzlerini kapatır. Belki Nabu onların hâlâ bu dünyada olduğunu unutmuştur, hatırlatmanın ne âlemi var?

Okumuşlar çoğunluğun korkularına güler geçer. Bilgiyi güçten ya da zenginlikten, hatta mutluluktan üstün gören kişiler olarak, tanrılar içinde Nabu'yu üstün görmekle kıvanç duyarlar. Bu tanrıya adanmış olan çarşamba günü tapınağın etrafında toplanırlar. Müstensihler, tacirler ya da saray memurları, kıpır kıpır, küçük, konuşkan gruplar oluşturarak, âdet edindikleri şekilde gezinip dururlar. Kimileri ana yoldan, tapınağın etrafını dolaşıp kutsal balıkların yüzdüğü oval havuza doğru yürür. Kimileriyse kurbanlık hayvanların barındırıldığı yere giden, daha gölgelik yan yolu tercih eder. Ceylanlar, kuzular, tavuskuşları ve keçi yavruları normalde bahçeye salınır; sadece birkaç boğayla iki kurt kapalı tutulur; ama törenden önceki gece tapınağın köleleri hem yollar boşalsın, hem de kaçak avlanma olmasın diye bütün hayvanları kapatır.

Çarşamba gezginleri arasında Pattig ilk bakışta dikkat çeker. Yeşil ipekten, Acem usulü, bilekte daralan bir şalvarın içindeki bacakları, diba gömleğin altında sallanan cılız kolları ve alacalı bulacalı kumaşlara sarılmış, ince siluetinin tepesine oturtulmuş, adeta bir dev heykelinden çalınmış gibi duran kafasıyla: kıvır kıvır, kahverengi, gür bir sakal, kabarık saçlar, alnında da saçlarını bastıran, üzerine sınıfının, yani savaşçıların işareti işlenmiş ince bir şayak bant. Aslında bu geçmişin bir kalıntısı sadece, çünkü Pattig artık ne savaşa gidiyor ne ava. Gözlerinde şiddetten eser kalmadı, dudakları da, sanki nicedir tutulmuş bir soru her an fırlayacakmış gibi, devamlı titriyor.

Henüz on sekizinde olmasına rağmen, en köklü Part sülalelerinden birinin oğlu olan Pattig'in önünde herkes el pençe divan dururdu, bakışlarında bütün şaşaasını söndüren o çocuksu saflık olmasaydı. Elâlemin karşısına geçip "Ben gerçeği arıyorum", diyen bir adama, insan bıyık altından gülmeden edebilir mi?

Pattig bu çarşamba, gruba biraz uzak duran, beyazlar giymiş bir adama da kelimesi kelimesine işte böyle söyledi. Adam oval havuza eğilmişti, elinde korumak istercesine topuzunu okşayıp durduğu, boğumlu, uzun bir asa vardı.

"Gerçeği arıyorsun ha", dedi adam büyük bir ciddiyetle. "Bunca sofuluğun bunca kâfirlikle yan yana olduğu bir çağda başka çare mi var!"

Genç Part, birden adama ısındı.

"Adım Pattig. Ekbatana'lıyım."
"Ben de Sittay, Palmira'lıyım."
"Hemşerilerin gibi giyinmemişsin."
"Sen de sınıfının adamı gibi konuşmuyorsun."

Sittay sözünü sinirli bir hareketle tamamladı. Pattig hiçbir şey fark etmeden devam etti:

"Palmira ha! Orada 'bilinmeyen tanrının' uğruna, heykelsiz bir tapınak diktikleri doğru mu?"

Öteki neden sonra, büyük bir bıkkınlıkla karşılık verdi:

"Öyle diyorlar."

"Demek sen de hiç gitmedin oraya! Şehrinden ayrılalı çok oldu herhalde."

Palmiralı şöyle bir boğazını temizlemekle yetindi. Yüzü sertleşmişti, gecikmiş bir arkadaşını bekler gibi uzaklara bakıyordu, Pattig de daha fazla üstüne gitmedi. Hemen izin isteyip, göz ucuyla onu izlemeye devam ederek en yakın topluluğa katıldı.

Adının Sittay olduğunu söyleyen adam olduğu yerde, yalnız başına, asasıyla oynayıp duruyordu. İkram edilen bir kupa şarabı aldı, kokladı, dudaklarına götürecekmiş gibi yaptı, ama Pattig, hizmetkâr arkasını döner dönmez içkiyi son damlasına dek bir ağacın dibine boşalttığını fark etti; şişe dizilmiş çekirge ızgarası verildiğinde de aynı şeyi yaptı: İlk başta reddetti, ısrar edilince bir şiş aldı, ama hemen elinden bırakıp topuğuyla vurduğu gibi yere gömdü, ardından havuza eğilip elini temizledi.

Bu manzaraya dalmış olan Pattig, söylenenleri dinlemez olmuştu, konuşanlar sonunda darılıp gitti. Pattig ancak genç bir rahibin sesiyle dalgınlığından sıyrılabildi, törenin başlayacağını haber veriyor, herkesi tapınağa çıkan büyük merdivene davet ediyordu. Bazılarının elinde hâlâ bir kupa ya da riton vardı, yürürken konuşmaya devam ediyorlardı. Ama az sonra adımlar hızlandı, törenin başını kaçırmayı kimse istemezdi.

Hele bugün. Bir dedikoduya göre Nabu önceki gece durduk yere huzursuzlaşmış, besbelli canı hareket etmek istemiş. Hatta şakaklarında, alnında, sakalında ter birikmiş, Büyük Rahip de diz çöküp, bu çarşamba gün batarken bir ayin alayı kuracağına söz vermiş. Geleneksel inanışa göre Nabu alaylarına kendi yol gösterir; rahipler ellerini iyice yukarı uzatarak onu başlarının üstünde taşımakla yetinirler. Tanrı da dışarıdan fark edilmeyen müdahalelerle onlara kılavuzluk eder. Nabu bazen dans ettirir kendisini taşıyanları, bazen de inmek istediği yere kadar, dümdüz yürütür. En hafif hareketlerini bile, kafaları kazınmış kâhinler hemen bir kehanet addedip yorumlamaya girişirler; çünkü put hasattan, savaştan, salgın hastalıklardan bahseder, kimi zaman da şu veya bu insana sevinç ya da ölüm vaat eder.

Müminlerin gruplar halinde tapınağa girdiği, rahiplerinse ilahilere başladığı sırada Sittay, dışarıda bir başına, büyük merdivenle doğu kapısı arasındaki avluda bir aşağı bir yukarı yürüyordu.

Güneş Dicle'nin ötesinde bir kor parçasıydı şimdi. Meşaleciler sunağın etrafında yarım daire şeklinde dizilmişti, rahipler Nabu'nun heykelinin önünde buhurdanlıkları sallıyor, ilahiciler tekdüze bir nakkare sesi eşliğinde ilahi okuyordu:

Nabu, Marduk'un oğlu, kulağımız sözlerinde!
Dört bir yandan geldik seni seyretmeye!
Soru sorduğumuzda, senden gelir cevap!
Sığınak aradığımızda sensin koruyan!
Sen bilensin, sen söyleyensin!
Kim senden daha layık ardından gidilmeye!
Kim senden daha layık hediyelerimize!
Nabu, Marduk'un oğlu, ey parlak yıldız!
Tanrılar katında büyüktür yerin.

Nabu meşalelerin titrek ışığında gülümsedi, bakışlarıyla ona sığınan müminleri sarıp sarmalıyordu adeta. Ayaktaydı, sakalı bol bir gömleğin örttüğü göğsüne kadar iniyordu, yol yol çizgili ahşap tuniği giderek açılıyor, bir kaideye dönüşüyordu. Altı rahip, heykeli yerinden kaldırıp tahta bir sedyeye yerleştirdikten sonra, önce omuz hizasına ve nihayet başlarından yukarıya çıkardılar. Alay kurulurken Tanrı havalanacakmış gibi, her adımda biraz yükseliyordu. Taşıyanlara pek hafif geliyordu, gergin eller belli belirsiz değiyordu heykele, Nabu coşkulu çığlıklar atan kalabalığın üzerinde kanatlanmıştı adeta. Taşıyıcılar oldukları yerde döndü, sonra daha büyük bir daire çizerek çıkışa yöneldi. Müminler çekilip yol verdiler.

Tören alayı şimdi dışarıda, küçük avludaydı. Tanrı kutsal su kuyularının etrafında kısa bir danstan sonra merdivene yöneldi. İşte o anda rahiplerden biri tökezledi. O dengesini bulmaya çalışırken, arkasındaki rahip de topaç gibi dönüp düşüverdi. Boşta kalan heykel anıtsal merdivene kendini bıraktı adeta, taş kesilmiş kalabalığın gözü önünde sıçrayarak basamakları indi.

Bir savaşçı olmasına, bir Part olmasına rağmen Pattig gözyaşlarını tutamadı. Yüreğini sıkıştıran şey, bunun uğursuzluk işareti olması değildi. Onun derdi başkaydı, sevgisi, şevki kırılmıştı. Nabu'ya inanmak istemişti, bütün haşmetiyle tahtında duran, asla yanılmayan, imparatorlukların çöküşüne gülen, felaketlere aldırmayan bu yaşı belirsiz tanrıyı her hafta görmeden edemez olmuştu. Birdenbire bu düşmek de nereden çıkmıştı şimdi!

Ama aklına gelen bir şey üzüntüsünü böldü. Dramın yaşandığı yerde diz üstü çökünce, iki mermer taşın arasına sıkıştırılmış asa ucunu eliyle koymuş gibi buluverdi. Yerinden çıkarıp inceledi. Üstten bilerek kesilmiş olduğuna hiç şüphe yoktu. "Lanet olasıca Palmiralı!" diye mırıldandı Pattig, Sittay'ın avluda dolaşması, birden durup asasını yere sokuşu, şöyle bir çevirip ayrık otu gibi çekip çıkarışı geldi gözünün önüne. Pattig doğruldu, gözleriyle etrafı tarayarak beyazlı adamı aradı. Çabası boşunaydı. "Lanet olasıca Palmiralı!" diye homurdandı gene, içinden "katil", "tanrı katili" diye haykırmak, kızgın kalabalığı kâfirin peşine takmak geliyordu.

Ama rahipler, gereksiz bir özenle heykelin kırık parçalarını toparlamaya başlamışlardı bile. Omuzdan ayrılmamış bir kol parçasını, kulağa tutunmuş bir tutam sakalı sözgelimi. Pattig'in öfkesi, yerini mütevekkil bir hüzne bıraktı. Böyle bir manzaraya çanak tuttuğu için Nabu'ya neredeyse kızacaktı. Böylece uzaklaştı, şafak sökene dek tapınağın etrafındaki yollarda dolaşacaktı. Ayakları onu kendiliğinden oval havuza giden yola götürdü. Hâlâ buğulu olan gözleriyle, lanetli adamın durduğu yere baktı.

Sittay oradaydı. Aynı taşın üstünde. Sanki hiç kıpırdamamıştı. Başından sandallarına dek bembeyazdı. Epey kısalmış asasının topuzuyla oynayıp duruyordu. Pattig karşısına dikilip tuniğinden yakalayarak sarstı onu.

"Lanet olsun sana, Palmiralı! Neden yaptın bunu?"

Adam ne şaşırdı, ne kaygılandı, kurtulmaya da çalışmadı. Konuşması sakin ve kendinden emindi.

"Eğer rahiplerine Nabu yol gösteriyorsa, demek ki ayaklarını da o dolaştırmış. Her yerde hazır ve nazır olsa, asamın orada kırıldığını bilmez miydi?"

"Ne istiyorsun Tanrı Nabu'dan? Başına bir bela mı sardı? Hasta oğlunu mu iyileştirmedi?"

"Şu oymalı odundan ne isteyeyim? O ne bela verebilir, ne iyileştirebilir. Kendine hayrı yokken sana ya da bana ne yapsın Nabu?"

"Günaha giriyorsun. Tanrıya saygın yok mu senin?"

"Benim taptığım tanrı düşmez, kırılmaz, ne asamdan korkar ne alaylarımdan. Seninki gibi coşkulu müminlere bir tek o layıktır."

"Adı ne?"

"Varlıklara ve nesnelere isimlerini o verir."

"Onun uğruna mı kırdın heykeli?"

"Hayır, senin uğruna Ekbatanalı. Sen ki gerçekliğin peşindesin, hâlâ Nabu'nun ağzından mı duyacağını sanırsın onu?"

Pattig adamı bıraktı, dalgın bir edayla havuzun kenarına oturdu. Pes etmişti bile. Sittay yanına gitti, elini başına koydu. Bu sahiplenici hareketini sözleriyle tamamladı:

"Gerçek, istekleri bitmeyen bir sevgilidir Pattig, en ufak bir sadakatsizliği affetmez, yalnız ona kulluk edilir, hayatının her ânı ona aittir. Sen sahiden gerçeği mi arıyorsun?"

"Sadece onu!"

"Uğruna her şeyi terk edebilecek kadar istiyor musun?"

"Her şeyi."

"Peki yarın sana da bir putu kır, deseler, yapar mısın?"

Pattig sıçradı, çark etti.

"Nabu'ya niye kızayım? Bu tapınakta beni kardeş bildiler,

şaraplarını, etlerini paylaştılar. Ve bazen, bu havuzun kenarında bana kucak açan kadınlar oldu."

"Bugünden itibaren şarap içmeyeceksin, et yemeyeceksin, hiçbir kadına yaklaşmayacaksın!"

"Hiçbir kadına mı? Köyüm Mardinu'da bıraktığım bir karım var!"

Bu bir yakarıydı, Pattig'in kafası karışmıştı. Ama Sittay gözünün yaşına bakmadı:

"Onu terk edeceksin."

"Doğurmasına birkaç hafta kaldı. İlk çocuğumu görmeye can atıyorum! Baba dediğin onları yüz üstü bırakır mı?"

"Pattig, eğer sahiden aradığın gerçeklikse, onu bir kadının kollarında ya da yeni doğmuş bir bebeğin viyaklamalarında bulamazsın. Söyledim sana, gerçeklik tamahkârdır; onu hâlâ istiyor musun, yoksa vazgeçtin mi?"

* * *

Maryam, yokuş yukarı kocasının yoluna koşup soluk soluğa boynuna atıldığı zaman Pattig'in onu iki eliyle, soğuk bir tavırla itmesini, yanındaki yabancının önünde kucaklaşmak ayıp olur, diye düşündüğüne yordu.

Gene de biraz alınmıştı. Ama belli etmedi ve yolun tozunu atsınlar diye iki adama su ve havlu getirtti. Kendi de usulca bir örtünün altına sığındı. Bir saat sonra tekrar ortaya çıkıp, taraçada dört dörtlük bir sofra hazırlattı. Maryam yemekten önce içilmek üzere, Mardinu'nun en iyi şarabıyla dolu iki kupayla yürürken, bir hizmetkâr da tepeleme tabak, güveç dolu koca bir bakır tepsiyle peşinden geliyordu. Bütün dikkatini alçak sesle konuşan beyazlı adama vermiş olan Pattig, onların geldiğini duymadı.

Maryam yemekleri sehpaya dizerken gürültü etmemesini işaret etti hizmetkâra. İki tabak birbirine çarpsa hemen yüzü buruşuyordu; ama hemen sonra Pattig'in bayıldığı mezeleri, bir damla balla süslenmiş katı yumurta sarılarını, hurma püreli sülünleri görünce rahatladı. Erkeğinin Ktesifon'a gittiği günler, kendisi birbirinden lezzetli yemekler hazırlamakla uğraşırdı.

Pattig'i eve bağlamış olurdu böylece. Yanında arkadaşları varsa meyhanelerde oyalanacağına onları gururla eve davet ederdi, böyle izzeti ikramın kral sofralarında bile olmadığını bilirdi çünkü.

Maryam son bir kez her şeyin yerli yerinde olup olmadığına baktı, sonra odanın öbür ucundaki bir mindere çöktü. Kocası yalnızken bazen onunla birlikte yemek yerdi; ama misafiri varsa, asla. Gene de misafirlerin bir eksiği kalmasın diye hep yakında beklerdi.

Dakikalar uzadıkça uzadı. Pattig ile Sittay gevezeliğe dalmış, yemeğe el bile sürmemişlerdi. Hiç olmazsa önlerindeki ziyafet sofrasının farkına varmış, taraçayı dolduran kokuyu duymuşlar mıydı bari? Maryam biraz burulmuştu. Gelirken yolda karınlarını doyurmuşlarsa bile, sırf terbiye icabı, hiç olmazsa bir köfte, bir zeytin, tam karşılarına bıraktığı kupalardan birer yudum alsalardı.

Ne var ki misafir uzun gömleğinin altından mendil gibi bir şey çıkarmış dizlerinde açıyordu şimdi, çıkından esmer bir ekmek alıp böldü, bir lokmasını ağzına götürdü. Maryam'ın kanı donmuştu. Demek bu adam bir dilim kuru ekmek uğruna bütün hazırlığını bir kenara atacaktı ha! Üstelik bu kadarla da kalmadı. Şimdi çıkını iyice yaymıştı, içinden pörsümüş iki küçük salatalık çıkardı, birini bir sürahideki suya batırdıktan sonra ev sahibine verdi. Rahatsızlığı her halinden belli olan Pattig'in salatalık elinde kaldı, ama Palmiralı kendininkini göstere göstere dişledi.

Maryam kendini daha fazla tutamayarak bu tuhaf adamın yanına gitti.

"Yemekte misafirimizin hoşuna gitmeyen bir şey mi var?"

Adam hiç sesini çıkarmadı. Gözlerini kaçırdı. Pattig araya girdi:

"Misafirimiz bu yemekten yiyemez."

Maryam üzüntüyle sofraya baktı.

"Hangisinden bahsediyorsun? Saymakla bitmez ki. Zeytinyağlılar, sade yağlılar, ızgaralar, haşlamalar, etler, çiğ sebzeler, ve hatta salatalıklar. Misafirimiz birine olsun dokunamaz mıymış?"

"Israr etme Maryam, git buradan, misafirimizi rahatsız ediyorsun."

"Ya sen Pattig, yol seni acıktırmadı mı?"

Kocası, tıpkı eve geldiğinde yaptığı gibi elinin bir hareketiyle onu uzaklaştırdı. Sonra ekledi:

"Kaldır hepsini Maryam, ikimiz de aç değiliz, canımız hiçbir şey yemek istemiyor. Bizi yalnız bıraksan olmaz mı?"

Maryam daha odadan çıkmadan hıçkırıklara boğulmuştu bile. Ayaklarının dibine yuvarlanıvermesinden korkuyormuş gibi elini karnına bastırıyordu. Peşinden seğirten hizmetçisi, biricik dostu ihtiyar Utakim, onu yerde otururken buldu, şaşkındı, derin derin soluyor, inliyordu.

"Erkekler hakkında söylenenler doğruymuş meğer, ayranlarının kabarması da sönmesi de bir kem göze, yeni birini bulmalarına, bir iksire bakıyormuş!"

Maryam Utakim'in eline doğmuştu. Annesi loğusayken ölünce Maryam'ı o emzirmiş, zifaf gecesi o giydirip süslemişti. Ondan başka kim bilirdi Maryam'ın yüzünü güldürmeyi?

"Erkeğini bilirsin, aklına bir şey takıldı mı yemeden içmeden kesilir, rengi solar, kadidi çıkar, sanırsın sevda çekmekte! Bilmez misin böyle olduğunu? Bugün yanındaki misafirin sözleriyle karnını doyuruyor, yarın unutur gider, o inatçı âşık, o sabırsız baba geri gelir. Oldum olası böyleydi, sen de onu böyle sevdin."

"Gözleri Utakim, gözlerini görmedin sen! Bir an göz göze gelseydik derdim tasam kalmazdı. Gözleri konuşmuş olsaydı, dudaklarının söylediğine, elini sallayışına bakmazdım. Ama gözleri bu akşam hiçbir şey söylemedi."

Utakim teklifsizce çıkıştı:

"Erkekler bir yabancının önünde asla sevgisini göstermez, bilmez misin? Misafir az sonra yatar, efendimiz de yanına gelir. Haydi bakalım, gel şu örgülerini çözeyim!"

Maryam, onu pışpışlamaktan hiç vazgeçmeyen ellere bıraktı kendini. Karanlık çökmüştü bile, erkeği gelecekti. O güne dek bir kez olsun yanına yatmazlık etmemişti. Başını bir yastığa, çıplak ayaklarını daha yüksek başka bir yastığa koyup yattı.

Utakim başucundaki bir sandığa ilişti, hanımının parmaklarını usul usul okşuyor, bazen dudaklarına götürüyordu. Mor ışıklı saçların çevrelediği o pembemsi yüzü sevecen bakışlarıyla sarmalıyordu. Keşke diyebilseydi ona: "Seni iyi tanırım Maryam. Kral kızlarının yumuşak elleri var sende, yüreğin ise, babasının şımarttığı kızların sırça yüreği. Çocukken oyuncaklara boğdular seni; genç kız olunca mücevherlerle donattılar, seçtiğin adama da verdiler. Sonra bu bereketli topraklara geldin, kocan elinden tuttu. Meyve bahçelerinizde, tıpkı ilk günkü gibi el ele yürüyorsunuz, her mevsimin bin türlü meyvesini yiyorsunuz. Ve karnına çocuk düştü bile. Zavallı yavrum benim, o kadar uzun zamandır öyle mutlusun ki, erkeğinin gözünde en ufak bir dalgınlık, gelip geçici bir soğukluk görsen hemen dünyan yıkılıyor."

Utakim, gözünde hep küçük bir kız olarak kalacak olan kadının nemli kaşlarını başparmaklarıyla düzeltti. İçi geçmekte olan Maryam gözlerini açtı ve hizmetçiye gidip Pattig'e bakması için yalvardı:

"Konuştukça konuşuyorlar. Daha doğrusu misafir konuşuyor, efendimiz de lafını bölmek istemiyor."

Zihni bu kadar bulanık olmasa Maryam Utakim'in sesindeki sahte tınıları anlardı. Utakim sahiden de konuşmalar duymuştu, ama iki adam taraçada değildi artık, Pattig geceyi geçirmek üzere, misafir odasına bir hasır serdirmişti.

Bu kez Utakim de uykusu kaçacak kadar kaygılanmıştı, ama uyur gibi yapıyordu. Çocukluğundan beri Maryam'da gayet güzel işleyen eski bir dadı numarasıydı bu. Şu da var ki, her ne kadar bir evin hanımı ve müstakbel bir anneyse de, Utakim'in efendisi topu topu on dört yaşındaydı. Arada bir mutsuz uyuduğunu hatırlatan bir hıçkırık duyulsa da, solukları hızla ağırlaşmış, daha düzenli gelmeye başlamıştı.

Duvardaki lambanın yağı tükenirken, Maryam birden uykusunda sıçradı.

"Oğlum! Oğlumu aldılar benden!"

Haykırıyor, hırsla örtülere asılıyordu. Utakim onu omuzlarından sıkıca kavradı.

"Kâbus gördün Maryam! Kimse almadı çocuğunu, bak karnında, güvende, üstelik kız mı erkek mi, hâlâ bilmiyoruz."

Maryam yatışmıyordu.

"Bir melek gördüm, uçuyor, koca bir kızböceği gibi vızıldıyordu, sonunda karşıma kondu. Kaçmak isteyince, korkma, dedi, zaten çok hoş görünüyordu, yanıma gelmesine ses çıkarmadım. Sonra göz açıp kapayana kadar pençelerini uzattığı gibi çocuğu rahmimden alıp göğe uçtu; o kadar yükseğe çıktı ki, görmez oldum."

Utakim ne diyeceğini bilemiyordu. Rüyaların masum olmadığını bilirdi; memleketin ihtiyarlarına gidip rüyayı yorumlatmaya karar verdi.

Kafesli bir pencereden günün ilk ışığı içeri süzüldü. Maryam hıçkırıyordu. Erkeği gelmemişti. Hizmetkâr kalktığı gibi, öfkeli adımlarla soluğu misafir odasında aldı. Sittay kalkmış, diz üstü çökmüş dua ediyordu; Pattig hâlâ uyuyordu. Utakim korkmuş gibi yaparak onu sarstı:

"Hanımım iyi değil! Sana ihtiyacı var!"

Pattig uyku sersemliğini üzerinden atamadan karısına koştu. Maryam onu görür görmez hıçkırıklara boğuldu.

"Korkunç bir rüya gördüm, seni çağırdım, ama gelmedin."

"Hiçbir şey duymadım."

"Niye bu kadar uzaksın Pattig? Neden benden kaçıyorsun?"

Pattig uyku sersemliğiyle karısının başına koşmuştu, ama ayılır ayılmaz geceki soğukluğu gene yerleşmişti üstüne. Maryam'ın odasında rahat olmadığı her halinden belliydi. Yatağa, damatlık yatağına oturmaktan kaçınıyordu şimdi, akıl hocasının gelmesinden korkarcasına kapıdan gözlerini ayıramıyordu. Karısının sitemlerine ters karşılık verdi.

"Âdettir, evde misafir varken yanında durulur, bilmez misin?"

"Kim bu adam? Korktum ondan."

"Hikmetli sözlerini anlayabilsen o kadar korkmazdın."

"Sen hangi sözden bahsediyorsun? Benimle tek kelime konuşmadı ki!"

"Söylediklerini bir kadın anlayamaz."

"Bu kadar önemli ne söylüyor?"

"Tanrısından bahsediyor bana, vahdetten. Söz verdi, beni ona götürecek. Ama bunu hak etmem, putlara taptığım yılları telafi etmem lazım. Bundan böyle kâfirlerin yemeğini yemeyeceğim, şarap içmeyeceğim, asla bir kadınla yatmayacağım. Ne senle, ne başka herhangi biriyle."

"Ben ne yemeğim ne içki! Çocuğunun anasıyım. Hani yoldaşındım, dostundum? İnsanları bırakıp keşiş de olacak mısın?"

"Sırf erkeklerden kurulu bir cemaatle yaşayacağım. Hiçbir kadın kabul edilmez oraya."

"Karın bile mi?"

"Sen bile Maryam. Doyumsuz bir tanrı bu."

"Kimmiş bu kadınları kıskanan tanrı!"

"O tanrı benim tanrım, ve eğer niyetin küfür etmekse şu kapıdan derhal çıkarım, bir daha da beni göremezsin!"

"Affedersin Pattig."

Çocuksu yaşlar gözlerinden sessizce akıyordu, bütün beklentiler zihninden silinmişti, korkarak alnını erkeğin koluna bıraktı, usulca, bastırmadan, saçının bir perçemi kadar hafifçe. Sıcağın serinlik, küfün güzel bir koku, uyanışın unutuş olduğu o huzurlu anları kocasıyla tekrar yaşayabilecek miydi? Pattig tereddüdü sürse de yumuşamış olan eliyle onun saçlarını okşadı; sessizliğin ve alacakaranlığın içinde her zamanki şefkatli haline kavuşmuştu; gözlerinden de birkaç damla yaş süzüldü.

O sırada açık kalan kapıdan Sittay'ın sesi içeri doldu. Duasını bitirmiş, ev sahibini arıyordu.

"Pattig", diye seslendi. "Gitme vaktidir, yolumuz uzun!"

Koca, bu münasebetsiz adama lanet okumayacak mıydı? Hayır, o Maryam'ı sertçe itmeyi seçmişti. Koşuyordu şimdi, ardına bile bakmadan.

BİRİNCİ BÖLÜM

AK-GİYSİLİLERİN HURMA BAHÇESİ

O adamların arasında bilgelikle, kurnazlıkla yürüdüm...

MANİ

I

Maryam'ın beklediği çocuk, Mani'ydi.

Derler ki, Babilli müneccimlerin hesabıyla 527 yılında, nisan ayının sekizinci günü doğmuş – Miladi tarihe göre 14 Nisan 216'da, bir pazar günü. O sırada Ktesifon'da son Part hükümdarı Artaban hüküm sürüyordu, Roma'da ise Caracalla kasırgası esiyordu.

Babası o doğduğunda çoktan gitmişti. Çok uzağa değilse de, tuhaf ve içine kapalı bir âleme. Mardinu'nun aşağı çığırında, eskilerin Dicle'nin doğusuna kazdıkları kanal boyunca iki günlük yürüyüş mesafesindeydi Sittay'ın efendisi, kılavuzu olduğu hurmalık. Orada her yaştan, her milletten altmış kişiydiler, yolları günün birinde Mani'yle kesişmese tarihin bir köşeye atacağı, katı inançlara sahip erkekler. O sıralar Dicle'nin, ayrıca Asi, Fırat ya da Ürdün'ün kıyılarında peyda olan başka cemaatler gibi hem Hıristiyan hem Yahudi diyorlardı kendilerine, ama Hıristiyan'ın da, Yahudi'nin de hası yalnız onlardı. Dünyanın sonu yakın, diye iddia ediyorlardı bir de; ölüm döşeğinde olan bir dünya vardı hiç kuşkusuz...

O toprakların dilinde onlara, Aramice "Ak-Giysililer" anlamında "Halle Hevare" derlerdi.

Bu adamlar su kıyısını yurt edinmişlerdi, sudan arınma, selamet beklerlerdi, Vaftizci Yahya'ya ve Adem'e, Nâsıralı İsa'ya ve onun ikizi saydıkları Tomas'a ve en çok da Elkasai diye esrarengiz bir peygambere yakarırlardı. Elkasai'nin kitabını ve öğretisini benimsemişlerdi: "Ey insanlar, ateşten kaçının, o hayal kırıklığından, aldatmacadan ibarettir, uzaktayken yakın gelir, yakındayken uzak gelir, ateş büyüdür, simyadır, kan ve işkencedir. Kurban ateşlerinin yandığı sunakların etrafında toplanmayın, Yaradan'ın hoşuna gider sanıp yaratılanları boğazlayanlardan uzak durun, kurban kesenden, öldürenden kaçın. Ateşe bakmayın, suyun yolundan gidin siz, su her dokunduğunu ilk günkü saflığına kavuşturur, her can sudan doğar. Kötü bir hayvan içinizden birini ısırırsa hemen en yakındaki su kaynağına koşup imanla Yüce Tanrı'nın adını anarak dalsın içine; aranızdan hastalanan olursa yedi kez nehre girsin, suyun serinliği ateşini alır."

Pattig'i, hurmalığa geldiğinin ertesi günü kafile halinde vaftiz çadırına götürdüler. Bütün cemaat oradaydı. İçlerinde birkaç çocuk, üç beş de saçı ağarmış adam vardı, ama çoğu yirmiyle otuz arası gösteriyordu. Her biri yeni gelene sokulup yüzünü süzmüş, sonra onun için dua okumuştu.

Sittay'ın işaretiyle Pattig giyinik olarak alnına kadar suya dalmış, sonra ayağa kalkıp üzerindeki kıyafetleri bir bir çıkarmış; tiksinerek üzerinden attığı kâfirlik zamanına ait bu süsleri tatlı bir akıntıya bırakmıştı. Üzerine çevrilmiş bunca gözün karşısında çelimsiz, çıplak vücuduyla kalakalan genç adam, bir ilahi yükselirken titreyen elleriyle örtünmeye çalışıyordu. Bahar güneşi sıcaktı, ama Dicle'nin suyu Toros karlarının serin anısını saklıyordu hâlâ.

Ama bu, sınavların ilkiydi henüz. Kanala bir kez daha dalacak, sonra sakalı, saçı kırpılacak, ardından şu sözler çınlarken son bir kez başı suyun altına sokulacaktı: "Eski adam öldü, yeni adam doğdu, insanı arındıran suda üç kez vaftiz edildi. Kardeşlerinin arasına hoşgeldin. Ömrün oldukça şunu aklında tut: Cemaatimiz zeytin ağacı gibidir. Bilmeyen, meyvesini toplayıp ısırır ve acı diye elinden atar. Ama aynı meyve bilenin elinde olgunlaşıp işlenince nefis bir tadı olur, üstelik yağ ve ışık verir. Bizim dinimiz de böyledir. Ağzına ilk acı tat geldiğinde cesaretin kırılırsa, Selamet'e asla ulaşamazsın."

Pattig vicdan azabıyla dinlemiş, kısacık saçlarını, sakalından geri kalanı hiç üzülmeden şöyle bir yoklamış, geçmişteki hayatına sırt çevirerek, en ufak bir pişmanlık duymadan cemaatin kurallarına boyun eğmeye karar vermişti. Üstelik hurmalıkta zamanın bir görevler zincirinden ibaret olduğunu biliyordu. Önce dua, ilahiler ve ibadetler, kısa ya da merasimli günlük vaftizler, su serpmeler ya da çeşit çeşit abdestler. Birinin bir yeri gerçekten kirlendiğinde ya da böyle bir şüphe olduğunda tekrar tekrar arınmak zorundaydı; sonra kutsal yazılar üzerine çalışmaya geliyordu sıra, Sittay Tomas'a göre İncil'i, Filippos'a göre İncil'i ya da Petrus'un Vahiy'ini yüz kez yeni baştan okuyup yorumladı, yazısı güzel "kardeşler" de bıkıp usanmadan tekrar tekrar yazıyorlardı bu metinleri. Pattig'in ateşini ve doymak bilmez merakını körükleyen bu görevlerin dışında bir de hiç sevmedikleri vardı.

Ak-Giysililer o civardaki en bakımlı, en verimli topraklara sahip olmakla övünürlerdi. Toprak hem karınlarını doyurur, hem de civar köylerde satabilecekleri fazladan bol ürün de verirdi. Pattig işte bu işten nefret ediyordu: Sabah erkenden kavunları ya da kabakları yüklenip yola koyul, bir köy meydanına malını serip güneşin altında üç-beş huysuz müşteri gelecek diye bekle, alaylara göğüs ger... Bir Part asilzadesi buna nasıl katlanabilirdi? Bir keresinde Sittay'a derdini açtı, ama cevap kesindi: "Biliyorum, dua etmeyi, yazıları incelemeyi seviyorsun, bunlar senin gönlünü okşuyor. Yüce Tanrı'nın hatırı için tek yaptığın tarlada çalışmak, mahsulümüzü köy meydanında satmak; ve bundan kaçmak istiyorsun, öyle mi?" Mesele anlaşılmıştı. Pattig yıllar boyu cemaatin tarlalarında çalışarak kendini tüketecekti, oysa iki adım ötede, aynı kanalın kıyısında onun ırgatları, rızkını reddettiği ona ait tarlaları sürüyordu.

Ak-Giysililerin çok katı yemek kuralları vardı; etten ve mayalı içkilerden uzak durmakla, sık sık oruç tutmakla kalmaz, dışarıdan gelen herhangi bir şeyi de ağızlarına sürmezlerdi. Sadece kendi fırınlarında pişen mayasız ekmeği yerlerdi, başka türlüsüne tenezzül etmek onların gözünde günahtı. Aynı şekilde kendi topraklarının meyvesinden, sebzesinden başkasını ağızlarına sürmezlerdi, bunlara "erkek bitkiler" derlerdi. Başka yerde yetişenler "dişi bitki" diye anılırdı ve cemaatte yasaktı.

Bu isimde şaşılacak ne vardı ki? Dişi olan yasaktır, yasak olan dişidir, cemaatteki erkeklerin gözünde mükemmel bir denklemdi bu. Sittay'ın vaazlarında dişi kelimesi "uğursuz", "şeytani", "bozguncu" ya da "ruha zarar" anlamında sık sık geçerdi. Kutsal yazılardaki kadınları, sadece sebep oldukları felaketleri anlatacağı zaman anardı. Havva, Beştabe, özellikle Salome'den hevesle bahseder, ama Sara, Meryem ya da Rebekka'yı konu etmezdi. Pattig hurmalıkta insanın karısından ya da annesinden bahsetmesinin iyi karşılanmadığını hemen anladı; "doğum" sözcüğünü bile vaftiz ya da cemaate girmek mecazı dışında kullanmak ayıptı; hatta en iyisi "geliş" demekti. Oysa su boyundaki diğer cemaatlerde evlenme yasağı yadırganırdı; Vaftizci Yahya bile bir kadın almamış mıydı? Ama Sittay, müritlerine gurur veren, daha katı bir düzen kurmuştu: Tanrı'ya çetin yoldan ulaşmayı seçenlerin en makbulü, en fazla acı çeken, nefsini en çok körelten, en fazla şeye sırt çeviren değil midir?

Pattig işte bu nedenle Maryam'ın o yokken doğurup doğurmadığını ya da babası olduğu çocuğun neye benzediğini öğrenmeye yeltenmedi bile. Sittay'dan bebeğin yanına gitmek için izin istese, pişmanlık duyduğunu, kararsızlıkları olduğunu ya da eski hayatına dönmek istediğini sanmaz mıydı? O da boynunu büktü, merakı giderek söndü, en sonunda neredeyse hiç aklına gelmez oldu.

İşte bundan dolayı Sittay birkaç ay sonra kendiliğinden ailesinin yanına gitmesini emredince şaşırıp kaldı:

"Doğan çocuk kızsa annesiyle kalsın; ama erkekse yeri bizim yanımızdır, onu kirli ellerin arasında bırakamazsın."

Pattig Mardinu'ya doğru yola çıktı, ama doğruya doğru, yanında iki "birader"le.

Evinin önüne gelince parmaklığın dışından "Utakim!" diye haykırdı.

Elinde bir kundak beziyle yalınayak dışarı fırlayan hizmetkâr, ziyaretçinin saçı kırpılınca iyice küçülmüş olan yüzünü ancak iyice yanına sokulunca tanıyabildi. Pattig onun suratını dikkatle incelemesine ses çıkarmadı.

"Söyle Utakim, hanımın doğurdu mu?"
"On üç aydır gebe dolaşacak hali yok herhalde!"
Pattig'in yoldaşları gülümsedi. O ise sadece sordu:
"Erkek mi?"
"Evet, obur ve yaygaracı bir oğlan."
Bebeğin adı geçince hizmetkârın yüzünde güller açtığı Pattig'in gözünden kaçmadı.
"İsim koydular mı?"
"İsmi Mani, sen öyle istemiştin."
"Hanımına söyle, sütten kesilir kesilmez gelip oğlumu alacağım."
Söyleyeceğini söyledikten sonra uyurgezer gibi dönüp gidecekken Utakim haykırdı:
"Hanımım hâlâ sağ mıdır, ondan haberin var mı?"
Sözleri hemen etkisini gösterdi. Pattig irkilerek geri döndü, görevini düşündüğü gibi tamamlayamadığı için sinirlendiği halinden belliydi; kendini zorlayarak sordu:
"Maryam iyi mi?"
Bu kez de Utakim, yüzü birden asılarak arkasını döndü. Tek kelime daha etmeden ağır adımlarla eve yöneldi, o sırada Pattig çırpınarak ona sesleniyor, dur, cevap ver, diye emrediyordu. Ama hizmetkâr sağır kesilmişti. Pattig tereddüt etti, soran bakışlarını dostlarına çevirdi, onlarsa olayların gidişatından kaygılanmış, oradan uzaklaşmaktan yanaydılar. Ama nasıl yapabilirdi? Ne olup bittiğini öğrenmek zorundaydı. Çitten içeri dalıp, yuvasına temelli dönercesine eve koştu.
Mutfağın arkasında, bostanda bir işle uğraşan Maryam onu görünce çığlık çığlığa eve koştu; Utakim ise telaş içinde, umutsuzca elini kolunu sallayarak susmasını, ortadan kaybolmasını işaret ediyordu ona. Pattig eve girsin istiyordu, bir an için bekçilerinden kurtulsun, ama Maryam onu göremedi. O kocası geri döndü sanmış, adını haykırıyordu. Onu sağ görmekten başka derdi olmayan Pattig ise gönül rahatlığıyla "biraderlerinin" yanına koşmaya başlamıştı bile.
Üçü birlikte, ak giysilerinin eteklerini toplayarak uzaklaştılar. Maryam onlara yetişemeyeceğini anladı.

Taze anne, giderek artan huzursuzluğundan kurtulmak için hangi tanrıya dua edeceğini bilemiyordu, bir tek Sittay'ınkini defterden sildiği kesindi. Oğlunu alıp memleketi Medya'ya götürse miydi? İyi ama hangi damın altına başını sokacaktı? Babası ölmüş, erkek kardeşleri mülkünü paylaşmışlardı. Mantıklı düşünüldüğünde evini, topraklarını, hizmetkârlarını terk edip, kocasını geri kazanma umuduna tamamen sırt çevirip, biri nasıl olsa kucak açar diyerek yollara düşmek doğru olmazdı. Öyleyse ne yapacaktı? Günü gününü tutmayan babasının sonsuza dek kendisinden koparacağı günü bekleyerek, oğlunu emzirmeye devam mı edecekti?

Maryam'ın bu sıkıntılı günlerinde Mezopotamya da kederler içindeydi. Oysa o yıl Romalılarla Partlar arasında barış olacak, denmişti. Hatta İmparator Caracalla Artaban'ın kızını istemiş, o da kabul etmişti. İkisi Ktesifon'da, iki imparatorun da sadakatle bağlı olduğu tek tanrı olan Mitra'nın tapınağında merasimle evleneceklerdi. Şehir de hem barışı, hem düğünü kutlamaya hazırlanıyordu.

Ve günün birinde sırtında uzun Galya gömleği, yanında muhafızları, peşinde mızraklı alaylarıyla Caracalla çıkageldi. Ama daha Selefkiler köprüsünü geçer geçmez saflarında bir çığlık yükseldi. Her Romalının hançerini çekip, en yakınındaki Part'ın üstüne atlaması için kararlaştırılmış işaretti bu. Tören kıyafetleri içindeki süslü püslü asilzadeler katledildi, bunların çoğu Maryam'ın aşireti Kamsaragan'ın evlatlarıydı; sonra sıra şehir halkına, bu unutulmaz kavuşma ânını gözüyle görmek için itişip kakışan kadın, erkek ve çocuklara geldi. Romalılar, Nabu heykelinin uğursuz kehanetini yerine getirircesine, başta Nabu'nunki olmak üzere, yağmalanmadık, yakılmadık tapınak bırakmadılar.

Derler ki Artaban ile yedi büyük ailenin reisi Aspanabr bahçesinde birliklerini toplayıp işgalcileri püskürtmeye davranmış. Ama ne fayda? Bu bir işgal değildi, tam Caracalla'ya yaraşır bir düzenbazlıktı. Bir saat içinde Romalılar, surların dışında, Mahoze Boğazı'nın oralarda bekleyen esas birliklere katılmak üzere şehri terk etmeye başlamışlardı bile. Seçkin bir birlik olan Ölümsüzler peşlerinden gitmeye niyetlendiyse de Artaban bir tuzaktan işkillenerek onlara engel oldu; Caracalla'nın tek amacının Part ordusunu kışkırtıp şehirden çıkarmak, sonra da dilim dilim doğramak olduğuna emindi.

Romalılar üç gün sonra, büyük olasılıkla çarpışma olmadığı için hayal kırıklığına uğrayarak intikam harekâtına giriştiler. Haftalarca, aylarca, Mani'nin ömrünün ilk yılı boyunca Caracalla kasırgası eski kralların mezarlarını paramparça ederek, buğday tarlalarını yakarak, bağları yerinden sökerek, köylülerin ve palmiyelerin kafalarını uçurarak Mezopotamya'yı kırdı geçirdi.

Mucize eseri Mardinu'nun başına bir iş gelmedi. Romalı askerler köyün dibine kadar sokuldu, Maryam da oğlu, Utakim, hizmetkârları ve birkaç köle köylüyle eve kapandı. Kaçınılmaz sonu bekliyordu hepsi. Ama kaçınılmaz son yön değiştirmişti. Günün birinde bir fısıltı başladı, kim bilir nasılsa tenha sokaklarda giderek yayıldı: Caracalla ölmüş, Mezopotamya'nın kuzeyinde, Harran'da kendi askerleri öldürmüş onu. Roma'dan Ktesifon'a, bu cinayete doğrusu çok üzülen olmadı.

Çalkantılarla dolu bütün bu yıl boyunca Pattig Mardinu'ya bir kez olsun ayak basıp da kimseden haber sormadı. O ancak çok sonra, Mani üç yaşını doldururken tekrar gösterdi yüzünü. Gene iki bekçi "biraderle" geldi; gene çitin dışında durdu.

"Utakim! Oğlumu almaya geldim."

Hizmetkâr hiç güleryüz göstermedi. Sırtını kapıya yaslayıp yanına yaklaşmadan, küçük avlunun öbür köşesinden, cansız köylü sesiyle seslendi ona:

"Maryam emziriyor. Dışarıda bekle. Tabii girip göresin yoksa."

Karısının, çocuğu emzirirken üstünü çıkarmış olduğunu düşünmek bile Pattig'in yüzünü kızartmaya yetti. Bunun üzerine hem soğukkanlılığını korumak, hem suçu üzerinden atmak istercesine dönüp uysalca yoldaşlarına baktı.

"Girmeyeceğim Utakim, değmez. Emzirmesi daha çok sürer mi?"

"Karın yeni emzirmeye başladı, sütü çekilince öbür memesini verecek. Daha zamanı var."

Pattig'in sabrı tükeniyordu:

"Ben sadece bugünü demedim. Çocuk dört yaşına girecek, ne zaman sütten kesecek..."

"Gir de kendin sor öyleyse! Şimdi yerinden kalkamaz, ama cevap vermesine bir engel yok."

"Bu eve adım atmaya niyetim yok. Cevabı sen versene! Gençliğinde sen de çocuk emzirdin!"

"Süt veren onlarca ana gördüm, hiçbiri ötekine benzemez. Kiminin sütü o kadar azdır ki, oğlan yarı aç bırakır memeyi; kiminin sütü yıllarca, dört çocuğa birden yeter. Maryam'ın sütü bol, göğüsleri bembeyaz, hem de dopdolu, sütü kolay kesilmez."

"Öyle ya da böyle, günün birinde çocuğu sütten kesecek!"

"Hakkın var efendim, zaten o kadar uzun emmek çocuğa da yaramaz; Nevruz'dan önce halletmek gerek."

"Bir dahaki Nevruz mu? Ama bayram yeni bitti, daha bir sene bekleyecek miyim!"

"Belki Mani daha erken kesilir, ama boş yere on kere gidip gelme, yazıktır. Nevruz'da gelirsen çocuğu giydirip kuşatır, eşyasını hazırlarız, sözüm söz."

Pattig evden uzaklaşıp, ak karlar gibi çiçekler basmış badem ağaçlarının gölgesindeki yola girer girmez, "biraderler" onu sıkıştırmaya başladı:

"Ne safsın, şu çıplak ayaklı ihtiyar büyücüye nasıl kanıyorsun... İki koca gün güneşin altında çile çektik, dönmemiz de bir o kadar sürer, ve sen iki tatlı lafla kapı dışarı edilmeyi sineye çekiyorsun. Babamız *Mar* Sittay ne der? Mecburen bekleyeceksek bile, hiç olmazsa ısrar edip çocuğu görseydin, bari hâlâ burada olduğunu bilirdik!"

Kendi başına karar veremeyecek kadar üzgün olan Pattig, geri dönmeye razı oldu. Küçük avluda, tam Utakim'in sırtını dayadığı yerde Maryam bir taşa oturmuş, kalın bir taze nane demetinin içinden ölü sapları ayıklıyordu.

"Biraderler"in alayları ayyuka çıkmıştı. Pattig kendini aşağılanmış hissediyordu.

"Demek Utakim beni kandırmış."

Maryam kızardı.
"Oğlunu emziriyordum, daha yeni bitti."
"Geldiğimde daha yeni başlamıştı, güya uzun sürecekti; ama sırtımı dönmemle oğlanın işini bitirmesi bir oldu, sen o arada şu naneleri topladın, yarısını da ayıkladın ha! Bari oğlumu göster bana!"
Maryam telaşla seslenince Mani kapıda belirdi. Durup baktı, ötekiler de ona baktı. Çocuklara özgü narin, henüz oturmamış çizgileri vardı yüzünün. Bununla birlikte ilk göze çarpan burnunun üstünde birleşip adeta üçüncü bir yay çizen, geniş, kapkara kaşları; sonra dürüst, dolaysız, ama gemlenmiş duygular ve sonsuz sorularla dolu bakışlarıydı.
Yabancılara doğru bacağını, sağ bacağını sürüyerek yürüdü. Ölü bir dal gibi değil, azametle, adeta bir tören kıyafetini ardında sürüklercesine.
Pattig suçlarcasına:
"Topallıyor bu", dedi.
"Bacağı doğuştan çarpık, ömür boyu topallayacak. Onu hâlâ istiyor musun?"
Çocuk, annesinin sesindeki hırçınlığı sezerek onun göğsüne sokuldu. Sonra bir parmağını Pattig'e doğrultarak zor anlaşılan bir şeyler geveledi:
"Calacalacala."
"Ne diyor?"
"Caracalla diyor! Mardinu'da başında terbiye edecek babası olmayan çocukları böyle korkuturlar! Uyumayanların, yemeğini yemeyenlerin, evinden çok uzaklaşanların, altını kirletenlerin Caracalla boğazını keser. Daha iki yıl önce kuzenlerimin boğazını da öyle kesti, az kalsın burada, büyük küçük hepimize aynı şeyi yapacaktı."
"Romalıların Mardinu'ya kadar geldiğini bilmiyordum."
"Sen hangi âlemde yaşıyorsun, Pattig?"
"Ateşsiz, savaşsız bir âlemde."
Ardından gene duygusuzlaşarak devam etti:
"Mani de o âlemde büyüyecek."
"Ya ben, Pattig? Kocasız, oğulsuz, ben nasıl bir âlemde yaşayacağım?"

"Tanrı'nın hikmetinden sual etme. Çocuğu da daha fazla tutma yanında, bana ver, babasıyım, o bana ait."

Çocuğu almak üzere yaklaşırken Maryam'ı bir titremedir aldı. Utakim koşup geldi.

"Hani bir dahaki Nevruz'da geleceğine söz vermiştin!"

"Yalan söyledin, beni kandırdın, ne cüretle sözden bahsediyorsun!"

Maryam hıçkırıklara boğulmuştu.

"Sana yalvarırım Pattig. Her nerde yaşıyorsan, onu emzirecek kimse bulamazsın. Bırak birkaç ay daha benimle kalsın, sonra zaten ömür boyu alıkoymayacak mısın?"

Pattig'in yanındakiler, daha fazla beklemeden çocuğu alsın diye kaş göz edip duruyordu, ama Pattig zaten acılara gark ettiği kadının gözyaşlarına, onu eli kanlı bir canavar gibi gören çocuğun ürkmüş bakışlarına kıyamadı.

Hurmalığa döner dönmez, suçlu, Sittay'ın huzuruna çıktı. Sittay, diz çöküp dinlemesini emretti ona:

"Bu görevi sana verdimse, en iyi sen üstesinden gelirsin sandığım içindi. Ama sakın kendini kandırma Pattig, o çocuk artık senin değil, o artık cemaatimize, Tanrı'ya ait, yoksa karını, evini terk ettiğin halde Tanrı dünyaya gelmesine izin verir miydi? Sence bu işaret, Yüce Tanrı'nın bir buyruğu değil mi? Kararımı verdim, Mardinu'ya bir daha gitmeyeceksin, çocuğu kendim getireceğim. Yarın yola çıkacağım, on iki birader benimle gelecek; ve kadınlarla çene yarıştırarak vakit kaybetmeyeceğim."

II

Ak-Giysililer tarafından kaldırılıp götürülürken Mani çırpınmıştır mutlaka. Üç kez kanala daldırılıp çıkarılırken, elbiseleri parçalanırken bağırmıştır da hatta. Ama o küçük yaşına rağmen onların yasalarına boyun eğmek, beyaz kıyafeti giymek, yemeklerinden yemek, onlar gibi davranmak, dua edişlerini taklit etmek zorunda kaldı. Göz açıp kapayana kadar kim olduğunu da, nasıl bir büyüyle bu yabancıların arasına geldiğini de bilemez oldu.

Annesini bir daha görmeyecekti. Yıllar boyunca adını bile duymayacaktı. Babasına gelince, onunla birlikte yaşadığını söylemek doğru olur muydu? Yan yanaydılar, tıpkı hurmalıktaki bütün "biraderler" gibi, ama Mani kimsenin oğlu değildi, cemaatin çocuğuydu. Bir tek Sittay'a "baba" diyecek, bir tek onun sözünü dinleyecekti, nitekim Pattig de ona "baba" diyor, sözünden çıkmıyordu.

Çocuğun itaat etmek, eğilmek, diz çökmekten başka çaresi yoktu. Ne var ki, tutsak düştüğü ilk andan itibaren içinde boyun eğmeyen bir yer kaldı. Ruhunda isyankâr bir zerre adeta.

Sofuların renksiz dünyasında, yalnızlıktan başka neye sığınabilirdi? Mani çabucak yalnızlığı sahiplenmeyi, zenginleştirmeyi, herkesten korumayı öğrendi. Cemaatin dışında kendine soluk alacak bir alan, insan ayağının değmediği bir çocuk krallığı yarattı. Her fırsatta koşuyordu oraya. Dicle'nin, hurma ağaçlarından bir duvarın arasında kıvrılarak aktığı bir yerdi burası. Bazı ağaçlar yarım ay şeklinde kol kola vermiş, ötekilerse su içecekmiş gibi eğilmişti. İnsan, gözünü karartıp ağaçların üzerinden atladığında kendini kokularla dolu, gölgelik bir yarımadada bulurdu, ama gölge ışığı kovmaz, tam tersine onu içer, süzer, damıtır, sonra da devşirmesini bilenlere bol bol sunardı. Mani burada oturur, uzanır, ağlar, taşkın sevinçler yaşar ya da hayal kurardı. Ve sık sık bağıra çağıra, yerini belli etmekten çekinmeden kendi kendine konuşurdu.

Ama nadiren yaşanan anlardı bu. Hurmalıkta asla boş vakit olmazdı. Orada törenler biter, angaryalar başlardı. Mani, Ak-Giysililerin şekilsiz kalabalığına karışma vakti geldiğinde, hep gönülsüzce ayrılırdı sığınağından.

Birbirine "birader" diyen bu adamlardan hiçbiri onun dostu olamamıştı. Sekiz yıl boyunca çocuğun korku dolu gözlerinde hepsi iç karartıcı giysileri, kaba saba dilleriyle birbirinden farksız zindancılar olarak kalmıştı. Mani ibadetlerini, dışarıdan şüphe uyandırmayacak kadar sadakatle taklit ediyordu etmesine, ama bunun nedeni Sittay'ın en ufak bir hatada büyük küçük dinlemeden verdiği cezalardı: zorla tutturulan oruçlar, kırbaçlanma, ağzına kadar dolu fıçıları taşımalar, bitip tükenmez tövbe duaları.

Bazen daha alışılmadık cezalar da verilir, bu da gülümsemeye ya da gülmeye fırsat yaratarak "biraderlerin" keyfini yerine getirirdi; sözgelimi ihtiyar Simeon'un ağza alınmayacak küfürler etti diye bir palmiyeye tırmandırılıp, Sittay aşağı inmesine izin verene kadar orada bırakılması gibi.

Ama bu ceza gülmecesinin gediklisi Tyr'li Malkos'tu, "biraderlerin" en göbeklisi, Mani hariç tutulursa en genci. Hatta cemaatte Mani'den bile daha yeniydi. Görünüşte zengin bir tacir olan babası üç yıl önce birdenbire hurmalığa gelmişti, doğruyu söylemek gerekirse aniden niye imana sarıldığını anlayan da olmamıştı. O zamanlar talihinin döndüğü, ailesini, malını mülkünü kaybettiği, alacaklıları peşine düşünce mutsuzluğunu saklamak, kendini unutturmak için buraya sığındığı gibi dedikodular dolaşmıştı ortalıkta. Birkaç ay sonra boğularak ölmüştü, herhalde yaşamaktan tat almaz olduğundan. Böylece Malkos da tıpkı Mani gibi, herkesin oğlu oluvermişti.

Gene de aralarında, Mani'nin Mardinu'dan çok küçükken ayrılmış olması gibi bir fark vardı. Maryam'la Utakim'in yanında geçen o çocuksu, eksiksiz mutluluğun, belleğinin karmaşık bir yerinde gömülü duran mutlu günlerin üzerinden yıllar geçmişti. Kokulara, tatlara dair en güzel hatıraları acıyla; en sevgili varlık tarafından teslim edilmenin, bırakılmanın, terk edilmenin, ya da en azından yeterince korunmamanın tükenmez acısıyla yoğrulmuştu. O zamandan beri onun için sadece her gününe sinen bu kara yazı, hurmalıktan göğe yükselen, daha ötesinde her şeyin adeta varolmaya korktuğu o yarı saydam duvar vardı. Malkos ise şu koca dünyada alışkanlıklarını, özlemini hâlâ koruduğu gerçek bir çocukluk yaşamıştı.

Bunu görmek için Malkos'un kahkahasını duymak yeterdi. Ak-Giysililerde gülüş önce gırtlağı temizlemeyle başlar, sonra hıçkırığa benzer bir kıkırdamaya dönüşür ve onur kırıcı bir sözle son bulurdu. Malkos'un kahkahasıysa başka türdendi. Onunki neşe saçar, gürler, gururla yükselirdi; kimseden yüz bulamazsa kendi soluğundan beslenirdi; ve tam bitti sanırlarken daha da yükselirdi, özellikle hep birlikte tefekküre daldıklarında. Taşkınlıkları için Tyr'li gence layık görülen cezalar, hurmalıktan kaçtığı zaman verilenlerin yanında gene de hafif kalırdı; aslında topu topu birkaç saatliğine ortadan kaybolurdu, ama Sittay delikanlıyı fırsattan yararlanıp her türden yasak yemeği yemekle suçluyordu. Muhtemelen haklıydı da. Avurtları çökmüş o suratların arasında Malkos'un göbeğine, şiş yanaklarına bakınca, herkes gibi perhiz yapmadığı hemen belli oluyordu.

O gün, alacakaranlıkta yenen ikinci öğünde, "biraderler" her zamanki gibi yemekhanede, üç uzun paralel masaya dağılmışken de öyle oldu. Sittay ortadaki masanın başında, cemaatin en eskileri etrafında, Malkos ise aynı masanın öbür başında, kapının yanındaydı. Önce dua ile başlamışlardı. Onların baştan savma üç-beş laf mırıldandıklarını sananlar, hurmalığın âdetlerini yanlış biliyorlar, demektir. Sittay bildik şükür duasını okuduktan sonra bitmek bilmez bir vaaza girişti. Biraderlerin hepsi ayakta, başlarını öne eğmiş, yemeğe atılmak için bitirmesini bekliyorlardı. Ama efendilerinin hiç acelesi yoktu. Açlık bir düşmandır, diye anlatıyordu, erdemli erkek onu doyurmak yerine dizginlemeyi bilmeli, tıpkı tenin bütün arzuları gibi. Karınların zil çaldığı saatte en sevdiği konuydu bu: Beden bir katırdır, diyordu, ruh onun sırtındadır, bazen durup hayvanı yemleyeceksin elbet, ama yolu ya da nerelerde durulacağını seçmek ona düşmez, bineğine laf geçiremeyen yüz karası biniciye lanet olsun!

Ak-Giysililerin sofrası pek mütevazıydı: zeytin, salatalık, badem, şalgam, üç beş meyve, ekmek, su. Gene de altmış çift göz bu fakir yemeğin üzerindeydi. İlk yemeği şafak duasından hemen sonra yemiş ve bütün gün tarlada eziyet çekmişlerdi. Ne var ki sabırlı olmak, tefekküre dalmak, kendi kendini lanetlemek lazımdı, çünkü açlığa aç olmanın utancı ekleniyordu bir de; ve zevkle çiğnenen her lokmanın peşin pişmanlığı.

Malkos daha fazla dayanamayarak titreyen elini en yakındaki sepete uzattı, tabii etrafında bütün başların öne eğik, gözlerin kapalı olduğunu kontrol etmeyi ihmal etmeden. Sonra sapsarı, taptaze, sulu bir hurmayı alelacele ağzına atıp en dindar havasını takındı.

Birkaç saniye bekledikten sonra ağır ağır, hiç sesini çıkarmadan çiğnemeye koyuldu, başını o kadar eğmişti ki çiğnedikçe çenesi göğsüne çarpıyordu. Dişleri usulca meyveye gömülürken çıkan şekerli suyu diliyle toplayıp ağzının içinde gezdiriyor, ardından suçlulukla karışık bir zevkle boğazına akıtıyordu.

O zevk denizlerinde yüzmeye devam ederken "baba" nihayet nutkunu bitirdi, "biraderler"se saklayamadıkları bir telaşla hep birlikte yüksek sıralara oturdular. Malkos gürültü yüzünden boş bulunup ağzındakini ulu orta çiğnemeye koyuldu, ama ötekilerden bir saniye sonra yerine otururken suçlayan gözler üzerine çevrilmişti bile; karşısında oturan Gara'nın, Sittay'ın öz be öz yeğeninin gözleriydi bunlar. Malkos ona olanca masumiyetiyle gülümsedi, ama gözü görevinden başka şey görmeyen Gara yanındakinin kulağına eğilip suçu fısıldadı; o da delikanlıyı aynı öfkeli bakışlarla süzdükten sonra haberi komşusuna aktardı, böylece işlenen suçun hikâyesi zincirleme olarak masanın öbür ucuna kadar ulaştı.

Sıra Pattig'deydi. İhbarı ciddiyetle dinledi, delikanlının küçük, affedilmez günahını kaşlarını çatarak kınadı, ama yanındakinin kulağına eğilecekken tereddüt eder gibi oldu. Part asillerinin adabıyla yetişmiş biri olarak adi bir muhbir gibi davranmayı nasıl kabul edebilirdi? Ne var ki Sittay soyu sopu, aniden gurura kapılması, bazı işleri küçümsemesi yüzünden onu çok suçladığından, müminler cemaatinde göze batmaktan kaçınması gerekiyordu. Cemaatin fikrine göre şefkat, hoşgörü, bağışlayıcılık her haliyle şüpheliydi, yüce gönüllülük ise kibre yorulurdu.

İflah olmaz Pattig, dünyadaki en iyi sebepler uğruna hep en kötü yollara sapardı! Sıttay'ın karşısında "biraderlerin" hepsinden çok titrer, diz çöküp göğsünü döver, kendini aşağılardı, oysa oğlunu elinden tutup o hurmalıktan çıkıp gitse, dışarıda ışıl ışıl bir hayat onu bekliyordu. Ama bunu aklından bile geçirmezdi. Sekiz sene içinde Mani'ye aralarındaki kan bağından bile bahsetmemiş, oğlanı ürküten, korkutan gizemli bir gülümsemeyle uzaktan ona bakmakla yetinmişti. Oysa Pattig korkak değildi, ya da öyleyse bile kendine has bir korkaklığı vardı: Hayatını gözden çıkarmıştı, ama ruhunu değil. Alçakça davranmasının nedeni de işte bu dindarca ödleklikti.

Malkos'un ağzına attığı hurma olayı haber verilince Sittay resmi, ciddi, rahatsız bir havayla ayağa kalktı.

"İçinizden hanginiz ahlaksızın yanında yemek ister? Dünyanın pisliğinden kaçmak için gelmedik mi bu kutsal yere? Ama içimizden bir tek kişi günaha girse, dünyanın kiri vücuduna ve ruhuna sinse bütün çabalarımız, bütün fedakârlıklarımız boşa gider, çünkü pislik hepimize bulaşır."

Ardından hüküm geldi:

"Malkos, eline bir tas alıp 'biraderlerin' ortasında duracaksın, herkes yediği hurmanın çekirdeğini tasa atacak. Buna talim edeceksin. Sonra boş tası getirip bana göstereceksin. Mademki seni günaha sokan hurmadır, öyleyse o güzel tadının ötesindeki katı, kemiksi gerçek halini gör bakalım."

Hükmün ardından alaycı bir uğultu yükseldiyse de çabucak susturuldu. Yasak gıdalara bu kadar dikkat edilen bu toplulukta yemekler de ciddi bir törenle yenirdi. Nabu, Dionysos ya da Mitra şölenleriyle, bedenin, yeryüzünün bütün tatlarının gürültüyle kutlandığı bir tapınak haline geldiği o çılgınca âlemle hiç ilgisi yoktu bunun. Yemekhane günah diye bütün zevklerden vazgeçilen, kasvetli bir yerdi. "Biraderlerden" biri kutsal yazılardan bölümler okurken, yüksek sıralarda oturan, bu yüzden de kafalarını kuş gibi masaya uzatmak zorunda kalan müritler, yemekleri iki parmaklarıyla alıp su dolu bir çömleğe batırır, her lokmada "Mârâme bareh!", "Tanrım, kutsa!" diye okurlardı.

Malkos böylece bir ağızdan yükselen mırıltılar arasında çanağını gezdirdi, "biraderler" de tek kelime etmeden, ama gücendiklerini, ayıpladıklarını bakışlarıyla belli ederek birer çekirdek ihsan ettiler ona. Bu erdemli insanlardan biri, verdiği çekirdeği ince bularak alelacele bir tane daha attı, infaz savcılığına soyunduğu için kendiyle pek gurur duyuyordu.

Bir tek Mani farklı davrandı. Bağışta bulunma sırası ona geldiğinde elini hiç korkmadan çanağa daldırıp avucunu çekirdekle doldurup avutucu bir ifadeyle, gizlice hepsini cebine attı. Malkos ise minnetini göstermemeye çok dikkat ederek yerine dönüp uygunsuz yemeğini bitirdi. Ama cemaatin içinde bir dostunun olduğunu bilmek yüreğini ferahlatmıştı. Çekirdeklerde sanki biraz hurma tadı kalmıştı, kıtır kıtır geldiler ağzına. "Biraderlerden" bazıları onun pişman olmuşa benzemeyen, huzurlu haline, hatta bazen utanmazca keyiflenmesine bakarak içine şeytan girdiğine hükmettiler.

Malkos o günden itibaren genç velinimetine minnetin ötesinde, gerçek bir hayranlıkla bağlandı. Kendi kendine, peşinden hiç ayrılmayacağına, herkese karşı ona kol kanat gereceğine, onun yerine binlerce kez kırbaçlanmaya, bitip tükenmez oruçlara katlanacağına ant içti. El çabukluğuyla yok edilmiş birkaç hurma çekirdeğinin, yüzde beliren bir suç ortaklığı ifadesinin hatırına, sahip olduğu en değerli şeyi Mani ile paylaşmaya hazırdı.

Ertesi gün, cemaatin şafak ayini için Kutsal Ev'de toplandığı sırada Malkos heyecanla koşup geldi. Gene o bitip tükenmez duayı kafasını gözünü yara yara okumak zorunda olduğunu biliyordu; ama ne çıkar, bugün, aynı soğuk ve çıplak salonda, aynı anda, aynı hareketleri yapacak bir dostu vardı. Çıkışta yan yana yürürlerken, öbür "biraderlerden" uzaklaşır uzaklaşmaz Tyr'li büyük bir ciddiyetle sordu:

"Sana bir sır vereyim mi? Ama kimseye söylemeyeceksin!"

Mani'nin buna canı sıkıldı. Malkos'un arkadaş aradığını gayet güzel anlasa da, kendi artık bunun peşinde değildi. Ak-Giysililerin arasında geçen yıllarda kendine bir yalnızlık inşa etmeyi başarmıştı, bir zırh gibi üzerine geçirdiği o güzelim, o yeri doldurulmaz yalnızlık. Paylaşacak olursa onu kaybederdi. Her fırsatta, yalnız başına, kendi yarenliğinde o gizemli sığınağına gitmekten büyük keyif alıyordu. Başını niye bir insanın vızıltısıyla şişirsindi? Hem Sittay'ın hem de pek çok "biraderin" genellikle günah keçisi gözüyle baktığı delikanlıyı gücendirmemek için pırıl pırıl bir gülümsemeyle baktı ona. Ama cevabı geçiştirip adımlarını sıklaştırdı. Tyr'li ise ona iyice yapışmış, bir önüne bir arkasına geçerek onu izliyor, yorulmak nedir bilmeden, itirazları duymazdan gelerek zıplayıp duruyordu:

"Söz ver, beni ele vermeyeceksin!"

Mani bu kez omuzlarını silkerek, meseleyi çoktan unutmuş havasında, patavatsızca sordu:

"Seni ele vermek mi? Bugüne kadar kimi ele vermişim?"

Gözle görülür şekilde rahatlayan Malkos derin bir nefes alıp, bir lahzada söyleyiverdi:

"Bir-kadın-tanıyorum."

Sonra ağzı bir karış açık, genç arkadaşından gelecek soru yağmurunu bekledi.

Ama çıt çıkmadı. Mani'den ne bir şaşkınlık belirtisi, ne bir hayret nidası geldi. Bu durumda Malkos darılır, çekinir miydi acaba? Tam tersine. Arkadaşının soğukkanlılığını, konuşamayacak kadar afallamış olmasına verdi. Mani'nin şaşkınlıktan ve hayranlıktan donakaldığını sandı, zafere ulaşmasının an meselesi olduğunu hissederek devam etti:

"Bu uğursuz hurmalıkta uzun kalmaya niyetim yok. On beşime basar basmaz gideceğim. O da benimle gelecek. Ktesifon'a yerleşeceğiz. Orada Tyr'li ya da Palmira'lı tacirlerin yanına seyyar satıcı olarak işe girerim. Kervanlarla Mısır'a, Hindistan'a, Ermenistan'a giderim. Onu şimdiden üzerinde altınla, değerli taşlarla işlenmiş ipek bir elbiseyle, etrafında on iki siyah ve beyaz köleyle, bir Yunan heykeli kadar güzel, Ktesifon'daki sarayımın merdivenlerinden ağır ağır inerken görüyorum."

Mani bir an için sessizliğinden sıyrılarak, sırf işin içine şüphe tohumları ekmek için karşısındakinin oyununa katıldı:

"Altı üstü Ktesifon'da, bir tacirin yanında satıcılık yaparken, sarayı nasıl yaptırdın?"

Malkos bu kadarına pabuç bırakacak cinsten değildi.

"Satıcılık da uzun sürmeyecek, hemen Antakya'da, Palmira'da, Petra'da, Deb'de, Bingazi'de ortaklar bulup kendi işimi kuracağım. O zaman hem Ktesifon'da, hem Tyr'de saray yaptıracağım. Canım çekerse üçüncüsünü de Medya dağlarına dikerim, sıcaktan ya da salgınlardan kaçmak istediğinde hanımı gönderirim oraya."

Gün geçmiyordu ki Malkos en zarif, ama çoğunlukla en abartılı sözlerle "hanım"dan bahsetmesin! Mani onu hiç teşvik etmiyor, adını, yaşını sormaktan hep kaçınıyordu, ama gene de ilk baştaki kadar kayıtsız değildi. Genellikle ona kulak veriyor, bazı heyecanlarını paylaşıyordu; Tyr'li yüksek sesle hayal kurmaya daldığında, o da bazen sessizce ona katılıyordu. Bazen o kadın onun da aklına düşüyor, yalnızlığının içinde birdenbire, onun nasıl biri olduğunu, Malkos'un hangi ağaçların altında onunla tanışmış olabileceğini düşündüğünü fark ediyordu.

Bütün "biraderler" gibi onlar da zaman zaman komşu köyün pazarına cemaatin ürünlerini satmaya giderlerdi. Kadın yüzü görebilecekleri tek yer de burasıydı, gördükleri de çoğunlukla ağır zembilleri yüklenmiş, dertli dertli ayaklarını sürüyen, armut vücutlu kadınlardı. Zaten onlar da Ak-Giysililere, erkeklikten nasibini almamış bu erkeklere, bereketli topraklarından kazandıkları altınları istifleyip duran, yanakları çökmüş bu cılız yaratıklara, kendilerine akıl almaz ahlaksızlıklar, dile sığmaz âdetler yakıştırılan, bu istenmeyen, bu herkesten kaçan insan sürüsüne küçümseyerek bakarlardı.

Aslında bazıları, Mani'yi meyvelerin sebzelerin ortasında, dalgın, sefil, yapayalnız gördüklerinde acır, "oğlum" diyerek alnına dokunur, kalan bakır *paşiz*'leriyle son malta eriklerini satın alırlardı. "Oğul" aldırmaz görünürdü, ama kadınların şefkati yüreğini ısıtır, o gülümseyen kırışık gözler biraz daha baksın diye içi giderdi.

Bazen daha genç kadınlar olurdu yanlarında. Yüzleri boyalı bu on iki-on üç yaşında kızların, çocukluğu bitenlere, kaderi çizilmişlere, bir sonraki yıl karnında çocukla hantallaşacak olanlara, bir sonraki yıl ise anneleriyle karıştırılacak hale geleceklere özgü, hem itaatkâr hem isyankâr, yapmacık bir yürüyüşü vardı. Sittay "biraderleri" özellikle onlara karşı uyarırdı: "Ellerinden hiçbir şey almayın, oturmuş olabilecekleri yerlere oturmayın, hele sakın ola ki durup seyretmeye kalkışmayın. Güzellikleri bir hasat mevsimi kadar sürer, koparıldıkları an solar giderler."

Malkos'un "hanımı" bunlardan biri miydi?

Günlerden bir gün, iki delikanlı köye çok yakın bir angaryadan dönerken, havadan gelen bir taş Mani'nin kulağını sıyırdı. Mani sıçradı, ama bağıran Malkos oldu. Kaşla göz arasında eline yumurta büyüklüğünde bir taş alıp kolunu kalkan ederek haykırdı:

"Erkeksen çık ortaya!"

Cevap olarak çocuksu bir ıslık yükseldi, ve derken bir şeftali ağacının dalları arasından sallanan bir el gördüler. Malkos rahatlayarak, bir küfür sallayıp taşı rasgele fırlatıverdi.

Mani şaşırmıştı:

"Tanıyor musun?"

"Belki, diye karşılık verdi Malkos, kaçacak delik aradığı halinden belliydi."

"Kim bu?"

"Bir kız."

Kız karşılarına gelince, Mani dizlerinde düşmekten olmuş taze çürükleri, yırtık pırtık bir başlıkla toplanmış açık renk saçlarını, mücevher niyetine taktığı, kiraz saplarından örülmüş kolyesini gördü. Taş atmayan elinde kaşla göz arasında cemaatin bostanından çaldığı, şimdi de iştahla dişlediği bir şeftali vardı. Gömleğinin eteğini kaldırıp çenesini sildi. Küçücük bir kızdı bu sadece.

"Yaralanmadın ya", dedi Mani'ye.

"Bir yeri kanamadı", diye karşılık verdi Malkos. "Ama gözünü çıkarıyordun az kalsın!"

Ufaklık devam etti:

"Senin adın ne?"

"Mani", diye atıldı Malkos.

"Şu hiç ayrılmadığın arkadaşın mı?"

Bunu söylerken Mani'ye sokulup hiç çekinmeden yüzünü incelemeye koyulmuştu.

"Çok okur, demiştin, yazısı güzeldir, üç kaşı vardır, bacağının biri de topaldır. Dilsiz olduğunu söylemeyi unutmuşsun."

Mani ağırbaşlılıkla yürümeye koyuldu. Malkos ona seslendi, kız da arkasından koştu.

"Adım Kloe. Malkos ile sık sık oyun oynarız. İstersen sen de gel."

Mani yoluna devam edince Kloe omuz silkti. Malkos biraz bekledikten sonra koşup arkadaşına yetişti.

"Bacağını konu etmemeliydim. Kusura bakma. Senden o kadar çok bahsettim, günün birinde seni görür görmez tanımasını o kadar istiyordum ki, onun için söyledim."

"Böyle eften püften bir şey için özür dilemeye değmez, sakatlığımı saklamak hiç aklımdan geçmedi."

Kızmak şöyle dursun, tam tersine Mani'nin yüzünde güller açıyordu.

"Demek bahsettiğin hanım buydu. Herhalde günün birinde görür görmez tanıyabileyim diye harfiyen tarif etmişsin bana da. Yunan heykeline benzettiğin bu muydu?"

"Evet, o", diye böbürlendi Malkos.

"Haklısın, heykel dediğin de boy boy..."

Ama bunu söylerken, alaylarının etkisini hafifletmek istercesine Tyr'linin omuzlarına dostça kolunu sardı. Malkos yüreklendi:

"Diyelim ki senden bazı şeyleri sakladım, ama hiç yalanım yok. Şu dalda çiçeğe durmuş bir tomurcuk görsem, 'bak, işte bir erik' desem, yalan mı olur? Kesinlikle olmaz, sadece gerçeği bir mevsim erken söylemiş olurum."

III

Demek bu ıslık çalan oğlan kılıklı "hanımın" adı Kloe'ydi. Ama hurmalığın komşusu olan köyünde o güne dek ona öyle seslenen olmamıştı. Ne incirleri yarıp, kurusun diye çatılara sermeye yardım ettiği kadınlar, ne de canının çektiği meyveyi ağaçlardan koparmasına ses çıkarmayan erkekler. Henüz ergenliğe özgü o bunaltıcı ağırlık üzerine çökmediği için kapıları vurmadan keyfince her yere girmesine izin vardı. Herkes severdi Kloe denen şu hırsızı, şu gönlü zengin kızı. Elma hırsızı, tebessüm zenginiydi Kloe. Köydekiler için o hep "Yunan'ın kızı"ydı ve daima öyle kalacaktı.

Gerçekten de, bir vakitler İskender'in ordusuyla Doğu'ya savaşmaya gelmiş, Makedonyalının ölmesinden sonra da fethedilen bu topraklarda evlenip çoluk çocuğa karışmış, çift çubuk sahibi olmuş Yunan askerlerinin soyundandı Kloe'nin ailesi. Kloe'nin babası, atası Charias'ın adını taşımakla hâlâ büyük gurur duyar ve tıpkı onun gibi İskender'e bağlı sayardı kendini. Charias nadiren donukluğundan sıyrılır ve o anlarda, etrafına insanları toplayıp kim bilir kaçıncı kez Arbela Savaşı'nı, Fatih'in ordusunun Dara'nın birliklerini nasıl paramparça ettiğini, Trakyalısı, Odrislisi, Paeonia'lı süvarisi, Giritli okçusuyla, Andromakes'in paralı askerleri, piyadeleri ve İskender'in yoldaşlarıyla, onca yürekli adamın nasıl bir araya geldiğini anlatırken coşardı. Ama hepsinden önemlisi İskender'in yeri doldurulamaz yoldaşlarıydı, Kloe'nin babası arkadaşları gibi bahsederdi onlardan, kimini taklit eder, kimine öğüt verir ve nihayet hikâyenin en can alıcı yerinde "biz, Charias" diyerek atasını araya sokar ve o an karşısındakinin gözlerinde okuduğu şaşkınlıkla zevkten dört köşe olurdu.

Unutmayalım ki Arbela Savaşı yirmi kuşak önce olmuştu, ama ne gam; zaman efsaneleri, özellikle İskender efsanesini sarıp sarmalayarak olgunlaştıran bir kundaktan başka neydi ki, hele de İskender'in zaferini de, ölümünü de görmüş şu Mezopotamya toprağında. Bu toprak genç yaşta gömmüştü onu, o ölümsüz sevgiliyi yüzü henüz kırışmadan, genç yaşta almıştı koynuna, ve yaşadığı otuz üç yıl, ölümsüzlüğün yaşı olarak kalmıştı. Zamanın akışına hükmeden İskender'di. Babilli müneccimler yeni çağı onun ölümüyle başlatmamışlar mıydı? O zamandan beri nice krallar gelip geçmiş, ama hepsi Makedonyalının gölgesinde kalmıştı; ilk hükümdarlar onun subaylarıydı zaten, sonrakiler onların soyundandı, iktidar Partların eline geçtikten sonra hükümdarlar adlarına mutlaka "Filhellen", yani "Yunan dostu" unvanını ekleyerek, İskender'in soylu mirasının meşru bekçileri arasına dahil olmuşlardı.

Kralların kralı bile aradan beş yüz yıl geçtiği halde hâlâ Fatih'i anmadan edemezken, artık en ufak bir debdebesi, toprağı, altını, bir tanecik atı ya da hizmetkârı kalmamış Kloe'nin babasının efsaneden payına düşeni abarttıkça abartmasına şaşmamak lazımdı. Kocaman, ama yıkık dökük bir evde hayalet gibi gezinen, kızıl sakallı, sıska, ihtiyar bir adamdı; çoktan göçmüş bir köleden olma kızı Kloe'yle yalnız yaşıyordu. Baba kız evin bir kanadında oturuyordu, iki kişiye gene de büyüktü burası; öbür tarafta ise çatılar çökmüş, duvarlar yıkılmış, kapılar çürümüş, kurtlara yem olmuştu.

Küçük kız, saklanacak sayısız gizli köşesi olan bu harabede yaşıyor, tozun, taşların arasında hiç burukluk duymadan dolaşıyordu. Malkos cemaatten kaçtığı zamanlarda bazen buraya oynamaya gelirdi; sıcak bir temmuz günü Mani'nin de aklını çeldi. Köy pazarına, angaryaya gitmişlerdi. Nippurlu bir tacir bütün tezgâhı toptan satın alınca gezmeye vakit kalmıştı. Evde Kloe'yi görmeyi beklerken, karşılarına elinde bastonuyla, düşünceli düşünceli gezinen babası çıktı.

"Çocuklarım, kimlerdensiniz?"

"Kloe'yi görmeye geldik", demeyi tercih etti Mani.

"Kızımı mı?"

"Evet, Tanrı'nın inayeti üzerine olsun."

"Tanrı'nın inayeti üzerine olsun! Tanrı'nın inayeti üzerine olsun", diye tekrarladı Charias, dişsiz ağzıyla birden gülerek. Böyle laflar bilen tuhaf oğlanı baştan aşağı süzdü.

"Biraz yaklaş da yüzünü göreyim oğlum, yoksa hurmalıktaki delilerden misin?"

Ama Yunan, delikanlının yüzünde öyle bir yumuşaklık, öyle bir masumiyet, öyle hüzünlü bir ciddiyet gördü ki şüpheleri hemen dağıldı.

"Canavara benzemiyorsunuz. Takılın peşime, kızım buralarda bir yerdedir. Size dut şurubu vereyim, ferahlarsınız."

Yıkıntıların, döküntülerin üzerinden atlayarak evin oturulan kanadına geçtiler. Kloe henüz dönmemişti ama babasının tasalandığı yoktu, o şimdilik karşısına oturtup atasının gazalarını, İskender'in zaferini döktürebileceği taze, saf dinleyiciler bulmanın sevinci içindeydi. O yöreye özgü Arami ağzıyla, ama araya bol Yunanca kelimeler, özellikle askeri terimler karıştırarak, elini kolunu sallayarak hevesle anlatmaya koyuldu. Malkos büyülenmiş gibi dinliyordu onu. Kahramanlık hikâyelerinden pek etkilenmeyen genç dostu ise duvardaki tuhaf izlere bakarak oyalanıyordu.

Bunlar pislik iziydi herhalde; hali vakti yerinde bir ev sahibi olsa çoktan üzerine kireç vurup kapatmıştı. Ne var ki Mani birtakım çizgiler, renkler seçmişti aralarında. Duvara yaklaşıp tırnağıyla üstten kazıdı, çıkan mavimsi tozu elinin tersine yaydı, sonra da titreyen işaret parmağıyla silinmiş olan çizgileri takip etti. Bir süredir gözleriyle onu izleyen Charias hikâyesine ara verip dile dökülmemiş soruların cevabını söyledi:

"Bu sahneyi Dura Europos'tan bir sanatkâr çizmiş. Dediklerine göre renkler pırıl pırılmış, hem de altın varaklarla süslenmiş. Bu bey konağında nice seçkin konuklar ağırlanmış. Hatta burada, bu odada içkilerin su gibi aktığı, Mezopotamya'nın en neşeli şölenleri yapılırmış, hiç yalanım yok."

İki çocuk Charias'ın evine tekrar gitme fırsatını ancak haftalar sonra yakalayabildiler. Aynı sahne tekrarlandı: Yunan'ın iddiasına göre vaktiyle muhteşem ziyafetlerin verildiği koca salonda Malkos Makedonyalıların seferinin yeni bir perdesini hiç şikâyetsiz dinlerken, Mani de birkaç adım ötede bağdaş kurmuş, çenesini öne uzatmış, ondan başkasının göremediği bir freski seyredaldı. Kloe ise keyfine göre kâh bir köşede efsane dinliyor, kâh öbür köşede Mani'yi çarpan görüntüyü, büyülenmiş gözlerinde boş yere yakalamaya uğraşıyordu.

Mani, bu upuzun, sessiz hayranlık anlarında hissetti ilk olarak, içinde önüne geçilmez bir resim yapma arzusunun uyandığını. Bir Ak-Giysili için tuhaf bir arzu, kirli bir arzu, günahkâr bir arzu. Güzelliğin her haline, bütün renklere, zarafete karşı olan o ortamda, en basit tasviri putperestliğe yoran bu cemaatin içinde, Mani'nin yeteneğinin, sanatının yeşerebilmiş olması nasıl bir mucizedir? Yüzyılların ötesinde, Doğu resim sanatının gerçek kurucusu olarak beliriyor Mani, her fırça darbesi Acem diyarında, ve dahi Hindistan'da, Ortaasya'da, Çin'de, Tibet'te binlerce sanatçıya ilham vermiştir. O kadar ki bazı yerlerde, birinin "has ressam" olduğunu vurgulamak istediklerinde, hâlâ "o bir Mani" derler.

O gün gitme vakti geldiğinde çocuk Mani, gözle görülür heyecanı olmasa gülünç görünecek, tuhaf bir hareket yaptı. Kloe'nin babasının karşısında sertçe eğilerek, duvar resmini tamir etmek için izin istedi. Charias'ın gülmesi geldiyse de çocuğun gözlerinin dolu dolu olduğunu hissederek kendini tuttu. Baştan savma bir cevap geveleyebildi, Mani de erkekçe elini sıkarak karşılık verdi ona.

Yunan, ağır aksak uzaklaşan Mani'nin arkasından bakarken, böyle bir işi bir çocuğa emanet etmiş olmanın rahatsızlığıyla, her ne olursa olsun çok özel bir insanla tanışmış olma duygusu arasında gidip geliyordu. Anlayamadığı bir nedenle onu, ihtiyar Charias'ı rahatsız ediyor, hatta biraz korkutuyordu bu insan.

Bundan sonraki haftalarda Mani kendini hazırlıklara verdi. Önce kamışların ucuna sert ada tavşanı kıllarını, yumuşak bir dokunuş için de köyden bulduğu keçi kıllarını takarak kendi elleriyle fırçalar yaptı. Sonra, çevreden bulduğu, bazısını da tutkuyla, maharetle kendi ürettiği pastel veya canlı renklerde boyalar: Kumdan aşıboyası ve kiremit tanelerini ayırıyor; yumurta kabuklarını havanda döverek fildişi tonunu elde ediyor; çiçeklerin taçyapraklarıyla, saplarıyla, dişiorganlarıyla yansımaları, ara tonları tamamlıyor; renkleri sabitlemek için de badem ağaçlarından topladığı reçineyle karıştırıyordu.

Yunanların evine gitmeye fırsat bulunca Mani hiç acele etmeden takımlarını ortaya serdi. Mezopotamya yazının sıcağında, boyalardan ve reçinelerden elvan elvan kokular yükseliyordu. Charias ile Malkos evin önündeki koca palmiyenin gölgesinde baba-oğul gibi sohbete giderken, Kloe de susamış ağızlarını ferahlatmak için karpuz kesiyordu.

Kloe karpuz ikram etmek için Mani'nin yanına gittiğinde karman çorman renklerden, fon olarak gök mavisinden, sonra belli belirsiz, tozlu, kırmızımsı kıyılardan başka bir şey göremedi. Mani'nin arkasına geçip seyretmeye koyuldu. Derken, bu çizgiler ve ışıklar kalabalığının arasından ağır ağır bir yüz seçer gibi oldu. Mani'nin parmakları yüzün etrafında dolaşıyor, her geçtiği yerde hatlar belirginleşiyordu. Giderek bir insan belirdi, sonbahar puslarının arasından sıyrılan bir seyyaha benziyordu, kaşları, burnu, dudakları duvardan fırlayıp dirilerin şölenine katılacaktı adeta.

Kloe büyülenmiş bir halde delikanlıya iyice sokuldu. O ise işe ara vermiş, bir adım geriden kahramanını seyrediyordu. Yüzü ter içinde kalmıştı. Yunan'ın kızı olanca masumiyetiyle gömleğinin eteğini kaldırıp Mani'nin şakaklarında, gözlerinin etrafında biriken teri, narin tüylerinde otlardaki şebnemler gibi parlayan üç-beş damlacığı sildi. Kloe'nin hoş kokusunu, o ele avuca sığmaz meyve rayihasını seviyordu Mani, ama o an kokuyu hissetmiyor, onunla soluk alıyordu. Koku, etrafındaki havaya yayılıyor, onu sarıp sarmalıyor, içine doluyordu. Kızın elbisesi yüzüne usulca değdikçe hareketleri ağırlaşıyor, solukları sıklaşıyor, gözleri kısılıyordu. Az sonra fırçasından başka, her nedense dudaklarının hizasında tuttuğu o kamış parçasından başka bir şey göremez olmuştu. Geri kalan ne varsa birden yok olmuş gibi, bakışları ona kenetlenmişti. Bütün uzuvlarından, bütün bedeninden sadece fırçayı tutan, çılgınca, sımsıkı kavrayan şu el kalmıştı bildiği. Yunan kızı işini tamamlasın diye geri çekildiğinde, Mani'nin renklere son bir rötuş yapacakmış gibi fırçasını havaya kaldırmış, heykel gibi durduğunu gördü.

Bunun üzerine Kloe, babasına ses çıkarmadan yaklaşmasını işaret etti. Ama Charias odaya girince sevincini saklayamadı:

"Tam böyleydi işte! Atalarımın zamanında, duvarın burası tam böyleydi."

Besbelli onun lisanında en büyük iltifattı bu. Fırça darbeleriyle yeniden hayat bulan yüz, anlatmaktan bıkmadığı o şaşaalı devirlerin bir kanıtıydı adeta.

"Bu kim?" diye sordu Malkos.

"Vaftizci Yahya", dedi Mani duvarda yazıyormuş gibi.

"Daha neler", dedi Yunan alaycı bir havayla. "Vaftizci bu odaya asla girmedi. Bu ya başakların anası Tanrıça Demeter'dir, ya da Avcı Artemis, belki de Dionysos, bütün şölenler ona adanırdı. Hatta..."

Hayata dönmüş olan resme yaklaştı.

"Bir de Tanrı Mitra vardı, Dura Europoslu sanatkâr onun bütün sırlarına ermiş biriymiş. Bu onun tasviri, şimdi eminim. Bak, yüzünün çevresindeki güneş ışınları hâlâ belli oluyor!"

Mani dehşet içinde mırıldandı:

"Mitra!"

Ardından fırçasını bıraktığı gibi veda bile etmeden, koşarak kaçtı. Durmadan "Şeytan! Şeytan! Şeytan!" deyip duruyordu.

Çocukluğundan beri Yunanlardan uzak durmasını tembihlememişler miydi ona, sofralarına oturmayı, evlerine girmeyi yasak etmemişler miydi? Nasıl bir çılgınca kibirle yasağı çiğnemişti! Put resimleri çizen biriydi artık o. Günahtı bu, imansızlıktı, zındıklıktı!

Malkos'un bile bilmediği o yarımadadan başka nereye sığınabilirdi? Keşke kapanabilseydi oraya, keşke kendini unutabilse, oraya gömebilse, bedenini bir daha kimseler bulamasaydı. Gözlerini dinlendirmek için nefes nefese suya eğildi.

Dirseklerini kanalın kenarına dayayıp uzandı, yüzü neredeyse suya yapışıktı, gömleğinin geniş kolları batmış yelkenliler gibi yüzüyordu. Uyuşmuş bir halde, belki uyuklayarak uzun süre öylece kaldı. Neden sonra tekrar suya baktığında yüzeyde suretini seçer gibi oldu, önce bulanıktı, ama su duruldukça giderek berraklaştı. Yüzünü hiç bu kadar yakından görmemişti. Yarı aralık dudaklarında bir damlacık oynaşıyordu.

Bir kez daha "Şeytan!" dedi. Ama sudaki dudakları kıpırdamadı.

Üzüntüyle dudaklarını sarkıttığını sanırken, sudaki dudaklar sarkmadı. Onlar gülümsüyordu. Kendi dudakları da onlara öykündü. Artık su suretini yansıtmıyor, onun yüzü suda gördüğü şu öteki-kendini taklit ediyordu.

Ve dudaklarından kelimeler döküldü, kendi sesiyle telaffuz ettiği, ama ona ait olmayan kelimeler:

"Selam olsun sana Pattig oğlu Mani!"

Çenesi titredi ve birden ince ince sızladı. İçinden cevap vermek, sorular sormak geliyordu; ama kelimeleri, kendi kelimeleri boğazına diziliyor, uysallaşan dudaklarından ötekinin sözleri dökülüyordu:

"Selam olsun sana Mani, hem kendi adıma hem de beni sana yollayanın adına selam ederim sana."

Su kenarındaki bu tuhaf sahneyi Mani kendi anlatır. Hem o, hem de sonradan Manici denen insanlar, bu olayı gönül gözünün ilk açılması olarak görürler. İnançlar böyle doğar, diyenler olacaktır: Ergenlik sapağında hayalgücü işe karışır, bir kadınla, yasak kadınla karşılaşırsın; ve arzu kabına sığmaz olur...

Herhalde doğrudur bu. Mani'nin, paramparça belleğinin kırıklarını yan yana getirebilmek için bu çocukluk aynasına bakmaya ihtiyacı vardı. Doğumuyla, hurmalığa gelişiyle ilgili gerçeği az çok seziyordu, kulağına çalınan şeyler olmuştu, ama bunları uç uca eklemeye cesaret edememişti; o "sesin" ona "Pattig'in oğlu" demesine, Maryam'ın adını o "suretin" ağzından duymaya ihtiyaç duymuştu.

"Beni taşıyıp dünyaya getiren kadının kim olduğunu, bu etten bedenle nasıl doğduğumu, bana can veren aşk tohumunun kimden geldiğini nihayet, on iki yaşımdayken öğrendim."

Bunlar, müritleri tarafından yıllar sonra yazıya dökülen Mani'nin kendi sözleridir.

Ne var ki o çağda yetişen bütün çocuklar gibi o da olup bitenlere safça, heyecanla bakıyordu. Gördüğü ya da gördüğünü sandığı surete, suyun yüzüyle kaynaşmış olan o aydınlığa, kitaplarında "İkizim", "Benzerim" der, ondan gerçek bir dost gibi bahseder. Delikanlılığa adım atan isyankâr çocuk için bir kader ortağı, özellikle de Ak-Giysililere, öğretilerine ve yasaklarına karşı değerli bir müttefikti o.

Nitekim ilk karşılaştıkları gün suretten gene de korkup, duvara Tanrı Mitra'nın resmini çizdiği için nedamet getirmeye kalktığında, "İkiz"in ağzından tam da beklediği cevabı duydu:

"Canın neyi isterse çiz Mani, beni sana gönderen rakipsizdir, bütün güzellikler O'nun güzelliğini yansıtır."

IV

Yani Mani hiç korkmadan, put bile çizebilirdi, öyle mi? "İkizi" duymaya hasret kaldığı başka şeyler de söyledi ona: Ak-Giysililerle onun inançlarının, dininin bir olmadığını, onların saflıklarının kibirden, sapkınlıktan ibaret olduğunu. Ve günün birinde, dünyaya göğüs gerecek kadar olgunlaştığında o hurmalıktan ayrılacağını.

Mani bütün bunları kendine saklamaya karar verdi. Ama öyle neşeliydi ki, sanki ruhu parçalanmak, çatlamak, bütünlüğünü yitirmek yerine, uzun bir sakatlığın ardından kendi kendine tamir olmuş gibiydi. Charias'ın evinden, alevler içindeki bir batakhaneden kaçarcasına uzaklaşan o değil miydi? Gelgelelim, birkaç gün sonra tekrar oradaydı işte, duvarın karşısına geçmiş, attığı fırçayı eline almış, Mitra'nın başını süsleyen ışıkları birkaç ateşli darbeyle canlandırmaya koyulmuştu. Malkos'tan selamsız sabahsız kaçan başkası mıydı sanki? Şimdi onun yanındaydı gene, daha özenli, daha sevecen bir dost olarak.

Tyr'li, arkadaşının değiştiğini, farklı bir insan haline geldiğini açıkça görüyordu, ama neydi onu farklı kılan?

İki delikanlı ibadet mekânı Kutsal Ev'de yan yana çömeldiklerinde Mani ilahilere katılmıyordu. Dudaklarını, çenesini, kaşlarını oynatarak okurmuş gibi yapıyor, ama sesini çıkarmıyordu. Ve bir gün birlikte cemaatin bostanında angaryadayken, Malkos, Mani'nin işi de savsakladığını gördü. Elindeki beli o kadar yavaşça kaldırıp indiriyordu ki, alet toprağı şöyle bir sıyırıp geçiyordu sadece. Arada bir, sanki gerçekten çalışmış da yorulmuş gibi duruyor, elindekini bir nar ağacının pürüzsüz gövdesine usulca yaslayıp soluklanıyordu.

Malkos o gün daha fazla dayanamayıp neler olduğunu sordu ona. Bunun üzerine Mani, yerden kurumaya yüz tutmuş, ama hâlâ yeşil kesik bir dal alıp havada döndürmeye, kırbaç gibi şaklatmaya koyuldu.

"Şu ıslığı dinle! Hava inliyor, çünkü saldırdım ona. Dinlemeyi bilsen ne dediğini duyardın: Şu dünyada daha hafif ol, ayağını vurmadan yürü, sert hareketlerden kaçın, ağaçları da çiçekleri de öldürme. Toprağı işler gibi yap, ama incitme onu, okşa sadece. Ve ötekiler avaz avaz bağırırken dudaklarını oynat, sakın bağırma."

Mani, Ak-Giysililerin hurmalığında geçen gençliğini sonradan şöyle anacaktı:

"O adamların arasında huzuru bozmadan, haksızlık yapmadan, kimsenin canını yakmadan, yasalarına uymadan bilgelik ve kurnazlıkla yol aldım."

Kurnazlık; kurallara uymadan, ama bunu belli etmeden cemaatin içinde yaşayabilmek için kurnazlık şarttı. Çocuk gerçeğini gizlemek, dünyaya kafa tutmaya hazır hale gelene dek yıllar boyunca bilgi biriktirmek, düşünmek, olgunlaşmak zorundaydı. O sırada ötekileri aldatmaktan, olduğundan başka türlü görünmekten, aslını gizlemekten başka çaresi yoktu. O da büyük bir sabırla çabalıyordu, cesareti ya da kararlılığı tükenecek gibi olduğunda da kendi kendine tekrarlıyordu: "İnsan dünyadaki davranışları taklit ederken anlar hepsinin ne kadar boş olduğunu."

Gene de Mani'nin sahtekârlıktan özenle kaçındığı bir alan vardı. Hurmalığın içindeki bütün yapılar içinde sadece birinin, kütüphanenin kapısını aşındırmaktan usanmazdı. Ne yazık ki Sittay da burada oturuyordu. Gerçi sadece basit bir hücre onundu, ama öyle ya da böyle kitapların, okuyanların ensesindeydi. "Baba"nın onayladığı kitaplarla yetindiği sürece Mani'yi rahatsız eden olmazdı. Ama başka bir yazmayı öylesine karıştırmayagörsün, birkaç dakika sonra Sittay ya da emrindeki "biraderlerden" biri tepesinde biter, tehditler, lanetler savururdu.

Dicle vadisinin bu ücra köşesi için hiç umulmadık bir zenginlikteki bu kütüphanede müritlerin, özellikle en gençlerin alıp karıştırabileceği kitaplar sınırlıydı. Yazar putperestse, yazdıkları peşinen günah sayılıyordu. Sadece tıp, bitkiler, gezegenler, yolculuklar hakkındaki birkaç eski kitap yasağın dışındaydı. Yahudi yazarların, İbrahim gibi sunaklarda hayvan kurban edip etmediğine ya da böyle âdetleri uluorta savunup savunmadığına bakılıyordu; işte bu nedenle İncil de hurmalıkta, metinlerin büyük bir kısmı çıkarılmış olarak okutuluyordu. Ve nihayet yazar Hıristiyansa hemen sapkın olabileceği göz önüne alınıyordu; bundan dolayı kütüphanede kopyası bulunan yirmi kadar İncil arasında yalnızca iki-üç tanesi kabul görüyordu. Diğerleriyse Tarsuslu Paulus'un mektuplarından bir kademe daha muteber sayılıyordu; ki tarikat Paulus'a hiçbir zaman "aziz" dememiş, tam tersine, Sittay'ın deyimiyle "İsa'nın öğretisini Yunanların keyfine göre değiştirdiği için" o hep kâfir, hain, sapkınların efendisi olarak anılmıştı.

Mani yasak olmayan üç-beş kitabı tekrar tekrar okur, beğendiği, etkilendiği ya da kafasını karıştıran uzun pasajları ezberlerdi. Ve bazen, zaten kelime kelime bildiği metne tembel tembel göz gezdirirken, anlatılan sahnenin görüntüsü zihninde canlanıverirdi. O zaman içinden resim yapmak gelirdi. Önce sayfayla uzun uzun söyleşirdi, ardından Aramice yazılar, insanlarla, çiçeklerle ve efsanevî hayvanlarla dolu bir sahneyle kuşatılırdı. Bununla birlikte Mani bir an bile yaptığı işi metne eşlik etmek, metni resimlemek ya da süslemek olarak görmezdi; tam tersine, tasvirlere yakından bakıldığında kelimelere gerek kalmadan yazıların özünün anlaşılabileceğine inanırdı.

Mani'nin sanatı, plansız programsız, ama erken olgunlaşanların mahir tutkusuyla, kitap sayfalarındaki boşluklarda gelişiyordu. Müstensihlerin mürekkebiyle varlıkların, nesnelerin titrek hatlarını çiziyor, sonra ışıkla onlara derinlik veriyordu. Her bir gün "biraderlerin" dikkatinden çalınan mutluluk dolu dakikalar.

Ama er ya da geç bu durum ortaya çıkacaktı. Mani'yi kutsal bir kitabın sayfalarını "kirletirken" ilk yakalayan Ak-Giysili, hemen koşup Sittay'a günahı yetiştirdi. Çocuk ne yalvarmaya kalkıştı ne de kaçmaya. Yaratma ânının sarhoşluğuyla korkuya boyun eğmediği gibi, her zamankinin tersine ihtiyatı da bir kenara bıraktı. Üstat karşısına geldiğinde her şeyi göze alıp küstahça bir itirafta bulundu:

"Henüz resmimi bitirmedim."

Tomas İncili'nin bir kopyası olan kitabı eline alan Sittay, daha kapakta, havarilerinin arasındaki İsa tasvirine takılıp kaldı. Bedenler çizilmemişti, resimde on üç yüz vardı, ortada Nâsıralı*, arkasında da Palmira tanrılarının tasvirlerinde görülen cinsten bir güneş kursu. İsa'nın hemen yanında, tarikatın inancına göre ikizi olan Tomas duruyordu; öbür yüzler ise, lacivert bir gökteki gezegenler gibi etraflarında dönüyordu. Sittay'ın soluğu kesilmişti. Arkasında biriken müritleri sessizce vereceği hükmü bekliyorlardı.

Ama hüküm gelmiyordu bir türlü. Efendi kitabı pencereye en yakın masaya koyup, gün ışığında tekrar resme daldı. Baktıkça tasvir de ona bakıyor, varlığı kâğıdı aşıyordu, Sittay sonunda onun çocuğun hayalgücünden doğmuş olamayacağına karar verdi. Yüzü çöktü, korkuya kapılmış gibi bakışları karardı.

Sittay çöküp kalırken, Mani parşömenlerin, papirüs rulolarının, eski püskü sicimlerle bağlanmış hurma yapraklarından kitapların yığıldığı duvarlarda göz gezdiriyordu. Her kitabı cildinden tanıyordu, dudakları oyun olsun diye yazar adlarını mırıldanmaya başladı: Ptolemaios, Arenenaria, Marcianus, Bar Daysan... Her birinden belleğinde kalanı ya da yapmaya heveslendiği resimleri aklından geçirerek saatlerce oyalanabilirdi. Harikalarla büyülenmiş çocuk yüzü bir gülümsemeyle aydınlandı. Etrafındaki her şey silinmişti... ta ki sözler bu narin huzuru parçalayana dek.

"Bu resmin ilhamını Tanrı mı verdi, yoksa Şeytan mı?" dedi rahatsızlığı gözlerinden, sesinden belli olan Sittay; ve der demez, Mani'den hiçbir cevap beklemediğini göstermek için arkasını dönüp çıktı.

* Nâsıra köyünde doğduğu için Hz. İsa'ya "Nâsıralı" da denir. Aynı sözcükten türemiş olan Nasrani, Hıristiyan anlamına gelir (yay.n.)

Bunu izleyen günlerde tarikatın efendisi, çocuğun zayıf belleğine hiç çıkmamacasına kazınacak ibretlik bir ceza düşünüyormuş gibi gizemli bir havaya büründü. Malkos hariç "biraderler" de, hem Sittay'ın gazabından çekindiklerinden, hem de henüz cezası verilmemiş günahın içlerine saldığı kutsal korkudan dolayı suçluyla tek kelime konuşmuyorlardı.

Günler geçiyor, hurmalığın havası giderek ısınıyordu ve Mezopotamya güneşinin bunda hiçbir payı yoktu. Bu kez Dicle'ye yakın olmak da sıcağa kâr etmiyordu. Efendi, iktidarının sarsıldığını hissediyordu. "Ben değil miydim", diyordu kendi kendine, "ben değil miydim, ansızın içine doğup da Ktesifon'a, Nabu denen putun tapınağına giden, havuzun kenarında gerçeği arayan o tuhaf Part prensini yakalayan? Ben, Sittay, ben değil miydim bu çocuğu Cemaat'e almak için direten, Pattig kıyamayınca çocuğu bizzat gidip alan? Takdir-i İlahi'ye aracılık etmek değil midir bu? Bir bakıma Mani'nin vaftiz babası, Cemaat'teki babası sayılmaz mıyım?

"Oysa yasamıza tecavüz eden, kirli parmaklarıyla Kutsal Yüz'ü tasvir etmeye cüret eden de Yüce Tanrı'nın seçtiğini sandığım bu çocuktan başkası değil! Hangi dilden konuşmalı, nasıl davranmalı ona; ve en önemlisi hurmalıkta saygıyı, huzuru bozmasını nasıl engellemeli?"

Çünkü "biraderlerin" arasında huzursuzluk başlamıştı bile. Gerçi kalabalık değillerdi ama aklına kuşku düşenler vardı: Seçilmişler on iki yaşında, tam çocukluktan çıkma çağında kendini belli etmez mi, bilgelikleri büyüklerin yüzüne o yaşta tokat gibi çarpmaz mı? Ha Kudüs Tapınağı'nda, din öğretmenleriyle konuşan İsa, ha Mani! Bu kıyaslama, günahkâra karşı kararlı davranmadığı için Sittay'a kızan çoğunluğu ürpertiyordu. Tarikat kırk yıl önce kurulduğundan beri, kılavuza karşı ilk kez sesler yükseliyordu. "Mani", diyordu rakipleri, "Mani Tanrı'nın seçtiği kutsal varlık olsaydı, bunca erdemli mürit arasından tutup da, kural tanımayan, cemaatimize burun kıvıran o Malkos ahlaksızını dost bellemezdi!"

Gerçekten de Tyr'li genç, bir dindarlık örneği sayılmazdı. Olgunluk yaşı olarak kabul edilen on beşine az kalmıştı ve hurmalıktan gitmek istediğini artık saklamıyordu. Zaten önüne gelene Ktesifon'dan, ileride kuracağı işten, sarayından, kervanlarından bahsetmekten de çekinmez olmuştu. Sittay ile öbür Ak-Giysililer onun inanç yolundan saptığını kabullenmiş, ikide bir kaçmasını engellemeye çalışmaktan vazgeçmişlerdi.

İşte bu yüzden, bir akşam köyden dönerken en güçlü kuvvetlilerden üç "birader" üzerine çullanıp kendisini yere yıkınca Malkos neye uğradığını şaşırdı. "Biraderler" daha sonra onu Kutsal Ev'in avlusuna kadar sürükleyip ceza ağacına bağladılar ve hiçbir açıklama yapmadan dövmeye başladılar.

Mani yetiştiğinde, örülmüş sarmaşıklardan yapılma üç kamçı, şaşmaz bir tempoyla arkadaşının sırtına, bacaklarına iniyor, bir taraftan da alışılmış bağırtılar duyuluyordu: "Günah çıkar!", "İtiraf et!", "Tövbe et!". Tyr'linin çığlıkları giderek uzuyor, acılaşıyordu.

Sittay'ın bir işaretiyle cellatlar iyice acımasızlaştı. Çocuk birden öfkeye kapılarak haykırdı:

"Buradan tek kaçan ben miyim, niye cezası sadece bana?"

Sittay'ın birden yüzü güldü. Nihayet duymaya can attığı itiraf geliyordu. Baştan beri bunu bekliyormuş gibi işkence görenin yanına koştu, cellatlar da vurmayı hemen kestiler.

"Yanında kim vardı?"

Malkos kendine gelmişti.

"Hiç kimse! Yalnızdım!"

"Bu akşam yalnız başına gittin, biliyorum. Ama başka günler biraderlerden kim vardı yanında?"

"Hiçbiri!"

Eziyet çeken çocuğun nefeslerinden başka şey duyulmaz olunca Sittay büyük bir ciddiyetle Mani'ye dönüp, ezici bir sesle:

"Biliyorum Mani, dedi, onunla kaçan sensin, biraderlerin de çoğu biliyor. Ama senin ağzından duymak istiyorum."

Sittay neredeyse haykırmış, ardından cellatlara işlerine devam etmelerini işaret etmişti. Mani telaşla atıldı:

"Malkos bu işkenceden kurtulacaksa konuşurum."

Sittay haykırdı:

"Söyle öyleyse, konuş!"

"Doğrudur, bazen Malkos'la gezmeye gittim."

"Nereye gidiyordunuz?"

Sittay cesurca bir itirafın ötesinde, kendilerini ihbar etmesini bekliyordu ondan.

"Köye gidiyorduk", dedi Mani.

"Onu zaten tahmin ediyorduk, ama kimlerin evine?"

"Farklı farklı insanların."

"Ya Yunanlara?"

"Bazen."

"Bir keresi bile fazla. Pisliğe, günaha batmışsınız."

Şimdi Sittay'ın her cümlesine karşılık, kalabalıktan onaylayan bir uğultu yükseliyordu. Efendi giderek daha hakaretamiz, daha suçlayıcı konuşuyordu:

"Yunanların evine gidip de sofralarına hiç oturmadınız mı?"

Mani cevabını kafasında hazırlamıştı bile. Bir adım ilerleyip başını kaldırdı, gururlu bir sesle, "Evet", demeye hazırlandı. "Evet, Yunanların ekmeğinden yedim, tıpkı benden önce İsa'nın havarilerinin yaptığı gibi. İsa onları milletlere vaaz etmeye gönderdiğinde, yanlarına ne tahıl, ne tepsi vermiş. Sırtlarındaki elbiseden başka eşyaları yokmuş", diyecekti. Bu kelimeleri söyler söylemez Sittay kıpkırmızı kesilecek, Ak-Giysililerin sesleri bu kez onun için yükselecekti. Ama kuşkuyla bir adım attıktan sonra, tam konuşacağı anda zihni bulandı, eli ayağı gevşedi, dudaklarına, ellerine laf geçiremez oldu, şaşkın, acınası bir halde kalakaldı. Hıçkırarak.

Zafer Sittay'ındı. Otoritesini yeniden kurmuş, başkaldıranların çenesini kapamıştı. Mani'yi tepeden tırnağa şöyle bir tarttıktan sonra güya iyiniyetle sözünü bağladı:

"Biraderlerim, yasamızı çiğneyen, geleneğimizi horgören bu kibir budalası, bu kendini beğenmiş cahil gençleri cemaatimizden şu dakika kovmamı isteyenleriniz mutlaka vardır. Ama bu iki günahkârı bir tutamam. Malkos hiçbir zaman dinimize baş koymuş değildir. Buraya yetişkin yaşta gelenler dindarlığı bilerek seçmişler demektir, ki bunun da mükafâtını görecekler, çocukken gelenler ise yasamızın sinesinde büyüdüler. Malkos ikisine de uymaz, onu ölmüş babasının hatırına aramızda tuttuk, ama asla bizden biri olmayacağını kabul edelim, o kirli dünyaya aittir ve şimdi tekrar oraya dönmelidir. Onu burada barındırırsak zayıf yürekli müritlerimizi zehirleyebilir, bu akşam bunu gözümüzle gördük.

"Malkos'un uğursuz etkisinden, aklına musallat ettiği şeytanlıklardan kurtulunca, Mani hızla, gene bu sürünün en mazlum kuzusu olacaktır."

V

O akşam Mani geldiğinden beri döşek yerine geçen hasırına uzandığında, yatakhane karanlık ve boştu. "Biraderler" Kutsal Ev'de toplanmış, hâlâ akşam duası ediyorlardı. Karman çorman sesleri zaman zaman dalga gibi Mani'nin kulağına vuruyor, arkasından upuzun bir sessizlik kıyısı uzanıyordu. Mani doğruldu, sol bacağını, sağlam bacağını altına alıp oturdu. Yüzünü pencereye çevirdi ve ışık topu gözlerine dolana dek dolunaya baktı, ardından yakaladığı ışığı sindirmek istercesine gözlerini kapadı.

Derken kanalda gördüğü suret, kendi sureti, "İkizinin" sureti zihninde belirdi. Mani onunla baş başa ağlayabilsin diye.

"Niye koca cemaatin önünde kendimi bu kadar küçük düşürdüm? Niye cevabını verip Sittay'ı mahcup etmedim?"

"Vakti henüz gelmedi", diye karşılık verdi Öteki.

"Neden bu insanlara gerçeği söylemeyeyim?"

"İsa ne diyor, okumadın mı? Domuzlar inciden ne anlar? Gerçekliğin sırrı ancak hak edene verilir. Görevin kralların gözünü kamaştırmak, inançları sarsmak, dünyayı alt üst etmek, sense üç-beş Ak-Giysili'ye haddini bildirmeye uğraşıyorsun!"

"Ne olursa olsun çocukluğumdan beri burada yaşıyorum, tanıdığım başka kimse yok."

"Sen asla Ak-Giysililerden biri olmadın, senin kaderin başka, bu insanların arasında yaşlanmayacaksın."

Mani bu kelimeler dudaklarından dökülünce ağlamayı kesti ve bir an için bir rüyaya kaptırdı kendini: Ya hiç beklemeden, hemen, Malkos'la gitseydi? Ama böyle sabırsızlanınca Öteki'nin yüzü, zamansızlığın dinginliğine büründü.

"Hayır Mani, kendini ele verme, dünyaya kafa tutman için henüz çok erken, kimse bir çocuğun lafını dinlemez."

Malkos resmen kovulmuştu, ama birkaç hafta daha hurmalıkta kalmasına izin verildi; bu hoşgörüde yediği dayaktan kalan yaraların da payı vardı. Taş yürekli Sittay, komşu köyün eline koz vermek istemiyordu.

Mani, arkadaşının bu gecikmiş, şüpheli iyiliği elinin tersiyle itip daha ilk gece kaçacağına emindi. Ama Tyr'li, gitmeyi erteleme önerisini yabana atmadı. "Yunanların yanına bu halde gitmek istemem!" diye açıkladı Mani'ye. Hayatının kadınının ve müstakbel kayınpederinin karşısına kırbaçlanmış, aşağılanmış bir çocuk olarak çıkmak istemiyormuş. Fırsat bulmuşken izler geçene kadar köşesinde bekleyecekmiş!

Aslında Malkos gitmeye eskisi kadar hevesli görünmüyordu. Olaydan yirmi gün sonra "biraderlerden" biri Sittay adına ona kapıyı gösterdiğinde neye uğradığını şaşırdı.

"Mani, artık itiraf etmeliyim, sana yalan söyledim. Çok yalanlar söyledim."

"Şimdi günah çıkarma vakti değil, bütün yalanlarını unuttum. Hem boşuna vedalaşma, nasıl olsa tekrar görüşeceğiz."

"Eski yalanlardan bahsetmiyorum. Derdim bugünle... Yunanlar beni bekliyor, dedim sana, hani hurmalıktan çıkar çıkmaz bağırlarına basacaklardı beni... İşte bu yalandı!"

"Charias seni damatlığa istemiyor mu?"

"Konuyu açabildim mi sanıyorsun?"

"Yapma canım, yüz kere çene çalıp gülerken gördüm sizi, seni öz oğlu gibi seviyor."

"Dedesinin Arbela Savaşı'ndaki kahramanlıklarını sorduğum sürece, evet! Ama biricik kızını elinden alıp Ktesifon'a götürmeye niyetlendiğimden bir şüphelense kapısını bir daha asla açmaz."

"Ne biliyorsun? Bence Kloe'yi ciddi ciddi istesen, gözünü kırpmadan kabul eder."

"Kim kızını bir Ak-Giysili'ye vermek istemez ki?"

İki arkadaş kahkahayı bastılar. Ama yüksek perdeden değil, bir duyan olabilirdi.

Mani, Malkos'tan haber alamaz oldu. Kendi de devamlı gözetleniyor, çitin öbür tarafına geçtiği anda iki "birader" yanında bitiyordu. Bir tek gizli yuvasında huzur bulabiliyordu. Nasıl bir mucizeyse, oraya gidip gelirken Ak-Giysililerden hiç korkmuyordu. Adeta o yer onu görünmez kılıyor, orada geçirdiği vakitler ömründen eksilmiyordu.

Ne var ki günün birinde, gizli yuvanın önündeki ağacın üzerinden atlarken bir yabancının varlığını hissetti.

"Kloe! Buraya kadar nasıl gelebildin?"

Sert konuşmuştu. O güne dek yarımadasına insan ayağı değmemişti.

"Çok zaman önce bir keresinde peşine takılmıştım. Ama sen o kadar dalgındın ki yanına gelmeye korkmuştum."

Mani, Yunan kızının karşısında her zamanki gibi yumuşadı. Yarımadaya kaçak girmesi bağışlanmıştı.

"Malkos'tan haberin var mı?"

"Kanalın öbür tarafında, hasat için ırgat arayan bir çiftçinin yanına yerleşti. Sabahtan akşama kadar çalışıyor, sonra da sızıp kalıyor. Bize sadece bir kere geldi. Sizi özlüyoruz. Babam dün soruyordu, bizim duvarlardaki başka resimleri de tamir eder mi, diye..."

Çocuksu saçlarını bir kadın örtüsüyle toplamıştı, tavırlarına Mani'nin yadırgadığı bir utangaçlık gelmişti.

"O kaçamaklardan çok güzel anılarım var. Babanla Malkos geliyor gözümün önüne, çeneleri amma düşerdi bir aradayken..."

"Mani, bize geldiğinizde ben en çok sana bakardım."

Mani duymamış gibi aynı neşeyle devam etmeye çalıştı.

"...ille de Arbela Savaşı, hep son anda yetişip İskender'i kurtaran o dede. Ve tabii Malkos'un o güzelim kahkahası..."

Ama Kloe ciddileşmişti.

"Mani, benim baktığım hep sendin. Babam da seni seviyor."

Mani'nin yüzüne, çizgilerini yumuşatan bir gülümseme yayıldı. Ama hemen kendini toplayıp bir adım geriledi.

"Ya Malkos?"

"Birbirimize hiçbir söz vermedik."

"Yıllardır bunun hayalini kuruyor..."

"Başkalarının hayallerini taşımak zorunda mıyım?"

"Ama ben yemin ettim", diye kekeledi Mani.

Malkos'un "hanımını" uzaklaştırmadan önce destek almak ister gibi, sol kolunu tanıdık bir ağaca doladı.

"Bu hurmalıkta asla kadın almayacağıma yemin ettim. Bak, belime şu sicimi bağladım..."

Kloe'yi teselli edercesine ekledi:

"O zamanlar seni tanımıyordum."

"Hayır, tanımıyordun. Hurmalıktan başka neyi tanıdın? Başka bir şey tanıyacak mısın ki? Günün birinde birini sevecek misin?"

Mani en sert ifadesiyle ısrar etti:

"Ant içtim!"

Bunun üzerine Kloe kaçıp gitti. İyi bağlanmamış başörtüsü bir dala takıldı, ama durup almadı.

Mani o iyice uzaklaşana kadar gözyaşlarını tuttu, sonra sessizce ondan özür diledi. Bir de Malkos'tan.

Bir ay sonra Mani, hurmalıkta konuşulanlardan Malkos'un Yunan kızıyla evlendiğini, birlikte Ktesifon'a gittiklerini öğrendi.

VI

Mani daha çok uzun zaman, ilk gençlik yıllarının çok ötesine dek sabredecekti. Müritlerinin kaydettiği geleneksel inanışa göre, "İkizinin dudaklarından" onca zamandır beklediği sözleri ancak yirmi dört yaşında duyabilecekti: "Dünyaya kendini göstermenin vakti geldi. Ve bu hurmalıktan çıkmanın."

İbadetlerini, inançlarını reddettiği halde, yanlarında her geçen gün daha çok azap çektiği halde Ak-Giysililerin yanında bu kadar oyalanmasının sebebi, belki de gitme arzusuna itiraf edemediği bir korkunun da karışmasıydı. Bütün gençliğini tarikatın kapalı ortamında geçirmişti Mani. İnsanın tam olarak olgunlaşamadan yaşlanıp hırçınlaştığı baskıcı, koruyucu bir âlemdi burası, hassas, kuşkucu, saplantılarına gömülmüş bir âlem. Duvarın öte yanında neler olup bittiğinden tamamen habersiz birinin dünyayla yüzleşmesi kolay mıydı?

Böylece hepsi birbirine benzeyen, donuk, ağır günler, haftalar geçti. Ta ki o nisan sabahı, o kurtuluş sabahı uyanıp da yüzüne Dicle'nin suyundan vurmaya gidene dek. "Biraderleri" geri döndükten sonra o, suya eğilip dakikalarca öylece kalmıştı. Sonra ağır ağır doğrulup, hevesle uzaklara bakmıştı. Güneş hafif perdelenmişti, hava ılık, ağırdı, hurma ağaçlarının yaprakları tutsak düşmüş dev kanatlar gibi hüzünle sallanıyordu. Kalan ömrü birden değer kazandı gözünde.

Kararını vermişti: Akşam olmadan gidecekti!

"Gitmek", diyordu Mani kendi kendine, "gitmek bir şenliktir, belki de şekilden şekle girebilen, kimi bürümcükten, kimi meşeden bin türlü kılığa bürünebilen biricik şenlik. Ufkun ezeli tutsakları olan insanoğullarının başka bir şeyi kutladığı görülmüş müdür?"

Hurmalıktan giderken ne dalavere çevirmeye, ne gizlice kaçmaya tenezzül etti. Gururlu, başı dik, merasimle gitmeyi tercih etti: Önce soyundu, yirmi yıldır onu saran, boğan ikinci beyaz deriyi teninden ağır ağır ayırdı, çıplaklığıyla soluk aldı, yere atılmış, gücü tükenmiş, bütün canlılığını kaybetmiş paçavralara tepeden baktı.

Ve sonra renklerle yeniden doğdu: "Mani limon sarısı, armut yeşili bir şalvar giymişti", diye nakleder çok eski bir tarihçi. Omzuna gök mavisi bir aba atmıştı. Gömleği beyazdı ama beklemekle geçen o ölgün yıllarda ressam onun üstüne de çeyiz işler gibi hayallere dalarak, kendi eliyle çiçekler çizmişti. Mani'nin müritleri bu ayrılık gününü sonradan Doğum diye anacaklardı, Maryam'ı, Mardinu'yu, Utakim'in çocuk bezlerini bile bir kenara bırakarak. Hayır, diyeceklerdi, bir kadının rahminden bir cemaatin rahmine girmek doğmak değildir, olsa olsa bitmemiş bir gebeliktir, başka bir şey lazımdı, kendi etrafında yirmi yıl, ağır ağır ilerlemeliydi. Dünya sabırla sarsılır."

Mani o gün giyinip kuşandıktan sonra eline bir sopa, kolunun altına bir kitap alıp, kararlı bakışlarla alçak kubbeli Kutsal Ev'de toplanmış Ak-Giysililerin karşısına çıktı. Yürüyüşünde güven vardı, ama çenesindeki seyrek tüylerden gene de biraz kırılganlık okunuyordu.

İçeri en son o girdi. Dua başlamıştı bile, ama onun görünmesiyle mırıltılar yükseldi. Ak omuzlar döndü, duaya dalmış olan "biraderleri" de yanlarındakiler uyandırarak, o kelimelere sığmaz haddini bilmezi dirsekleriyle ya da çeneleriyle gösterdiler. Sadece rahip Sittay ayine devam eder gibi yaptı. Ama başka zaman büyük bir coşkuyla söylenen son ilahi alelacele geçiştirildi, ardından müritler kışkırtıcı renkler içindeki Mani'nin durduğu orta bölüme yaklaşmadan, başlarını eğip geri geri çıktılar. Neredeyse yan duvarlara sürtünerek uzaklaşırken, küreksiz forsalara ya da ağsız balıkçılara benziyorlardı.

Dışarıda kapının önünde kümelendiler. Kışkırtıcıya beddualar okuyor, gülünç kıyafetine kızıyor, aniden delirmesine, günaha girmesine öfkeleniyorlardı. Bir saat sonra Mani nihayet çıkmaya yeltenince, aralarında bir uğultu yükseldi. Eller onu yakalamak, alacalı bulacalı giysilerini parçalamak, fitili ateşlemenin bedelini ödetmek için uzanırken, ansızın babalık görevlerini hatırlayan Pattig araya girdi ve oğlunu kollarından sımsıkı kavrayıp kanalın kıyısına doğru, "biraderlerin" gözlerinden ırağa sürükledi.

Mani soğukkanlılığını, vakarını hiç kaybetmedi sürüklenirken, asıl kaygılı, şaşkın görünen Pattig'di. Gerçi daha yakından bakıldığında itiraf edilmemiş bir mutluluk seçilebilirdi yüzünde: Ömründe ilk kez oğlunu korumanın, tehlikelerden kurtarmanın mutluluğu. Onca yıl birbirlerine uzak ve kayıtsız kaldıktan sonra, Malkos'un gidişiyle aralarında gizli bir dostluk başlamıştı. Fakat Pattig şimdiye kadar hiç bu kadar yakınlaşmaya, Mani'yi kolundan tutup cemaatin dışına çıkarmaya, gerçek bir baba gibi ona nasihat etmeye fırsat bulamamıştı:

"Ne gülünç bir fikir bu kılığa girmek!"

"Kulaklarım kesinlikle yanlış duyuyor olmalı", diye karşılık verdi oğlu, "dünyaya dönerken nasıl giyineceğimi bir Ak-Giysili mi öğretecekmiş bana?"

Pattig daha uysal bir yanıt bekliyordu.

"Niye böyle konuşuyorsun, etrafındakiler sana düşman mı? Burada herkes senin kardeşin. Gel benimle, *mar* Sittay'a gidelim. Seni ne kadar saydığını bilirsin, eminim bu aptal olayı unutacaktır."

"Unutmasın. Görüntü gözlerinden hiç silinmesin ve yirmi yıl sonra bile renkli kıyafetler giymiş Mani rüyalarına girsin."

"Kendine gel Mani, aklını başına topla, şımarıklığın lüzumu yok, eskiler meclisi neredeyse toplanır seni kovmak için. Belki konuşursam hâlâ yatıştırabilirim onları."

"Ben gitmek istiyorum, meclis de git diyor, niye karşılarına çıkmaktan korkayım ki? Beni cezalandırdıklarını sanırken, aslında kurtuluşumu çabuklaştırıyorlar."

"Tutturmuşsun bir gitmek de gitmek, ama nereye gideceksin? Hep burada yaşadın. Dışarıda kaybolursun. Çok geçmeden bir yol kenarında, dağılmış bohça gibi toplarız seni."

"Yani bu sefil hurmalığa sığıyorum da, koca dünya mı dar gelecek bana?"

"Burada seni dinleyecek, seninle uğraşacak insanlar var, ailen biziz. Şu an seninle konuşan kişinin, benim etimden, kanımdansın. Bilmiyor musun?"

Pattig o güne dek bunu hiç ağzına almamıştı. Şimdi Mani'nin aklını çelmek için ne diyeceğini bilemediğinden bir anda söyleyivermişti. Mani gerçekten de sarsıldı. Bakışları dondu, dalıp gitti. Kanı şakaklarını dövüyordu. Yığılıp kalmaktan korktu, eliyle dayanacak bir duvar aradı. Pattig onu korumak ister gibi elini uzattı, ama oğlu ona dokunduğu anda, nemli, sert avucunu hisseder hissetmez kaskatı kesildi ve doğrularak ifadesiz bir sesle:

"Bir adamın babam olması için artık çok geç", dedi.

O âna dek aralarındaki kan bağını ima etmekten bile kaçınmışlardı; ikisi de ötekinin bildiğini bilmekle yetinmişti ve bu sessiz suç ortaklığında doğmamış bir heyecan vardı. Dolayısıyla Pattig sadece ağır, sessiz bir anlaşmayı bozmakla kalmamış, bu koşullar altında, başka niyetlerle söyledikleri Mani'ye saldırganca, edepsizce gelmişti. Zar zor soluğunu toparladıktan sonra kararlılığını sesine yansıtmaya çalışarak ekledi:

"Bu bedene senin sayende gireceğim ta ezelden beri yazılıydı. Ama ayağıma dolaşamayacaksın."

Cemaatin büyükleri Kutsal Ev'in bitişiğindeki meclis odasında toplanmışlardı. Meclise Sittay başkanlık ediyordu, onun dışında yeğeni Gara vardı, ve Edessa'dan*, Fırat'tan, Kaşkar'dan "biraderler". Toplam beş yargıç masif masanın uzun kenarına yerleşmişlerdi, tam karşılarında ise ifadesiz yüzüyle sanık duruyordu.

İlk söz Sittay'ındı.

"Mani, seni cezalandırmak için değil, tövbe et demek için toplandık. Tam yirmi yıl saflığı, mütevazılığı simgeleyen ak giysilerle dolaştın ve şimdi kibrin renklerine geri dönüyorsun. Aramızda mazlum bir kuzu gibi, ürkek, edepli bir genç kız gi-

* Bugünkü Urfa.

bi yaşadın, bedenin tertemiz kaldı, ağzına kirli lokma sokmadın. Şimdi çıldırdın mı? Sevapların mükafâtından nasıl vazgeçersin?"

Mani'nin gözleri yargıçlarının tepesindeki duvarın kim bilir hangi noktasına dalmıştı.

"Yiyecekler ister pis olsun ister temiz, sonunda dışkı olur, size göre dışkının temizi pisi var mıdır?"

"Hoşgörüyle dinlemek niyetiyle çağırdık seni. Daha ağzını açar açmaz niye böyle aşağılayıcı konuşuyorsun?"

"Kızgın değilim, ama siz beni saflık içinde yaşatmakla övünüyorsunuz. Ben de size diyorum ki şu dilinizden düşürmediğiniz saflık bir hiçtir. Cemaatin topraklarında yetişen meyvelere 'erkek' ve temiz diyorsunuz, öyle değil mi? Öyleyse neden onları dışarıda, günahkâr köylülere satıyorsunuz? Kirli dişleriyle öğütsünler diye mi?"

"Lafı nereye getirmeye çalışıyorsun?"

"Yiyecekleri pis, temiz diye ayırmak hurafedir; insanları pis, temiz diye ayırmak aptallıktır, her şeyde, her birimizin içinde Aydınlık ve Karanlık yan yanadır."

"Beyaz elbiselerini temizliğe düşkünlüğümüzü protesto etmek için mi çıkardın?"

"Hayır. Gideceğim için böyle giyindim."

Kapıya doğru bir adım attı. Sittay arkasından seslendi.

"Fikirlerini bize daha yeni açtın, ne seninle tartışabildik ne kendi aramızda görüşebildik, ve şimdiden kaçıp gidiyorsun!"

Gerçekten de bu yüzleşmede saldırgan davranan biri varsa, o da Mani'ydi. Onu annesinden koparan, yirmi yıl boyunca dehşet içinde hapis hayatı yaşatan Sittay'ı sonradan affedecekti. İleride bir gün tarikatın pirinden, birbirlerinden nasıl etkilendiklerinden hiç hınç duymadan bahsedecekti. Gene de o an için bağları koparmalı, kendini kurtarmalı, kaçmalıydı. Gitmeyi bilmeliydi.

"Sizinle anlaşamadığım için değil, dünyaya verecek bir mesajım olduğu için gidiyorum."

"Neymiş o mesaj?"

"Açıklayacağım yer burası değil. Çığlığım dünyada yankılanınca siz de duyarsınız."

"Mantıklı ol. Biz seni dinlemek için toplanmışız, hiçbir açıklama yapmadan mı gideceksin? Bir köylü yeni bir tohum bulunca önce bir köşede dener; tutarsa o zaman bütün tarlasına eker. Bize mesajını anlat, ne düşündüğümüzü söyler, eğriyi doğrudan ayırmana yardım ederiz."

"Doğru olan doğrudur, yanlış olansa yanlış. Sizin ya da benim ne düşündüğümüzün önemi yok."

Sittay daha kararlı, ama düşmanlıktan uzak bir şekilde konuştu:

"Sadece düşünceler değil mesele, burada kitaplara, geleneklerimize sadık beş büyüğüz. Elimizde büyüdün, bildiğin her şeyi sana biz öğrettik. Ben daha iyisini bilirim, diye burun kıvıramazsın!"

"Bana sen öğrettin Sittay: Gerçeğin çoğunlukla ilgisi yoktur. Yedi diyarda insanlar en saçma sapan hurafelere inanır, kalabalıklar diye inançları kıymetli mi olur?"

"Ama karşında duran biraderlerle o çirkin kalabalığı karıştırma, bunlar en bilge, en seçkin insanlar!"

"Evrenin yasalarına bilgeler meclisi karar vermedi. Onlar neyse odur, sizin görüşleriniz neyi değiştirir?"

"Kendinden çok eminsin anlaşılan."

"Sadece bana vahyedilen mesajdan eminim."

"Mesaj Tanrı'dan mı geldi, yoksa şeytandan mı, onu da bilmek gerek. Hiç kendine sordun mu, O niye seni seçsin? Senden daha muteber, daha dindar, daha erdemli kimse yok mu?"

"O'nun maksadından sual etmem. Belki de en sevgili kulu benim."

Sittay'ın sabrı taşmak üzereydi, ama kendini tuttu.

"Farz edelim ki Yüce Tanrı gerçekten de seni seçti Mani. Öyleyse bu hurma bahçesini de şereflendirmek istemiş olmasın sakın? Eğer azizsen, kutsanmışsan, seni taşıyan ağaç da kutsanmıştır."

"Doğduğum zaman, dokuz ay beni yıkayan kirli suyu ne yaptılar? Atıverdiler. Hurmalık, çocukluğumun ve ilk gençliğimin yıkandığı sudur."

Bu kadarı fazlaydı. Kulaklarına inanamayan Sittay haykırdığı cümleyi küstah Mani'ye tekrar ettirecekti, ama yeğeni Gara "Zındık!" diye bağırarak yerinden fırlamıştı bile. Bir saniye sonra işaretine yanıt verircesine kapı açıldı ve Ak-Giysililer güruhu bir anda içeri dolarak, küfrederek, çamurlar atarak, renkli kıyafetlerini parçalamak üzere Mani'nin üstüne yürüdüler.

Sittay araya girdi:

"Kim ona üç adımdan fazla yaklaşırsa derhal cemaatten kovulacak!"

Yumruklar durdu. Ama yere kapaklanmış olan Mani başını kaldırmaya cesaret ettiğinde bir avuç çamur alnına yapıştı ve kayarak kirpiklerine, yüzüne bulaştı. Mani tekrar yığılıp kaldı. Pattig güç bela onu kaldırıp güruhun elinden kurtardı.

Mani ancak, gözyaşlarına boğulduğu zaman başardı gülümsemeyi. İtilip kakıldığına niye şaşırmıştı ki? Yasalarını hiçe sayan birini baş tacı edecek değillerdi herhalde! Doğruyu söylemek gerekirse acınacak durumda olan kendisiydi. Bir şamar, biraz çamurla süt dökmüş kediye dönmüş, babasının kollarına sığınmış çocuk gibi ağlıyordu şimdi!

Kolunun tersiyle usulca yüzünü sildi, doğruldu, eşyasını koyduğu kaba tahta sandığı açtı, yazı takımıyla fırçalarını yünden bir örtüye sarıp beline astı.

Sonra kalktı. Ama daha epeyce bir zaman tek bir adım atamadan, öylece durdu. Sanki içindeki sesten son bir onay bekliyordu:

"Evet Mani, Babil'in oğlu, yalnızsın, hiçbir şeyin kalmadı, eşin dostun sırt çevirdi sana, ve evreni fethetmeye gidiyorsun. Gerçek başlangıçlar böyle olur."

İKİNCİ BÖLÜM

DİCLE'DEN İNDUS'A

Umudum, dünyanın doğusuna ve insanların yaşadığı bütün topraklara ulaştı...

MANİ

I

Mani, Ak-Giysililerin hurmalığını 240 yılının nisan ayında, bir daha dönmemek üzere terk etti. Hikâyesinde bir sayfa kapanmıştı: O zamana kadar sabit bir yerde, gizlenerek yaşamıştı; bundan böyle hayatı yollarda geçecekti.

İlk durağı Ktesifon oldu. Dicle vadisinin bu büyük şehrinde, Mani doğduğu sırada Part kralları yaşardı. O zamandan bu yana Part İmparatorluğu yıkılmış, yerini İranlı Sasanilerin imparatorluğu almıştı, ama ülkenin yeni efendileri de aynı yeri başkent bellediği için Ktesifon eski saygınlığından ve zenginliğinden bir şey kaybetmemişti.

Ktesifon'un adını artık hatırlayan yok. Oysa burası antik dünyanın en büyük şehirlerinden biri, Maniciliğin beşiği, aynı zamanda Hıristiyanlığın doğudaki en önemli merkezlerindendi. Beş yüzyıl sonra Arapların Bağdat'ı kurduğu yerin yakınlarında, Mani'nin en görkemli başarısını elde ettiği sarayın yıkıntıları göreni hâlâ hayran bırakır.

Ama hurmalıktan ayrıldığı günün ertesinde durum böyle değildi. Babil'in oğlunda daha o zamandan bir fatihin yüreği vardı belki, ama dışarıdan bakıldığında bambaşka bir şey, rengârenk giyinmiş gezgin bir rahipti.

Başına bir örtü sarıp yalın ayak yola koyulan Mani'nin şehre varması dört-beş günlük bir yoldu. Ne var ki Dicle taşmış, bentleri yıkmış, yolları istila etmişti, yolculuk bu yüzden uzadı. Şehre ancak on gün sonra, bir akşam vakti varabildi; içeri girer girmez kendini bir anda günlük keşmekeşin içinde buldu. Ktesifon'un zenginlerinin çeşit çeşit hayvanları, binekleri, büyük sürüleri olurdu. Köle çobanlar bunları her sabah sur dışına, Nasira ya da Mahoze'ye otlatmaya götürür, akşam olurken de şehrin kapılarını yünlerden, çoban değneklerinden, kokulardan bir buluta boğarak geri getirirlerdi.

Babil'in oğlu, pek çok seyyah gibi onların peşinden itilip kakılarak, öksürerek girdi şehre. Öğlenleri tenhalaşan, güneş çekilirken yeniden canlanan sokaklardan gelen şehir gürültüsü şimdiden sersemletmişti onu. Öğlen uykusuna yatıp ortalıktan çekilmiş tacirler, hamallar, tellallar, askerler, deveciler tekrar iş telaşına düşmüştü. Bunun yanı sıra, seyyar satıcıların, kayıklarında hasır, başlık ve eften püften pahalı eşyayla alıcı beklediği kıyılarda, saatler geçtikçe çoğalan, gezintiye çıkmış insanlar vardı. Çil çil paralar, şıngır şıngır keseden keseye aktarılıyordu. Ktesifon böyleydi işte. Orada hava almak için değil, gösteriş olsun diye, besili çocukları, hizmetkârları, özellikle de boyunlarında kolyeleri, kollarında ikişer ikişer, dörder dörder, dirseğe kadar çıkan bilezikleriyle, akça pakça, tombul kadınları elâleme göstermek derdine piyasa yapılırdı. Bu şehirde insanlar bütün servetlerini, sahip oldukları ya da olduklarını iddia ettikleri mevkii üzerlerinde taşırlardı. Ve ara sıra, bir tapınağın duvarına çökmüş bir dilenciye bir bilezik atan olursa, bunu kalabalığın ağzı bir karış açık kalsın diye yapardı.

Hava iyice kararıp gezinti bittiğinde hayvanlar da insanlar da evlere kapanır, orada yenip içilirdi. Meyhanelere yalnızca seyyahlar ve üç-beş serseri giderdi. Kendine saygısı olan her şehirli kendi evinde sarhoş olurdu; etrafına sevdiği ya da zevk aldığı insanları toplayıp yatar vaziyette içerdi içkisini. Debdebe bu noktada da önemliydi, sarhoş olacak imkânı olduğunu insan etrafa göstermeli, dostlara, komşulara, müşterilere şiş karınlı testilerle şarap sunabilmeli ve hissizleşecek kadar sarhoş olabilmeliydi. Kralların kralı da öyle yapmıyor muydu? Çeşnigirlerinden ve sâkilerinden başka, sarhoşluk zamanları için özel bir kâtibi yok muydu, hani krallara yaraşır şekilde sarhoş olduğunda hükümdarın bütün söylediklerini yazan, ayılınca da hatasını düzeltebilsin diye kendisine hatırlatan? Gece şarabın etkisiyle cömertliği tutup dört yıllığına vergileri kaldırdıysa bundan geri dönebilmeliydi kral; yok eğer öfkeye kapılıp dans etmedi diye müneccim başını azlettiyse, onu da görevine iade edebilmeliydi.

Ktesifon. Nizami ayyaşlık, ince ince düşünülmüş şatafat. Ktesifon, Babil'in mirasçısı, Roma'nın rakibi; Mani bu gece, onun surlarının arasında uyuyacaktı işte.

Ama önce şehre bir suret kazandırmak için arkadaşını bulmalıydı. Mani başkaları kadar telaşlı görünmeyen birine sordu. Malkos diye, Tyr'li bir tacir tanıyor muydu acaba? Malkos, diye tekrarladı adam gözlerini abartılı biçimde kısarak. Bu isimde en az on-on iki kişi var. Demek karısı Yunan...

Mani sora sora Kamburlar Meydanı'nın oralara, Nabu Tapınağı'nın olduğu mahalleye, bir sıra palmiyenin ardında yepyeni badanasıyla pırıl pırıl parlayan, iki katlı bir evin önüne vardı. Kapıcı misafire yol gösterirken, evin efendisi yolun öbür başına çıkarak kollarını iki yana açtı.

"Saray söz vermiştim, ama hiç olmazsa bu fakirhaneyi yaptım", diye gürlüyordu Malkos mütevazı bir tavırla, zenginleşmiş, toplamıştı, her yerinden hayat fışkırıyordu.

Kloe ise gözlerine inanamıyordu. O pek değişmemişti. Alışkın bir tavırla kalçasına dayayıp bir koluyla tuttuğu tombul yanaklı çocuk olmasa, Mani'nin hâlâ içini titreten o dağınık, sarı saçlı, sevimli, afacan kızdı. Bir an göz göze geldiklerinde bakışlarında samimi bir sevinç vardı; ve tabii bir pişmanlığın izi. Ama belirsizlikten, çelişkiden eser yoktu.

"Kıyafetin", dedi.

"Evet, Ak-Giysililerden ayrıldım."

"Ebediyen mi?"

"Ondan da öte..."

Mani, Kloe'ye bir adım yaklaşıp titreyen eliyle çocuğun yanaklarını okşadı. Kız iki yaşında var yoktu, yabancı misafirin okşamasına ses çıkarmadı, hatta gülümseyerek ödüllendirdi onu, ama sonra ürkekçe annesinin göğsüne sokuldu.

"Hoş geldin, dedi Malkos, biliyorsun, evim evindir."

"Dünyada bir evim olabilse, kesinlikle burası olurdu. Ama fazla kalmayacağım."

"Nereye gidiyorsun?"

"Henüz bilmiyorum. Şimdilik bu akşam burada kalabilir miyim?"

"Bu akşam, yarın akşam, ömrüm oldukça her akşam."

"Yarın geceyi yarın sorarım."

Malkos karşı koyacak gibi oldu, ama arkadaşının birdenbire uzaklara dalışını, ortamdan kopuşunu, uyurgezer halini bilirdi. Israr etmek boşunaydı. En iyisi konuyu değiştirmekti.

"Yarın sana depolarımı, atölyelerimi gezdiririm, sonra sarayı, yeni at meydanını..."

Ama arkadaşı özür dilercesine elini tutarak sözünü kesti.

"Hayır Malkos, bu şehirde en çok rastgele dolaşmaya ihtiyacım var. Dünyanın nasıl yaşadığını görme vakti geldi."

Ertesi gün Malkos, öğlen yemeği yiyip uyumak için kestirmeden eve dönerken, her zamanki gibi katırını boş bir bahçeye soktuğunda Mani'yi gördü. Terk edilmiş meyve bahçesinde bir taşın üstüne çökmüş, bir avuç insan da başına toplanmıştı. Malkos daha yakına gidince, arkadaşının dizlerinde açık bir kitap olduğunu fark etti, bir taraftan etrafındakilerle söyleşiyor, bir taraftan da bir şeyler çiziyordu. Tyr'li tam katırından yere inecekken ressamın yanındakilerden beş-altı kişiyi tanıyarak vazgeçti ve başını çevirip yola devam etti.

Evde tek kelime etmeden sofraya oturdu.

"Mani'yi beklemeyecek misin?" dedi Kloe ayıplar gibi.

"O gelince yer. Karnım aç."

Suratını astığı zaman Malkos olduğundan da şişman görünür, top sakalı iyice kabarırdı.

"Gene kervanlarla sorun çıktı herhalde", diye düşündü Kloe...

Ama kocasının ağzını bıçak açmıyor, gözlerini parmaklarından ayırmadan ekmeği topak topak mideye indiriyordu. Kloe üstelemeyip işine döndü.

Meyve faslı da bittikten sonra Malkos öğlen uykusuna yatmak yerine bir mindere oturup, sinirli sinirli amber tespihini çekmeye koyuldu. Bir saat sonra Mani geldi. Malkos başını kaldırıp bakmadı bile.

"Şu küçük bahçeden geçerken gördüm seni... Birileriyle sohbete dalmıştın... Onları tanıyor musun?"

"Hayır. Kırmızı mürekkeple bir çelenk çiziyordum, yanıma geldiler, ben de onlarla konuştum."

"Tanımadığın halde mi?"

"Senin evinin dışında, bu şehirde hiç kimseyi tanımam."

"Ben söyleyeyim sana kim olduklarını: aylaklar, serseriler, kaçıklar, ayyaşlar, sabah sabah boş arsalarda dolaşmaktan başka işi gücü olmayan adamlar... Bir şey söylesene! Sana kulak verenler mahallenin en rezilleri, umursamıyor musun?"

Mani susuyordu. Ama yirmi dört yaşındaki bu çocuğun, bu sakallı, alacalı bulacalı koca çocuğun sessizliğinde öyle bir saflık vardı ki Malkos daha fazla ısrar etmedi. Kolları sarktı, gözleri yarı yarıya kapandı ve sonunda kalkıp boş yere ertelediği öğlen uykusuna yattı.

Bunu izleyen günlerde Tyr'li bahçeden geçmemeye dikkat etti. Mani'nin görüştüğü rezil heriflerle tekrar karşılaşmaktansa uzun yoldan giderdi, daha iyi. Bir hafta sonra, belki meraktan, belki bıkkınlıktan, belki de sadece dalgınlıktan eski yoluna saptı. Bu sefer manzara başkaydı. Ressamın etrafında en az on beş kişi saydı, ilk günkü serserilerden de birkaçı buradaydı, ama bunun yanında her sınıftan insan vardı, hatta biri Malkos'un komşusu, memleketlisi, gayet kerli ferli bir adamdı. Babil'in oğlu her zamanki gibi sol bacağını altına alıp oturmuş, kitabını önüne açmış, resim çizmeye ara verip fırçasını kulağının arkasına sokmuştu. Arkadaşı yere indi, taze bir serviyi siper alarak onu dinlemeye koyuldu. Malkos'un geldiğini fark etmemiş görünen Mani konuşmaya devam etti:

"...ilk başta evrende birbirinden ayrı iki dünya vardı: Aydınlığın dünyasıyla Karanlığın dünyası. Arzu edilebilecek her şey Işık Bahçeleri'ndeydi, karanlıklar ise arzunun yurduydu, kudretli, görkemli, kükreyen bir arzunun. Ve birdenbire iki dünya çarpıştı, evrenin görüp görebileceği en şiddetli, en korkunç çarpışma oldu bu. Böylece Işık zerrecikleri binbir şekle bürünerek Karanlıklara karıştı, bütün yaratıklar, kutsal varlıklar, sular, doğa ve insan böyle doğdu..."

Bir an ilham beklercesine sustu. Sonra kelimeler yeniden akmaya başladı.

"Her cansız varlıkta olduğu gibi her canlıda da Işık ile Karanlık yan yana, iç içedir. Bir hurmayı ısırdığınız zaman eti bedeninizi besler, ama tadı, kokusu ve rengi ruhunuzun gıdasıdır. Işık içinizde güzellikten, bilgiden beslenen şeydir, hiç durmadan besleyin onu, bedeni doyurmakla yetinmeyin. Duyularınız güzelliği devşiresiniz, ona dokunasınız, koklayasınız, tadasınız, dinleyesiniz, seyredesiniz diye verilmiştir size. Evet kardeşlerim, beş duyunuz Işığı imbikten geçirmeye yarar. Duyularınıza kokular, ezgiler, renkler sunun. Onları kötü kokulardan, çirkin seslerden, pislikten uzak tutun."

Dinleyenler konuşmanın devamını bekliyordu, ama Mani hiç elinden bırakmadığı bastonundan destek alarak kalktı. Herkes saygıyla çekilip ona yol verdi, gözler hâlâ onun o çökük, yabani çocuk yüzündeydi. Sonra görünmez iplerle ona bağlanmış gibi, sessizce, büyülenmişçesine peşine takıldılar.

Arkadaşının düşüp kalktıklarıyla ilgili olarak Malkos'un içi rahatlamıştı kuşkusuz, ama gene de korkuları tamamen silinmiş değildi. Dün gayretkeş bir bekçi onu mahallenin serserileriyle görür diye endişelenmişti; şimdi ise meselenin daha ciddiye binmesinden korkuyordu. Ktesifon sokaklarında her gün onlarca, belki yakında yüzlerce insanı etrafına toplayıp da dikkat çekmemesi imkânsızdı. Gerçi dinlediği kadarıyla arkadaşının insanları isyana teşvik ettiği yoktu. Ama Malkos çekiniyordu. Mani'nin öğretmenliğe daha yeni başladığını, evrenin doğumuyla ilgili hülyalı fikirlerle yetinmeyeceğini bilecek kadar onu tanıyordu. Günün birinde, belki yarın, arkadaşı bardağı taşıracak cümleyi sarf edecek, geri dönüşsüz olaylara sebep olacaktı. Tyr'li meseleyi zihninde evirip çevirdikçe tehlike gözünde büyüyor, yakınlaşıyordu. Kendini de suçortaklığından hapse atılmış olarak görüyordu, işi batacak, bütün hevesleri yarım kalacak, karısı ona buna avuç açacaktı...

"Seninle konuşmam lazım Mani", dedi birden.

Tavrında düşmanlık yoktu, sadece ciddi ve açık olmaya çalışıyordu. Babilli önce gülümsedi.

"Kaşlarını çatma öyle, surat asmak tombul yanaklarına yakışmıyor. Ama konuş, söyle bana gönlünden geçeni..."

"Sen ve ben bütün gençliğimizi o hurmalıkta, dünyadan, sevinçlerinden ve zorluklarından uzakta geçirdik. Sen kitaplara benden daha düşkündün, kimse tıpta ya da ilahiyatta eline su dökemez; bilgine, yeteneğine, coşkuna hayranım; senin gibi insanlar geçtikleri yerde de, sevdiklerinin yüreğinde de iz bırakır. Ama en cahil adamların senden iyi bildiği, seninse ıskaladığın yığınla şey var, bunu kabul etmeye hazır mısın?"

Mani onayladı, arkadaşı da bunun verdiği cesaretle sözüne devam etti.

"Birincisi, galiba Ktesifon'a ve bütün bu imparatorluğa krallar kralı Sasani Erdeşir'in hükmettiğini unutmuşsun. Sana onun adını, soyunu sopunu hatırlatmak isterim, Partların imparatorluğunu yeryüzünden silip son hükümdarları Artaban'ı öldürerek kurdu saltanatını. Anlamadıysan diye bir daha söylüyorum, Sasaniler Partların yıkıntıları üzerinde yükselttiler krallıklarını, onları Mezopotamya toprağından, Medya'dan, Arabistan ve Hindistan kapılarına dek her yerden kovdular. Ve sen Mani, şunu hiç aklından çıkarma, sen Partlardansın, yeni efendilerin gözünde öncelikle bir Part prensisin. Babanın soylu Haskaniye sülalesinden olması bir yana, duyduğum kadarıyla annen de Kamsaraganlardanmış. Onlar daha da soylu, daha da köklüdür, hatta bir ara iktidara ortak olmuşlar.

"Kimlerden olduğumu uzun zaman bilmedim, öğrenince de önemsemedim. Biliyorsun, ben ne ırk tanırım, ne de sınıf."

"Biliyorum Mani, bunun için sana saygı da duyuyorum, ama dünya meseleye başka gözle bakıyor. Bu akşam kötü niyetlinin teki kralların kralına bir rapor yazıp, Mani diye bir Part prensinin başkentinin sokaklarında insanları başına topladığını yazabilir. Serüvenin de başlamadan biter."

"Benimle niye uğraşsınlar ki, devlet işlerine karıştığım mı var? Sadece Tanrı'yı anlatıyorum, kimseye ayaklan da demiyorum."

"Demin bana ne ırk bilirim ne sınıf, demedin mi? Bunu herkesin ortasında söylediğin anda hükümdara karşı ağır suç işledin demektir, çünkü kralların kralı soyuyla da, sınıfıyla da gurur duyar. Hem Tanrı'dan başka şey anlatmasan bile, bu seni temize çıkarmaya yeter mi sanıyorsun? Belki farkında değilsin ama devir değişti. Senin Part kuzenler iktidardayken bütün inançlar serbestti. Bazı Hıristiyan komşularım, o zamanlar rahatça ibadet edermiş. Babilli Yahudilerin başı da saraya girip çıkardı, hatta prensin hangi dinden olduğunu kimse bilmezdi. Ama Erdeşir böyle değil. Etrafına topladığı ateşe tapan müneccimler, inançlarını bütün imparatorluğa zorla yaymaya uğraşıyor. Dicle'deki bir kanalın kıyısında, unutulmuş bir hurmalıkta hâlâ istediğin dine inanabilirsin. Ama burada, başkentte susacaksın, saklanacaksın, İsa'yı, Baal'i, Nabu'yu ya da Musa'yı anacaksan da bunu evinde yapacaksın."

"Söylediklerin beni korkutmuyor Malkos. Tutuklanırsam, mesajımı imparatorluğun efendisine anlatmak için fırsat çıkmış olur."

"İşte gene saflığın tuttu. Kitaplarda kralın karşısına çıkan suçluyla ilgili eski bir masal okumuşsun belli ki; ve sen de hayalinde hemen hükümdarın karşısına çıkıyor, konuşuyor, onu hayran edip dine çeviriyorsun. Uyan Mani, bırak bu çocukça hayalleri! Seni kralların kralının huzuruna kim çıkarır, çamurlu bir hücreye atarlar, farelerle, kurtlarla konuşursun bol bol, şaşkın!"

"İşte bunda yanlışın var. Biliyorum, bir gün krallarla konuşacağım."

Malkos bu güvenin nereden geldiğini anlamaya çalışarak arkadaşına baktı. Tam o sırada Kloe girdi içeri, vereceği haberin sevinç mi, yoksa rahatsızlık mı yaratacağını bilemeyenlerin kararsızlığı içindeydi.

"Pattig geldi", dedi.

Mani ayağa kalkıp kapıya doğru bir adım attı; buna karşılık evsahibi istemeye istemeye doğruldu, kuşkuları, korkusu geçmemişti henüz; ama Pattig sırtında Ak-Giysililerin kıyafetiyle içeri girince onu kollarını açarak karşıladı. İhtiyar "birader" ise alelacele sarılıp başından savdı onu. Gözü oğlundan başkasını görmüyordu. Fakat şimdilik yanına gitmiyor, yakıcı bir görüntü, tehlikeli bir hayal gibi uzaktan seyretmekle yetiniyordu.

"Seni tekrar görmekten umudumu kesmiştim! Gittiğin zaman ağladım, ölüm orucuna yatmaya kalktım. Sittay da öz oğlunu kaybetmiş gibi gözyaşı döktü. Sonra Selefkiler köprüsünden geçtiğini gören biraderler geldi. Malkos'a gittiğini tahmin ettim, bu şehirlerde başka tanıdığın yok. Ben de peşine düştüm. Bütün biraderler alay kurup gelmek istedi benimle. Gidişin hepsini çok sarstı, çok üzdü. Seni hurmalığımıza bir geri götürsem, bütün cemaat bayram eder. Hiç kimse, işitiyor musun, hiç kimse kınamaz seni, istediğin gibi konuşursun, düşündüklerini anlatırsın..."

Babası konuştukça Mani'nin yüzü giderek asılıyordu.

"Böyle konuşacağına keşke Ak-Giysililerin yanında kalsaydın. Şunu bil ki, bir daha o hurmalığa asla dönmeyeceğim, o dinden değilim artık."

"Ya ben Mani, bir kerecik olsun beni düşündün mü? Bu cemaatle yaşamak uğruna dünyayı, dünya zevklerini terk ettim, karımı terk ettim, orada temizliği, kardeşliği bulduğumu sandım. Ve şimdi öz oğlum, bütün bir ömrü feda etmek gereksizdi, diyor bana. Seni dinlersem kendimi adadığım her şeye sırt çevirmiş olacağım; cemaatle kalırsam da biricik yakınımı kaybedeceğim. Bu dünyada senden başka kimsem yok."

"Öyleyse benimle kal. Sözlerimi dinle. Beklediğini bulursan, bir vakitler nasıl Sittay'ın peşinden gittiysen şimdi de benim yolumdan yürürsün. Yoksa hurmalığa geri dönersin."

Mani babasıyla bir yabancı gibi konuşmuştu. Ya da bir rakip. Pattig sevgisini anlattıkça saldırıya uğramış gibi hissediyordu kendini, aralarındaki kan bağından bahsedilmesi ise münasebetsizlikti. Malkos ile Kloe, iki alınyazısının hesaplaşmasının mahcup tanıkları olarak, utanarak seyrediyorlardı olanları. Baba, oğlunu da, bütün yakınlarını da benimsediği yola feda etmişti. Ve şimdi gerçekdışı bir intikam sahnesi yaşanıyordu: Pattig tanrısal bir emir almış gibi birden diz üstü çöktü.

"Seninle kalacağım Mani, sözlerini dinleyip içime sindirmeye çalışacağım. Uzat elini, ilk müridin ben olayım."

Mani karşılık vermedi. Gözlerini kapamış, anılarının arasında, yaşadığı bu tuhaf sahneyi haber verecek bir işaret, bir kehanet arıyordu. Olayların böyle gelişeceği aklının ucundan bile geçmezdi.

Neden sonra gözlerini usulca açarak, sağ avucunu diz çökmüş olan babasının başına koydu. Farkında olmadan Sittay'ın bir zamanlar Nabu Tapınağı'nın bahçesinde Pattig'i hükmüne alırken yaptığı hareketi tekrarlıyor, bir bakıma onu geçersiz kılıyordu.

Bunu izleyen günlerde Malkos homurdanarak, küfrederek, en ufak bir iş yapamadan atölyesinde döndü durdu. Gerçi Mani'yi hep tuhaf bulmuştu, ama hiç bu kadar anlaşılmaz, bu kadar şaşırtıcı gelmemişti. Bazen müritlerini etrafına toplamış bir üstat gibi davranıyor, bir saniye sonra çocuklaşıyordu; Malkos zaman zaman ona hayran kalıyor, neredeyse tapıyordu, fakat bir saniye geçmeden onu kardeşi gibi koruyası geliyordu.

Özellikle önceki gece olanlar Tyr'linin aklından bir türlü çıkmıyordu: Bir babanın doğaya aykırı olarak oğluna biat etmesiyle, evinde tuhaf bir tarikat kurulmuştu. Ona, Tyr'li Malkos denen işine bağlı tacire, kiliselerden ve cemaatlerden kaçmış tövbekâr tarikatçıya nasıl bir rol biçilmişti böyle?

Arkadaşıyla ilişkisinde, o güne dek derinliğini ve sonuçlarını ölçemediği bir yanlış anlama vardı. İkisi de Ak-Giysililerin hurmalığını gönül rahatlığıyla terk ettiyse de, gerekçeleri farklıydı. Kendisi hayattan ne beklediğini oldum olası gayet iyi bilmişti: Servet, seveceği bir kadın, sarayını yaptırana kadar da rahat bir ev... Ya Mani? Tarikatı terk ederken o neler hayal ediyordu acaba? Yeni bir din mi? Vaaz vermeye can attığı her halinden belliydi, giderek daha sık tanrısal bir sesten bahseder olmuştu... İyi ama, Pattig'in geldiği akşam, Malkos'un Mani'nin ağzından duyduğu, insanı allak bullak eden şu cümle ne oluyordu: "Bazen merak ediyorum, sırf Tanrı'yı kötü göstermek için, acaba şeytan mı yolluyor dinleri yeryüzüne!"

Bir din adamı böyle konuşur muydu?

II

Baba-oğul, hurmalığın dışındaki bu ilk günlerinde andılar Maryam'ı. O güne dek adını ağızlarına bile almamışlardı, hatta Mani o gün de ismini söylememeyi başardı. Tek dediği, "sonradan ne olmuş, öğrenebildin mi?" oldu.

Ktesifon'un sakin bir sokağında, düşünceler içinde yürüyorlardı. Şafak vaktiydi, güneş, nehirden gelen tatlı bir meltemle yavaş yavaş uyanan şehri kavurmaya başlamamıştı henüz. Pattig lafı hiç gevelemedi. Çeyrek yüzyıldır aralarında dolaşan hayaletin de bu gecikmiş buluşmada yerini almasının vakti gelmişti belki.

"Birkaç yıl önce Mardinu'ya uğradım. Eski evimizin bahçesinde mezarını gösterdiler. Sana anlatmak istediğim bazı şeyler var Mani..."

Ama oğlu birden taş kesilmiş, hatta öyle ani durmuştu ki bastonu yere saplanmıştı. Vaktiyle babasının karısını yola getirmek için yaptığı gibi, avucunu sertçe Pattig'in yüzüne çevirdi, "tek kelime daha etme" demekti bu.

Pattig üstelemedi. Evinden başka her yerde, hep birilerine boyun eğmişti zaten. Mani daha iri adımlarla tekrar yürümeye başlayınca peşinden gitti. Sessizce, iki adım gerisinden.

Bu konu sonsuza kadar kapanmıştı. Ama sadece konu; yoksa münasebetsiz laflar yüzünden yara zaman zaman kanayacaktı.

Pattig ile Mani arasında, bir baba-oğul arasında olabilecek en tuhaf bağlar örülecekti. Yıllar geçtikçe bir dostluk doğup büyüyecekti; gerçek, derin, ama aralarındaki kan bağıyla hiç ilgisi olmayan bir sevgi. Tam tersine o bağın inadına, adeta onu inkâr edercesine gelişecekti bu duygu. Pattig ölene dek Mani'nin en yakın müritlerinden biri, en sadık yol arkadaşı, en hevesli dinleyicisi olarak kalacaktı.

Hevesli dedik, ama ilk başlarda gayet kuşkucuydu. Malkos arkadaşının resim yapıp vaaz vermeyi âdet edindiği bahçeden ne zaman geçse, babasını biraz geride, devrilmiş bir ağaca oturmuş can kulağıyla vaizi dinlerken bulurdu, ama hep kafası meşgul, adeta endişeli görünürdü. Tyr'li bazen gidip yanına oturur, hafifçe gülümseyerek ya da uyuşukça elini sallayarak selam verir, konuşup dikkatini dağıtmak istemezdi. Kendi de Mani'ye kulak verir, bir yandan da dinleyicilerin tepkilerini ölçer, aralarında tanıdık var mı diye bakardı. Uzaktan bakan biri onu da en az Pattig kadar sıkıntılı sanabilirdi, nedenleri çok farklı olsa da.

Arkadaşı geldiğinden beri Malkos'un içini kemiren kaygılar son derece haklı çıkacaktı. Günün birinde Mani her zamankinden daha büyük bir kalabalığa konuşurken, Malkos bir ayak sesiyle, kuru otları ezen ağır ayak sesleriyle irkildi. Arkasına döndüğünde asayişten sorumlu bir *gzir* subayıyla göz göze geldi. Subay eliyle onu yanına çağırdı.

"Kim bu adam?"

"Babil ülkesinden gelen genç bir rahip. Adı Mani."

"Neden bahsediyor?"

"Dua etmekten, oruç tutmaktan."

"Hangi dinden?"

Malkos keşke bilebilseydi! Yüzünü ekşiterek:

"Nâsıralı'nın dininden galiba", demeyi daha ihtiyatlı buldu.

Subay bu bilgiyi aklına yazdı.

"Peki sen kimsin, seni bu mahallede daha önce de gördüm."

"Adım Malkos, tacirim, Tyr'liyim. Buradan geçiyordum..."

Arkasındaki mırıltılardan rahatsız olan Pattig, bu kendini bilmezleri susturmak için elini tehditkâr bir edayla kaldırarak dönüp baktıysa da, üniformalıyı görünce eli yana düştü. Subay yaklaşmasını işaret etti.

"Onu tanıyor musun?" diye sordu Mani'yi kast ederek.

"O benim oğlum!"

"Adın ne?"

"Pattig."

"Yanılmıyorsam bu bir Part adı."

"Evet, Part'ım, aslen Ekbatana'lıyız."

"Oğlun da, sen de bu kadar iyi Aramice konuşmayı nasıl öğrendiniz?"

"Babil'e çok küçük yaşta gelmişim, oğlum da burada doğdu, Mardinu köyünde."

"Hangi aşirettensin?"

"Haskaniyelerden", dedi Pattig aniden su yüzüne çıkan bir gururla.

Subayda ânında hayranlık ve saygı uyandırdı bu isim.

"Çok değerli savaşçılar yetiştirmiş bir sülaledir, yiğitlikleri hâlâ akıllardadır."

Ama hayranlığı kısa sürdü, çünkü Pattig katı bir ifadeyle hemen inançlarından dem vurdu:

"Ömrümde hiç savaşa katılmadım. Dinim silah taşımayı yasaklar. Ne sebeple olursa olsun."

"Yani sana göre kılıcımı düzeni sağlamak, hükümdarımızın düşmanlarını alt etmek için kullansam bile, sıradan bir katilden, bir haydutan farkım yok!"

Malkos araya girmenin vaktidir, diye düşündü:

"Prens Pattig ile oğlu ömürlerini bir hurmalıkta, eski kutsal kitapları okuyarak geçirdiler, dünyada olup bitenleri pek anlamazlar."

Subay hem açıklamadan dolayı, hem de Malkos'un göz kırptığını fark ederek yumuşadı. Ne var ki Pattig eklemeden edemedi:

"O hurmalıkta mutluyduk, ama oğlum Ktesifon'a gitmeye karar verdi. Ben de peşinden geldim."

"Niye gelmiş buraya?"

"Halklara yeni bir dini vaaz etmek istiyor."

"Hepsi bu mu? Varlığınızla bizi daha ne kadar zaman şereflendirmek niyetindesiniz?"

Pattig kendi kendine konuşurcasına, alçak sesle söylendi.

"Bana kalsa bir dakika durmazdım. Bu sefahatten, pislikten, meyhanelerden uzak yaşamak varken..."

"Nerede o eski günler", diye üstüne gitti subay.

"Kesinlikle."

"Partların zamanında her şey daha iyiydi."

Pattig bütün saflığına karşın bir tuzak kokusu sezmişti. Ama Malkos daha atik davrandı:

"Tanrı yüce efendimiz Erdeşir'e ve iktidarının ortağı, sevgili oğlu Şahpur'a uzun ömür versin. Onlar kol kanat gerene kadar, bu şehir ne böyle zenginlik gördü ne de medeniyet. Tanrı onları başımızdan eksik etmesin!"

Subay gür bıyığını kıvırarak burnunu havaya kaldırdı, "Ey Tyr'li, görüyorum ki nerede ne söyleyeceğini öğrenmişsin, ama paçayı bu kadar kolay kurtaramazsın" gibilerden. Gene de karşılık vermeyi ihmal etmedi:

"Ölümsüz olsunlar!"

Bu kutsal cevabı saygılı bir sessizlik izledi. Sonra subay Pattig'i tekrar tepeden tırnağa süzdü, gene tuzaklı bir soru geçiyordu aklından. Ama Mani'nin sesi yükselince, kulaklar ve gözler ona çevrildi.

"...som ışık olan Tanrı, Karanlık âlemi iyi tanımıyordu, onun için ilk insanı yanına çağırıp şöyle dedi: 'İçinde karanlıkla aydınlık yan yana olduğuna göre, kendime senden iyi ortak bulamam. Evet, ey insan, sen Işığın Karanlığa kurduğu tuzaksın. Yaratıcılığa hükmetme, onu koruma görevini sana veriyorum."

O sırada subay yerinden kalkmış Mani'ye doğru yürüyordu. Elinde kısa bir sopa, belinde hançeriyle göbeğini hoplata hoplata, Mani'yle dinleyicilerin arasındaki dar, taşlık yoldan geçti. Mani'nin tam karşısına gelince başını sallayarak bir şeyler haykırdı. Ne demek istediği hemen anlaşılmıştı anlaşılan, çünkü istisnasız bütün dinleyiciler gözlerini vaizden ayırıp ona çevirdiler ve birer birer kalkıp geri geri, düşe kalka çekilmeye başladılar, fırsatını bulur bulmaz da dönüp kaçtılar.

Subay ağzı kulaklarına vararak oturdu. Makamının gücüyle, tek başına bütün dinleyicilerin yerine geçmek göğsünü kabartmıştı.

Mani son bir cümle söyledi:

"Dört iklimin insanlarına güzelliğin dinini öğreteceğim."

Sonra sustu, ama yerinden ayrılmadı; yarıda kalan vaazına içinden devam ediyor gibiydi. Subay onu inceledi, ölçüp biçti, sonra bu tuhaf adama ne söyleyeceğini bilemez gibi düşüncelere daldı. Sonunda konuşmaktan vazgeçti, Mani'nin ayağa kalkıp ağır aksak uzaklaşmasına da ses çıkarmadı.

Mani'nin biricik dinleyicisi, başı omuzlarına gömülmüş olarak olduğu yerde uyuşup kaldı, kendine geldiğinde Mani gözden kaybolmuştu. Ancak o zaman doğruldu ve koşup Malkos'u kapısının önünde yakaladı.

"O Partlara söyle, bir daha Ktesifon'da görmeyeyim onları. Dönsünler köylerine, bir daha da çıkmasınlar! Neydi bakayım adları?"

"Pattig ile Mani."

"Seninki de Malkos'tu, değil mi? Burada mı oturuyorsun? Ne güzel evin varmış!"

Subay kıskanç ve tehditkâr bakışlarını evde gezdirirken, Malkos'un da, evinin duvarlarını son kez sağlam görüyormuş gibi, birden içi cız etti.

Sendeleyerek içeri girip kendini gölgeli avluya attı, Kloe hemen bir dut şerbeti hazırladı ona. Şerbeti bir dikişte mideye indirip terini bile silmeden gene istedi. Mallarını ve ailesini korumanın biricik yolunu, Mani'den iğrenç bir şey istemesi gerektiğini biliyordu. Ama nasıl dili varacaktı söylemeye? O sırada yanına gelen Pattig'le el kol işaretleriyle, boğuk fısıltılarla konuşabildi.

Mani bir saat sonra yanlarına geldiğinde tazelenmişti, huzurluydu, aydınlanmış gibiydi.

"Düşündüm de" dedi, "bu şehirden gitmem lazım."

O an belli etmemeye çalıştıysa da Malkos'un üzerinden büyük bir yük kalkmıştı. Babilli biraz yapmacık, hafif muzip bir edayla ekledi:

"İlâhi yoldaşıma akıl danıştım, o da dedi ki: 'Ktesifon dev bir kapı, madem yüklenince açılmıyor, anahtarını bulmaya çalış'. Hemen bu akşam gideceğim. *Mar* Pattig isterse benimle gelebilir."

Babası cevap olarak ayağa kalktı, beyaz entarisinin belindeki sicimi çözüp daha sıkı bağladı.

Malkos nezaket icabı üç kelimeyi güç bela toparlayabildi. "Gün doğumunu beklesen daha akıllıca olmaz mı?"

Nezaket bir yana, gerçekten mahcup olmuştu. Üstelik giderek daha kötü hissediyordu kendini. Mani'nin gitmesini istediği için, az kalsın bunu ona söyleyeceği için utanıyordu. Yaşamakta olduğu sahnenin verdiği acıyı, ömrü boyunca içinden atamayacağını hissediyordu. Hurmalığın yemekhanesinde hurma çekirdeklerini saklayan arkadaşının hayalini yıllarca zihninde taşımamış mıydı? Onları evden kovduğu günü de on yıl, yirmi yıl sonra bile aynı utanç ve acıyla hatırlayacağına emindi. Kovmak mı? Hayır, kovmuş değildi, Mani'nin gözlerinde sitemden eser yoktu; ama Tyr'li yüce gönüllü davranamadığı için kendi kendini asla bağışlamayacaktı. Öyleyse ne yapmalıydı? Babayla oğlu alıkoyup evini, işini, Ktesifon'a geldiğinden beri kurduğu her şeyi kaybetmeyi göze mi almalıydı?

Böyle kıvranırken, kendine itiraf etmese de tuhaf, aptalca bir düşünce yavaş yavaş aklını kurcalamaya başlamıştı, üstelik kovmaya çalıştıkça iyice musallat oluyordu.

Malkos beti benzi atmış, tükenmiş bir halde misafirlerinin iki parça eşyalarını toplamalarını seyrederken Kloe geldi. Kimseden bir şey duymadan, bir bakışta olup bitenleri anladı: Misafirler gidiyordu, kocası ikilemdeydi. Bir an hepsine derin bir şefkatle baktıktan sonra kocasını kenara çekti.

"Belli bir yere kadar onlarla gitmek istiyorsan, durma. Yaşlarına başlarına bakma, bunlar hâlâ çocuk, yol iz bilmezler, sen olmazsan kaybolurlar."

Malkos tam da bu cesaret verici sözleri bekliyormuş gibi derhal canlanarak ayağa fırladı. Hem de büyük bir neşeyle.

"Gidelim öyleyse! Hizmetkârlara söyleyeyim de hayvanları hazırlasınlar."

Karısı bir yere kadar, demişti, öyle değil mi? Malkos bu serüvene nasıl bu kadar kolayca evet diyebildiğini, yıllar sonra bile merak edecekti.

* * *

Mani yolculuğuna bir hedef belirlememiş gibiydi. İki gece üst üste aynı hasırda uyumaksızın, her sabah yeni bir yol çiziyordu. Arkadaşları hep peşindeydiler. Ganazak, Atropatene, Ermenistan tarafı, Medya dağları, Mesene bataklıkları; ve nihayet Dicle üzerindeki Kaşkar; oradan da tekneye bindiler.

"Ya şimdi nereye gidiyoruz?"

Malkos'un daha önceki yirmi sorusu gibi buna da cevap beklediği yoktu. Başına ıslak bir örtü sarıp teknenin kıçına, Pattig'in yanına çökmüştü. Güneş o kadar alçalmıştı ki şakakları dövdüğü hissediliyordu. Yalnız Mani ayaktaydı, gölgesi iyice kısalmıştı. Arkasına bakmadan, seyir defterinden okur gibi bildirdi:

"Yarın akşam Charax'ta kalacağız. Sonra gemi bizi Büyük Deniz'e götürecek. Hindistan'a."

Malkos tartışmayı unutalı çok olmuştu. Yatıyor, kalkıyor, dinliyor, yürüyordu. Bununla birlikte aşırı itaatkâr bakışlarının yanı sıra kafasında kırk tilki dolaşıyordu hâlâ. Aylardan *ayar*, ilkbaharın sonu, diye geçiriyordu kafasından, gemileri Doğu'ya iten musonlar başladı başlayacak. Gemiciler bilir bunu, uzun yola giden tacirler de; ama Mani nereden biliyor dinle ilgisi olmayan bu işleri? Malkos daha iyi kavrayabilmek için dirseğine dayanarak doğruldu. Arkadaşı rüzgârların huyunu mu öğrenmişti? Onları yollara sürüklerken, Hindistan yolunun açıldığı mevsimde Charax'ta olmayı daha baştan kafasına koymuş muydu? Bilen ve ona yol gösteren "İkizi" neredeydi acaba? "İkizi" mi? Peki Mani kimdi, ya "İkizi" kimdi? Malkos elini sinirle sallayarak hem kuşkularını, hem bataklığın sivrisineklerini kovdu.

III

Mezopotamya'nın ambarı Charax'ta yolculuklara, haliç boyunca sıralanan batakhanelerde hazırlanılırdı. Gemi kiralayanlar, tayfalar, sarraflar, nüfuzlu kaçakçılar, orospular, falcı kadınlar... Mani ile Pattig, sarhoş kahkahaların, açık saçık şarkıların yükseldiği bu hayvani kalabalıktan uzak durdular, hatta işi sağlama almak için dışarıda, gölgelik bir sokakta kalmayı tercih ettiler. Yanaşma manevralarını yapmak Malkos'a düştü, gözü hemen hemşerilerini aramaya başlamıştı; burada bir, hatta daha çok hemşerisiyle karşılaşacağına şüphesi yoktu, Tyr'liler yüzyıllardır karanfil ve kakule yolunun kurdu olmuştu.

Bakınırken, en sakin gruplardan birinde bildik bir yüz, bir sakal şekli, bir başlık, bir yüzük yakaladı. Aralarına girdi, onu buyur ettiler, arpa birası ikram ettiler. *Drahmi, dinar, larin* ve *aurei* diyorlardı, sonra dalgalardan, mercan kayalarından, korsanlardan bahsettiler. Malkos lafı Ktesifon'a getirip atölyeleriyle, şanıyla, ticaretteki hüneriyle, müşterileriyle övündü, karşısındakine birlikte kârlı işler yapabileceklerini hissettirdi. İki Tyr'li bir saat geçmeden anlaşmış, el sıkışmıştı bile.

"Ne zaman gideriz?"

"Mal gemiye yüklendi, deniz çarşaf gibi, uğurlu alametleri bekliyoruz. Geçen gece bizim marangoz rüyasında kapkara keçiler görmüş, gemiciler demir almadı. Yarın sabah mendirekteki tapınakta bir boğa kurban edeceğim. Kabul edilirse tanrılar gene fikir değiştirmeden, öğleden sonra yelken açarız."

Sinirli sinirli gülerek ayağa kalktılar, denizle uğraşmak insana hep sıkıntı verir. Malkos her şeyin ayarlandığını haber vermek için arkadaşlarının yanına gitti.

Mani ile Pattig, geçtikleri her yerde olduğu gibi gene insanları etraflarına toplamışlardı. Acaba sözlerini kesip işi hallettiğini söylese miydi? Neye yarardı ki, olacakları adı gibi biliyordu. Uyuşuk kuzular gibi yüzüne bakacaklardı, sanki Malkos o meyhanenin müdavimiymiş, ezelden beri oraya her girdiğinde Hindistan'a giden, üstelik gidişini bir gün ertelemiş Tyr'li bir gemi sahibi bulurmuş, o da her seferinde üçünü birden sevinçle gemisine kabul edermiş gibi! Hayır, Malkos hiçbir şey söylemeyecekti, şu iki Part'ı kutsal görevleriyle baş başa bırakmak daha iyiydi, kendisi de o sırada daha az ulvî işlerle meşgul olacaktı: Mesela karınlarını doyurma meselesiyle. Çünkü hemşerisi kibarlık gösterip yol parası istememişti, ama bütün yolcular gibi yemeklerini kendileri karşılayacaklardı.

Yolculuk sırasında üç erkeğin karnını doyuracak erzak yığınını hayal etmek bile zordu. Malkos iri adımlarla limandaki çarşıya gitti. Yürürken bir yandan da homurdanıp duruyordu, kelimeler tıpkı balıkların su yüzüne gönderdiği kabarcıklar gibi, kendisi fark etmeden karnından yükseliveriyordu. Ktesifon'dan ayrılırken, her aklı başında insan gibi bir ya da iki hizmetkârı da yanlarına almak istemiş ama Mani kesinlikle kabul etmemişti.

"Çadırlarımızı kim kuracak, mutfağımıza kim bakacak?"

"Çadırımız da olmayacak mutfağımız da. Her gittiğimiz yerde cömert insanlar bizi barındırıp karnımızı doyurur."

"Dilenciler gibi yalnız başımıza mı çıkacağız yola?"

Mani gülmeye başlamıştı.

"Kim dünyaya bir dilenciden daha iyi kılavuzluk edebilir?"

Bir taciri çileden çıkarabilecek bir düşünceydi bu!

"Mani, bazen söylediklerinden hiçbir şey anlamıyorum. Hatta acaba diyorum, sırf kafamı karıştırmak için mi böyle konuşuyorsun?"

Ama Babilli en ciddi ifadesini takınarak açıklamaya koyuldu:

"Başkalarına kılavuzluk etmeye soyunan biri, iktidardan, zenginlikten vazgeçmek zorundadır. Bir hırkadan gayrı hiçbir şeyi olmamalı, hatta yarın ne yiyeceğini bile bilmemelidir. Bilgelerle inanç satan sahte sofuların arasındaki fark budur."

"İyi de, bilgeler nasıl yaşayacak?"

"Halk karınlarını doyurur."

"Ya halk günün birinde bıkarsa?"

"Yeryüzünde, bir bilgeye bir lokma ekmek verecek hiç kimse kalmazsa, dünya bilgelere layık değil demektir, gitme vakti gelmiştir."

"Ölmeye mi yatarlar yani?"

"Dünya bilgeleri terk ettiği zaman, bilgeler de onu terk edecek. O zaman dünya yalnız kalacak, yalnızlığın acısını çekecek."

Malkos anlayana kadar epey kafa patlatmak zorunda kaldı.

"Doğru anladıysam, yanımıza erzak da almıyoruz, altın da."

"Evet, hiçbirini almıyoruz. Bilgeler gibi gidiyoruz."

Tyr'liye kalsa buna "deliler gibi" gitmek denirdi. Ama olaya bu kadar farklı bakarken nereden bağ kuracaksın? Hangi ucundan tutup da tartışacaksın?

Böylece Mani, babası ve arkadaşı, kuru kuru binek hayvanlarına binip yola koyuldular. Malkos gene de elbisesinin altına bir kese saklamadan edememişti. Ama yol boyunca kesenin ağzını açmaya hiç fırsat bulamadı. Holvan olsun, Kengavar olsun, Artaksata olsun, hangi şehre ya da hatta en mütevazı kasabaya gitseler insanlar önce yabancıları merak ettikleri için etraflarına toplanıyordu; Mani vaazına başlar başlamaz da koca bir kalabalık birikiyordu. Babilli o yörenin dilini bilmiyorsa dinleyicilerden biri tercümanlık yapmaya gönüllü oluyor, akşamleyin ya aynı kişi ya da bir başkası seyyahlardan evini onurlandırmasını rica ediyordu.

Her yemekte şehrin önde gelenleri onları sofralarında ağırlamak için yarışıyordu; gün boyunca Mani konuşurken kadınlar hem ona hem de arkadaşlarına ve dinleyenlere meyveler, soğuk şerbetler getiriyordu.

Ekmeği koparmadan önce Mani hep şöyle dua ederdi: "Tanrım, bu yemek hazırlanırken toprak, bitkiler ve daha başka yaratıklar mecburen incitildi. Ama bunu yapanların insandaki Işığı beslemekten, senin Kelamını yaşatmaktan başka isteği yoktu."

Ardından evin sahibiymiş gibi yemeği etrafındakilere bölüştürür, kendi ise bir parça ekmek ve birkaç meyveyle yetinirdi. En çok karpuzu severdi, soranlara, Işığın en yoğun olduğu yiyecek diye anlatırdı onu: "Karpuza bakın, rengi gözlerinizi, hafif kokusu burnunuzu mest eder, elinizle sıkı, kaygan kabuğunu okşarsınız, yanında bir şey içmezsiniz çünkü suyu içindedir, tabak da lazım olmaz, kendi kabında büyür ve sunar kendini. Dışından göbeğe doğru gittikçe, her lokmada Işık Bahçeleri'ne bir adım daha yaklaşırsınız."

Karpuzdan başka sıcak ekmeği, salatalığı ve bir de hurmanın özellikle ışık geçiren, saydam olanını severdi. Buna karşılık bütün et yemeklerini hiç kibarlık yapmadan geri çevirirdi. Şarap ve diğer mayalı içkileri içmezdi; yalnız, yemeğin başında misafirler rahat içsin diye dudaklarını değdirir gibi yapardı. Ama sarhoşluğa kızardı; sofradakilerden biri çakırkeyif olduğu anda Mani misafirlere hiç aldırmadan kalkıp uzaklaşırdı.

Gitme vakti geldiğinde Mani genellikle birkaç kişinin kalbini kazanmış olurdu. Ama "Peşimden gelmeyin, daha değil", derdi ondan ayrılmak istemeyenlere. "Bekleyin beni, bu şehirdeki umudum olun, benden duyduklarınızı yayın ve herkese geri geleceğimi söyleyin."

Bazen de şehrin önde gelenleri ona hediyeler, yepyeni elbiseler, çil çil altınlar getirirdi. Malkos'un gözleri parlar, ama Mani kaşlarını kaldırarak onu el sürmekten men ederdi. Sonra armağan verenlere: "Hediyenizi minnetle kabul ettik, evinizde, görünür bir yerde saklayın onu, her baktığınızda beni, geri döneceğimi hatırlarsınız."

Böylece Charax'a gelene kadar her gün karınları doymuş, yıkanıp paklanmışlardı, ama yola çıktıkları zamankinden daha zengin değildiler. Malkos'un kesesine bir kez bile el atmadığı düşünülürse yoksullaşmış da sayılmazlardı. Şimdi deniz yoluyla Hindistan'a gitmek planı çıkmamış olsa, boşuna telaşlandığını hiç gocunmadan kabul edebilirdi. Karadayken her aşamada yatacak yer ve bir lokma ekmek bulunurdu, Mani bunda haklıydı, Malkos tahminlerinde yanılmıştı. Ama denizde işler öyle yürümeyebilirdi, herkes kendi yiyeceğini yanında getirirdi; hele de genellikle ıssız, misafir sevmeyen kıyılardan geçilen Hindistan rotasında.

Malkos Tyr'li gemi sahibine ne kadarlık erzak almak gerektiğini sormuştu. Kıyı kıyı, rüzgâra karşı giderlerse yol aylar sürebilirdi; gemiyi musona bırakırlarsa topu topu üç haftada İndus Vadisi'ne varabilirlerdi de. Havanın bozacağını da hesaba katarak otuz gün diyelim.

Üç kişiye otuz gün yetecek dayanıklı erzak, diye hesaplıyordu Malkos. En yakındaki yol ağzına gözlerini çevirip bir çeşmenin dibinde oturan iki hamala el etti. Hamallar gemi yolcularına alışıktı, onu hemen limandaki çarşıya, her zaman çalıştıkları tacire götürdüler, tabii en uygun fiyatlar ondaydı. Petra doğumlu bir Nabatî olan tacir, hanutçulara her zamanki payınızı veririm, anlamında göz kırptı.

Tacir nereye gideceklerini sorup erzak listesini kendi hazırladı. Yolculuğun ilk yarısı için katı yumurta, peksimet, peynir, kurutulmuş ya da tütsülenmiş balık; kalanı için arpa, sert buğday, mercimek, bakla, fasulye, nohut; ve tabii iki küp dolusu hurma, bağ bağ soğan ve sarımsak, zeytin, bal, kuru kayısı, zeytinyağı, tuz ve çeşitli baharat; ah, şarabı da unutmamalı, dedi, birkaç tulum da ondan lazım; kaptanın iyiliği tutarsa ambarın dibinde kum içinde muhafaza eder, tabii sonra beraber içersiniz.

"Yola çıkarken kap kacak almışsınızdır herhalde."

"Hayır", diye sızlandı Malkos, "bir tek su testimiz vardı."

"Yemek işini nasıl hallettiniz?"

"Anlatması uzun sürer. Tanrı'ya güveniyorduk, diyelim."

"Kimi öyle seyahat eder, kimi böyle, diye belirtti Nabatî, inançlar dendi mi dilini tutmayı öğrenmişti. Gene de yanınıza bir tencere ile yakacak odun alın!"

Sıkı pazarlıklardan, alınacaklar alındıktan sonra Malkos üçüncü, derken dördüncü bir hamal daha çağırmak zorunda kaldı; kendi de onlara yol açmakla yetinmedi, arkadaşlarının yanına vardığında onun da eli kolu doluydu. Mani konuştukça konuşuyor, Pattig can kulağıyla dinliyordu. Tyr'li hamallara biraz beklemelerini işaret etti, onlar da yüklü bir bahşiş umuduyla hiç homurdanmadan yüklerini indirdiler.

Sonunda konuşma bitince Mani, yere dizilmiş olan yüklere isteksizce göz attı.

"Boşuna zahmet etmişsin."

Malkos dilini tutmayı tercih etti. Üstadının karşısında susan bir mürit gibi değil de, tam tersine, çocukluktan çıkamamış kardeşini gücendirmek istemeyen bir ağabey gibi. Hem ayrıca batıl inançları kuvvetli değilse de, iki arkadaşın denize açılmadan kavga etmesinin hiç hayra alamet olmadığını bilirdi.

Büyük Deniz'deki en çok can alan üç kayalığa, "Güvenliğim ve Kızları" gibi benzersiz bir ad takmak hangi uyanık denizcinin aklına gelmişti acaba? Kanton'dan Habeşistan limanlarına dek her yerde bu isim dilden dile dolaşırdı, ürkütücü efsanelere de girmişti. Suyu delip geçen kapkara, sivri tepelerdi bunlar, genellikle karanlığın ve pusun içinde gizlenen bir şeytan çatalı. Yelkenliler dikkatle etraflarından dolaşır, daha hafif tekneler ise aralarından süzülürdü; intiharla eş anlamlı olan bu cesaret gösterisinin anısı, deniz dibindeki nice enkazda yaşardı.

Mani'nin yoldaşlarına göre denize açılmak, tehlikeden tehlikeye koşmak demekti. Hakikaten, Kutsal Hürmüz'ün adını taşıyan boğazdan çıktıkları anda patlayan bir çığlık, öğlen uykusundaki yolcuları ayağa kaldırdı:

"Vâl! Vâl! Vâl!"

Eliyle açık denizi göstererek bağıran, Susalı bir tayfaydı. Gemi sahibi hemen yanına koştu, sonra da kaptan. İlk hedef yolcuların paniğe kapılmasını engellemekti, yoksa hepsi aynı tarafa koşarak, geminin dengesini üzerlerine gelen şu iki balinadan çok daha fazla bozabilirlerdi.

"Herkes olduğu yerde kalsın, ilk ayağa kalkanı denize atarım!"

Yolcular tehdide pek inanmasalar da oldukları yere çivilendiler. Kaptan sözünün dinlendiğini görünce ekledi:

"Korkmayın, gemi sağlam, her seferde balinalar saldırır, ama hâlâ batmadık!"

Balinalar kaptana meydan okurcasına sürtünerek gemiyi salladılar.

"Çanları getirin!" diye haykırdı kaptan.

Çanlar mı? Yolcuların en şaşkını Pattig'di. Bu nesnelerin kiliselerde biri ölünce çalındığını bildiğinden ellerini kavuşturup diz üstü çöktü: "Dua edelim, dua edelim, duadan başka çaremiz yok!" diye mırıldanmaya başladı. Ne var ki marangozun getirdiği on iki çan bambaşka bir işte kullanılacaktı. Adam bunları mürettebata dağıttı, elinde kalan iki taneden birini de Malkos'a verip bordadan sarkmasını ve vargücüyle çanı çalmasını söyledi. Kaptanın aşçısı da bir bakır tepsiyi kepçeyle döverek yardıma koştu. Yavaş yavaş herkes onlara katıldı, bulunan her yüzey bir gonga dönüştü, vuruyor, dövüyor, bir taraftan da bağırıyor, ıslık çalıyor, uluyorlardı, korku olduğu kadar neşe de vardı işin içinde. Kopan kıyamet sonunda işe yaradı. Birkaç dakika sonra sancak tarafında, bir mil açıkta havaya suların fışkırdığını gördüler. Balinalar kaçmıştı, bir daha onları gören olmayacaktı.

Üçüncü gün akşam çökerken meydana gelen hortum, yürekleri daha çok hoplattı. İlk başta sadece beyaz bir buluttu, ama giderek büyüdü, şişti, dakikalar geçtikçe kalınlaştı ve nihayet gitgide hızlanarak dönmeye başladı, dalgalara dalacak dev bir boynuza benziyordu. Ne var ki bunun tam tersi oldu, çünkü birdenbire tam o noktada deniz, ateşteki tencere misali kaynamaya başladı ve bir mucize gerçekleşti! Suyun yüzeyi kıvranan bulutun çekimine kapılarak yükseldi, hortumlandı; şimdi kapkara bir su sütunu homurdanarak yükseldikçe yükseliyordu, adeta deniz olduğu gibi gökyüzüne çekilecek gibiydi.

Yolcular dehşet içinde kalmıştı. Şu da var ki, karanlığın bastırmasıyla hortum sıradan bir deniz olayından çok bir kıyamet canavarına, yerle gök arasında asılı kalmış dev bir ejderhaya benzemişti. Gemi sahibi bile korktu, hemen koşup sandığından altın bir gerdanlık çıkarıp boynuna taktı. Genç bir tayfa da sipsivri hançerini kınından çekip, işaret gelir gelmez kendini öldürecekmiş gibi boğazına dayadı. Ve Pattig de tekrar diz çökerek dualarına başladı.

O gece kimse uyumadı. Tehlike yaklaşırsa anlamak için herkesin kulağı kirişte, gözü ufuktaydı. Gemide korkuya kapılmayan iki adam, sadece iki adam vardı. Birincisi Charax'lı bir deniz kurdu olan kaptan. Balinaları kovmak için ortalığı velveleye vermiş, hortumda ise yelkenleri indirmekle yetinmişti, başka ne yapabilirdi ki? Er ya da geç hortumun dağılacağını biliyordu, ama su kütlelerini havaya kaldırıp gemiyi alabora ederek, ama zararsız damlacıklar yağdırarak. Olacakları beklerken, kendinden emin adımlarla huzursuz yolcuların arasında geziniyordu. Kimi eteğine yapışıyor, kimi yalvarıyor, kimi kızıyor, o ise hepsine aynı sözleri söylüyor, bazılarına da tepeden, acıyarak bakıyordu.

Bir ara tesadüfen Mani'nin yanına gitti, aslında niyeti sadece rahatlatıcı bir şeyler söylemekti. Ama ilk konuşan Babilli oldu:

"Şu güvertede huzurumu paylaşan tek insan sen misin?"

Kaptanın gözlerinde bir kararsızlık belirdi. Roller değişince, hazırda tuttuğu kalıplar bir anda boşa gitmişti.

"Cesur, namuslu bir adam böyle konuşur işte! Kimsin sen, ey soylu yolcu?"

Tıpkı kalan yirmi yolcu gibi bu adamın da adını söylemişlerdi ona, ama kumandayı elinde tutan kişi olarak, bu soruyla yeniden üstünlük kazanmış olacaktı.

Mani tanışma merasimiyle vakit kaybetmedi.

"Hindistan'da bir görevim var, bu gemi beni oraya götürüyor, ne hortumlar, ne kayalar, ne balinalar, ne anaforlar engel olabilir gitmeme. Bu böyle. Denizin elinden bir şey gelmez."

"Böyle bir gecede bu kadar emin bir insan sesi duymak ne güzel! Denize katil derler hep; bense hiç korkmadım ondan. Ölümüm Charax'taki evimde lanet olasıca ateşli bir hastalıktan olacak. Ama sudayken ayaktayım, tehlikelerin yüzüne tükürürüm, başıma hiçbir şey gelmeyeceğini bilirim."

Babil'in oğluyla kaptan bütün gece küpeşteye dayanıp, açık deniz hikâyelerini, mürekkep yalamışların vaazlarını birbirlerine naklettiler, ikisi de dinlemekten hiç bıkmıyordu. Ve yanlarına gelen yolcuları aynı sözlerle sakinleştirdiler. Güverte hareketliydi, korku hâlâ vardı, ama günün ilk ışıklarıyla birlikte herkes rahatladı, hortum uzaklarda iz bırakmadan, zarar vermeden sönüp gitmişti. Nihayet güney denizlerinin sessiz mavisi, dalgalardaki harelere yayılmaya başlamıştı.

Nefes alabiliyorlardı artık, diller çözülüyordu, geceleyin olsa yersiz kaçacak, uğursuz addedilecek sorular şimdi sorulabilirdi. Tyr'li gemi sahibi boynundaki altın gerdanlığı anlattı:

"Denizde ölümle burun buruna geldiğimde, boğulursam cesedime ne olacağını düşünüp fena olurum. Herhalde kıyıya vururum, orada da biri beni bulur, ama ne yapacağını bilemez. Şu altınları bulursa mükâfatını fazla fazla almış olur, o minnetle bana da güzel bir mezar yaptırır."

Bir de kendini öldürmeye kararlı o genç tayfa vardı. Bir Tayyaye, bir Arap. Dediğine göre, eceli geldiyse ruhunun dalgalara gömülüp derinlerdeki kötü cinlerin tutsağı olacağına, açık havaya karışıp göğe çıkmasını tercih edermiş.

Mani artık el üstünde tutuluyordu. Geçtiği şehirlerde bile bu kadar itibar görmemişti. Etrafında hep birileri vardı, sözü dinlenir, her sofraya, kaptanın bütün yemeklerine çağrılır olmuştu, tabii iki yoldaşıyla birlikte. Malkos'un yığdığı erzaklara yolculuk bitene kadar doğru dürüst el sürülmedi bile.

Kaptan rotasını yalnız Mani ile yoldaşlarına ve gemi sahibine söylüyordu. Malkos geminin dosdoğru gündoğusuna gideceğine güneye doğru kıvrıldığını fark ettiğinde de açıklamaya razı oldu:

"Denizi bilmeyenler onu uçsuz bucaksız bir su ovası sanır. Ama tıpkı kara gibi denizde de patikalar, dolambaçlı yollar, çıkmaz sokaklar ve ayrıca akıntıların, rüzgârların çizdiği geniş caddeler vardır. Bu mevsimde Arabistan'ın ucundan Hindistan'a kadar giden yol örneğin. Dümeni güneye kırmak lazım o yola girmek için. Ondan sonra son sürat Doğu'ya döneceğiz. Bir kez bile karaya çıkmadan Deb'e varacağız, hatta karayı görmeyeceğiz bile, ürkütücü efsanelerde anlatılan, hiçbir denizcinin yanaşmaya cesaret edemediği birkaç adayı saymazsak."

Deb mi diyordu kaptan? Bu şehir İndus deltasında, nehrin yüksek dağlardan sürüklenmiş alüvyonlarla epey dolmuş bir kolu üzerinde yükselirdi. Yıllar geçtikçe buraya varabilen gemiler azaldı. Bir sabah liman gözünü açtığında kendini karanın ortasında buldu. Bunun üzerine insanlar burayı terk edip o civardaki Tatta, Sindi, Lahri, daha sonra da Karaçi'ye yerleştiler.

Deb'den ne kaldı geriye? Saraylarından, tepelere yayılan tapınaklarından, denizcilerin uzaktan bir fener gibi dört gözle beklediği kiremit rengi gümrük binasından ne kaldı? Onyedinci yüzyıla kadar seyyahlardan, şehrin hâlâ yerinde durduğunu söyleyenler var. Sonra her şey yok oldu. En ufak bir iz, bir harabe bile kalmadı. Ne olduğunu bilen yok. Bu satırların yazıldığı sırada arkeologlar hiç olmazsa bir harabenin izine rastlama umuduyla, İndus'un denize kavuştuğu yerlerde kazılar yapıyor hâlâ.

Mani'yle aynı çağda yaşayanların Deb'i bilmemesi imkânsızdı. Hele macera düşkünlerinin. Bu ad kulaklarında boğuk bir çağrı gibi yankılanır, içlerinde bir gitme isteği uyandırırdı. Dünyayı mırıltılarından tanırlardı o zamanlar, el yordamıyla gezerlerdi, planisferler öyle belirsizdi ki tuhaf hikâyelerin rüzgârıyla adalar kıtalara, haliçler okyanusa dönüşür, bu yerlerden de coğrafyacıların resmini çizdiği canavarlar çıkardı. Titiz bir kâtip, Deb'e hâkim bir dağın üstüne, bir nehrin nereden çıktığını kaydedercesine şöyle yazmış: "Akrepler buradan türemiştir."

Yolculuğun her adımında vebayla, vahşi hayvanlarla, kıtlıkla, savaşla, yağmayla, yetmiyormuş gibi tek gözlü devlerle, ejderhalarla ve her türden büyücüyle boğuşacaklarını düşünür, ama gene de vazgeçmezlerdi. Ölüm, tanıdık bir ısırgan otuydu. Serüven böyle yaşanırdı. Elveda deyip giderek. Gidenin ne zaman döneceği, hatta dönüp dönemeyeceği bilinmezdi. Cesareti olanlar, talih ve rüzgârlar da onlardan yana olursa, Deb'e varabilirlerdi.

Mani, onun zamanında dünyanın dört büyük imparatorluk arasında pay edildiğini yazar, Roma, Sasani, Çin ve Kızıldeniz'de, Saba krallığının mirasçısı Aksum İmparatorluğu. Bu imparatorlukların uyrukları hiçbir limanda Deb'deki kadar iç içe geçmezdi; burası Kanton yelkenlileri için Arabistan'dan önce son duraktı; Batı'dan gelenlere göre ise Hindistan'ın kapısı. Batı kelimesi, tıpkı Mani'nin de kullandığı anlamda, İtalya'nın, Yunanistan'ın ve Kartaca'nın yanı sıra Mısır'ı, Fenike'yi ve bugün tarihteki bir kaymayla Yakındoğu dediğimiz Arami ülkesini kapsardı.

Babillinin Ak-Giysililerin kütüphanesinde okuduğu pek çok seyahatname arasında özellikle biri, ona nice hayaller kurdurmuştu: İsa'nın ikizi denilen, Nâsıralının kelamını tebliğ etmek için Hindistan'a giden Tomas'ın anlattıkları. Mani büyük ihtimalle onu örnek alarak bu yolculuğa karar vermişti.

Çünkü, geleneğe göre Tomas, ilk Deb'de karaya çıkmıştı.

IV

Mani'nin yaşadığı yüzyılda Hindistan'daki bütün kiliseler Tomas'a adanmıştı, her biri bizzat bu havarinin eliyle kurulduğunu iddia eder, onun efsanelerini, kutsal kalıntılarını saklardı. Bunlar genellikle mütevazı mabetlerdi, bazıları Gandara'da, kayaların içine kurulmuştu; bir haçla üç meşale, henüz ilk adımlarını atan bu inancı coşturmaya yetiyordu.

Deb'de durum başkaydı. Bir ticaret şehrine yaraşır şekilde, ibadethaneler ve ayin eşyaları zenginlik saçıyor, namusla kazanılmış altınlar şükranla, kuşkulu yollardan gelenler tövbelerle mabetlere akıyordu. Kilise zenginleşmiş, büyümüştü. Şehir halkı gelip geçici misafirlerle karşılaşıyordu orada, sözgelimi ibadetini serbestçe yapabilmenin mutluluğunu yaşayan, dine dönmüş İskenderiyeli bir tayfayla, ya da Hıristiyan olmaya hazırlanan Ostia'lı bir adamla.

Şunu da söylemek gerekir ki şehir uzun süre büyük Kanişka'nın mirasçıları olan Kuşanaların iyi idaresi altında yaşamıştı. Doğu'nun görüp göreceği en adil krallardan biriydi Kanişka, iktidarının doruğundayken bile dilenci keşişleri evinde ağırlamayı onur addederdi. Kuşana prensleri atalarının adına leke sürmemeye özen göstermiş, bütün inançlara kol kanat gererek her ne olursa olsun yüce gönüllülükten, dürüstlükten ayrılmamışlardı. Paralarının üzerinde yirmi sekiz dinin simgesi vardı.

Nitekim yabancı tacirlerin doluştuğu meydanın kenarında Aziz Tomas Kilisesi, Poseidon, Anahita, Vişnu tapınakları, Allat ve Yamm sunakları, İskender zamanında yapıldığı söylenen bir sinagog, Taksila yolunda da bir Budist *stupa*'sı ve manastırı yükselirdi.

Mani geldiğinde bütün bu inançlar hâlâ yan yanaydı. Karaya ayak basar basmaz ilk iş rıhtımdan rahatça görülebilen kiliseye koştu. Günlerden pazardı, kilisenin önündeki avlu kalabalıktı. Tomas Hintlilere, İsa havarilerine ne öğrettiyse onu öğretmişti: Her hafta, başkalarına örnek olacak bir titizlikle şabat gününün âdetlerine uyacak, ertesi gün kendi ibadetleri için, özellikle eğitim için, kutsal yazıları, büyüklerin yorumlarını, dünyanın dört bir yanındaki cemaatlerden gelen mektupları okumak üzere tekrar bir araya geleceklerdi. Bazen de önemli bir din adamı şehre geldiğinde ona da söz verirlerdi.

Mani topal bacağını gururla sürüklemesiyle, kalabalığı yarıp geçişiyle daha ilk andan sözü dinlenecek biri havası verdi. Rahip memnuniyetle yerini ona bıraktı, ama gözünü dört açarak absidde dikilmeye devam etti. Açık açık ya da sinsice öyle zındıklıklar anlatanlar oluyordu ki, yeri geldiğinde müdahale edip herkesi susturmak, hatta bazen iri yarı rıhtım hamallarının yardımıyla ruhları zehirleyeni kapı dışarı etmek gerekebiliyordu. Hamallar hep orada hazır bulunur, din uğruna böyle bir görevi seve seve üstlenirlerdi.

Mani Aramice konuşuyordu ve bütün söylediklerini anlayanlar çok azdı: papaz, mürekkep yalamış birkaç kişi... Ne var ki herkesin kulağı ondaydı. Bu çınlayan İsa'nın ve Tomas'ın konuştuğu dil değil miydi? Heyecan doruktaydı. Ne söylendiği önemli değildi. Her şey sesin tınısında, arada bir kulağa çalınan kutsal isimlerde, kutsal topraklardan gelen bu çarpık bacaklı adamın süzgün yüzündeydi.

Mani dinleyenleri sarsmaya çalışmıyordu. Kendini İsa'nın yolunda gördüğünden, Tomas'ın aktardığı şekilde, kelime kelime onun söylediklerini söylüyordu. Bu yeni bir yöntem değildi. Roma İmparatorluğu'ndaki Hıristiyanlar, Kudüs dışındaki sinagoglarda böyle yapardı. Adlarını, Kudüs'ten geldiklerini söyler, cemaatle ilgili son haberleri verir, Yahudalıların sefaletini ve beklentilerini anlatır, bir Mesih'in geleceğini haber veren bölümleri ezberden okuyarak İncil'e geçer, sonra Yahudiler çektiği çilelerin içinde kehanetlerin belki de gerçekleşmekte olduğunu söylerlerdi. En kurnazları lafı uzattıkça uzatmayı becerirdi. Sonunda maskeleri düşse de o arada birilerinin gönlünü fethetmiş, en azından merakını kabartmış olurlardı. Peşlerinden gidenler, hatta konuşmaya evinde devam etmeye davet edenler çıkardı. Bir havari, gözü dönmüş bir meczuptan bu hüneriyle ayrılırdı işte; ötekiler bir sinagoga girdikleri anda bağıra çağıra yeni dini anlatmaya başlar ve derhal, içeridekiler niye kovulduğunu bile anlayamadan, bazen de bir temiz dövülmüş olarak kapı dışarı edilirdi.

Buna göre Mani, Paulus, Markos ya da Tomas gibi büyük havarilerin kumaşındandı, onların sinagoglarda davrandığı gibi kilisede davranıyordu. Hem de aynı inançla. Filistin'deki ilk Hıristiyanlar nasıl kendilerini Yahudilerden daha sahih, hatta yegâne has Yahudiler olarak gördülerse, Mani de İsa'nın mesajını tamamlamaya, onu insanoğlunun bütün samimi inançlarını barındırabilecek evrensel bir inanca dönüştürmek üzere dünyaya geldiğine inanıyordu.

Deb'deki kilisede vaazına başlarken Malkos ile Pattig endişeyle etraflarına bakınıyor, insanların tepkilerini izliyor, papazın her an öfkeyle ya da takdirle kıpırdanmasını bekliyorlardı. Sonuna kadar dinleyecek miydi acaba, birden zındık diye, küfür bu diye bağırmayacak mıydı?

Tuhaf ama hiçbiri olmadı. Ne coşku, ne kızgınlık. Kayıtsızlık da değildi bu. Bütün gözlerde okunan heyecandı, ama hüzünlü bir heyecan. Papaz misafir susana kadar büyük bir ciddiyetle dinledi, sonra ayağa kalkıp teşekkür etti, Mani'nin üstün bilgisini, metinleri derinlemesine kavrayışını övdü ve nihayet içeridekilerle birlikte kısa bir dua okuyup müminleri selametledi.

İnsanlar diz kırarak, haç çıkararak geri geri çıkarken, papaz da Mani ile yoldaşlarını ve cemaatin önde gelenlerinden birini, kilisenin bitişiğindeki, mütevazı, kerpiç evine davet etti.

"Sizi makamınıza, hikmetinize yaraşır şekilde karşılayamadıysak bizi hoşgörün, soylu kardeşlerim. Ama belki cemaatteki korkuyu fark etmişsinizdir."

Söze böyle girmesine en çok şaşıran Pattig oldu.

"Cemaatiniz ötekilere kıyasla çok mutlu görünüyor oysa.

Ktesifon'da, Kaşkar'da, daha yirmi şehirde kardeşlerinize rastladık, hiçbir yerde dua sesi duymadım."

Malkos daha ileri gitti:

"Sizin kadar mutlusu öyle az ki. Roma eyaletlerinde Hıristiyanlara eziyet ediliyor, Sasani topraklarında ateşe tapmak resmi din oldu, diğer cemaatlerin yeni mürit kazanması yasak. Gözler hep üzerlerinde, vergi yüküyle eziliyorlar, özel kıyafetler giymek mecburi, üstelik mahallelerinde hapis yaşıyorlar."

Papaz duygulanmış ve utanmıştı.

"Doğru söylüyorsunuz, belki de geçen mutlu yıllar için Tanrı'ya şükretmeyi bilemedik... Gerçekten de Deb'de bu söylediklerinizin hiçbiri olmadı. Halkla iç içeydik, başkaları ne giydiyse giydik, ne istersek söyledik."

Fakat daha fazla konuşamayarak gözyaşlarına boğuldu. Mani, Malkos ve Pattig şaşkınlık içinde gözlerini başka tarafa çevirdiler. Cemaatin adamı, teselli edercesine papazın birden çöken omzuna elini koydu. Papaz onu, şehirdeki en nüfuzlu Hıristiyan tacir Bar-Tuma diye tanıtmıştı. Çok koyu, mat bir teni vardı, kulakları da Hintliler gibi delikti; bununla birlikte adı Aramice olduğuna göre mutlaka bir melezlik vardı.

O âna dek hiç sesini çıkarmamıştı, ama büyük bir anlaşmazlığın eşiğinde olduklarını hissederek araya girdi.

"Soylu misafirlerimiz, efendilerimiz Kuşana prenslerinin Pers ordusuna yenik düştüğünü, beş nehrin ötesine çekildiğini bu şehirde bilmeyen bir siz mi kaldınız yoksa?"

Aramiceyi çat pat konuşuyor, hecelerin çoğunu yanlış vurguluyordu, tıpkı kutsal dili öğrenmeyi görev bilen, ama günlük hayatında konuşma fırsatı bulamayan herkes gibi. Bir kelime aklına gelmeyince nasıl olsa herkes anlar, diye hiç çekinmeden yerine Yunancasını söylüyordu. Saygısızlık etmeden, ama sabırsızlıkla üsteledi:

"Soylu kardeşlerimiz, Deb sokaklarında hiç asker olmadığı dikkatinizi çekmedi mi?"

"Fark ettim", dedi Malkos, "ama şehrin huzurlu, güvenli bir yer olmasından sandım."

"Ruhundaki dinginlik korkunç gerçeğin önüne perde çekmiş. Şehrimiz aslında kaderine terk edilmiş durumda. Askerler de gitti, vali de. Vali şehirden ayrılmadan önce bütün cemaatlerin başlarını ve meslek localarını çağırıp ülkenin yeni efendilerine itaat etmelerini öğütledi."

"Yeni efendiler nerede öyleyse?"

"Orduları buraya bir günlük mesafede, Turan tepelerinde kamp kurmuş, başında da Hürmüz diye, krallar kralı Erdeşir'in torunu gencecik bir prens varmış. Nedir niyeti? Şehri ne zaman teslim alacak? Birlikleri kapımıza dayandığı halde, Sasani prensi niye teslim olun demiyor bize? Yüce Tanrı tenezzül edip cevap vermedi. İşte bu yüzden, en inançlılarımız, onun Hikmetine en çok güvenenlerimiz bile şaşkınlık içinde. Şehrin çarşılarına gittiniz mi?"

"Hayır", dedi Pattig, "bir ayağımız rıhtıma değdiği anda, öbürü bu kutsal yere yöneldi."

Biraz yatışmış olan papaz heyecanla haykırdı:

"Tanrı sizi kutsasın! Babamız dünyayı sizin gibilerle doldursun!"

Bar-Tuma sözüne devam etti:

"Şehri gezerken anlayacaksınız. Tezgâhlar tam takır, altınlar, değerli kumaşlar, nadir baharatlar, kıymetli taşlar yok oldu. Kantonluların hanları bomboş, yanaşan her gemi mal ve tacirleri yüklediği gibi dönüyor. Kenar mahallelerdeki yoksullar da korku içinde. Hatta bütün erkekler karılarını eve aldı."

Belki anlaşılmaz diye telaşla ekledi:

"Buranın âdetidir. Her ay kadın kirlenince kocası onu evden kovar ki cümle âlem ona yaklaşmadığını görsün. Kadın bir hafta sokakta, saçak altında kalır. Ama şimdi askerler gelir de esir eder korkusundan, kadınlar kirli de olsalar evde duruyorlar."

"Bence korkunun bu kadarı fazla", diye araya girdi Malkos. Bir ordu, bir şehri fethedip de yağmalamazsa olmaz, orası öyle; ama beterin beteri var. Tezgâhları boş bırakmayın, yoksa hevesi kursağında kalan askerler hınçlarını halktan çıkarır. Sizi yoksul etmeyecek kadarını yağmalanmak üzere bırakın, fazla karşı koymadan üzülmüş gibi yapın. Şehir savaşmadan teslim olmaya razı olursa, prense şatafatlı hediyeler verilirse yağma az olur, sakladığınız malları da çabucak tezgâhlara yayarsınız. Ben kendim Ktesifon'da, Erdeşir'in başkentinde ticaretle uğraşıyorum, işimde bir sıkıntım yok. Son yıllarda Sasaniler Charax gibi pek çok liman şehrini işgal ettiler. Biz de en son oradaydık, Charax da Sasanilerin elinde çok değişmemiş. Bunlar düzen adamıdır, vergilerini söke söke alırlar, ama işinize karışmazlar, hem korsanlardan da korurlar."

Malkos'u dinleyince yürekleri ferahlayan papazla Bar-Tuma, sızlanmayı bir kenara bırakıp fatihe bir heyet gönderme işine kafa yormaya başladılar. Papaz en gözde tacirleri hediyelerle göndermekten yanaydı, ağırlığı olan biri de şehir halkı adına konuşurdu.

"Bence biraz daha düşünelim", diye nezaketle karşı çıktı Bar-Tuma. "Diba kumaşlara bürünmüş, kulaklarına incili, zümrütlü küpeler takmış besili tüccarlar, yağmaya, kıyıma iştah uyandırmasın sakın?"

Papaz düşünüyordu. Öbür cemaatlerin önderleriyle beraber oraya kendi gitmeye can atıyordu. Ama Sasaniler başka dinlere söylendiği kadar düşmansa, iyice damarlarına basmaktan korkuyordu.

Tartışmalar sürerken Mani çıt çıkarmadan kendi içine dalmıştı. O kadar uzaklara gitmişti ki ötekiler onu neredeyse unutmuşlardı. Belki de bu dünyevi telaşlara çok uzak sanıyorlardı onu. Bu yüzden, en saf haliyle birden lafa karışınca neye uğradıklarını şaşırdılar:

"Ben gideceğim o prensin yanına."

"Yo hayır", diye sıçradı Malkos, "hele sen, kesinlikle olmaz!"

Bu ani tepkiyi aklamanın derdine düştü sonra:

"Sen din adamısın, üstelik şehre yeni geldin, şehir halkı adına nasıl konuşursun?"

Mani onu duymamış gibi devam etti:

"Ben Babilliyim, şehir adına Sasani tebaasından birinin konuşması daha akıllıca olmaz mı? Ayrıca onlara anladıkları dilden hitap ederim."

Malkos yalvarırcasına baktı ona. Evinin etrafında dolaşan subay hâlâ gözünün önündeydi.

"Ktesifon'u Erdeşir'in askerlerinin yüzünden bıraktık. Sen tutmuş onlarla görüşmeye kalkıyorsun!"

"Niyetim asla kaçmak değildi", dedi Mani safça. "Ben görevim için geldim."

"Sasani ordusuna karşı mı görevin?"

Babil'in çocuğu hemen cevap vermedi. Gene daldı bir an, ama yüzünde müthiş bir mutluluk okunuyordu.

"Bugüne dek", dedi neden sonra, "Hindistan'daki görevimi bilmiyordum. Artık biliyorum!"

V

İmparatorluğun efendisinin torunu Hürmüz, serinlik ve ışık girsin diye etekleri kaldırılmış, saraydan farksız otağında, oymalı ahşap bir tahta kurulmuştu. Subaylar ve kâtipler etrafında koşturup duruyordu, ama başları öne eğik, hazırol vaziyetinde ve gerekmedikçe konuşmaksızın.

Kâtip, ziyaretçiyi huzura almadan önce Hürmüz'e bilgi vermişti. "Babil'den gelen topal bir adam. Üç gün önce Deb limanına çıkmış."

"Bize ne getirdin?" diye sordu prens Mani'ye.

"Sözlerimi, hepsi bu."

"Tuhaf yükmüş!"

Hürmüz güldükçe sakalının ucundaki gümüş halka da zıplıyordu. Dalkavukları şöyle bir kıpırdandılarsa da fazla ileri gitmediler, çünkü Hürmüz ciddileştiği anda hemen onlar da aynısını yapamazlarsa, lakayt, küstah görünebilirlerdi. Gözü hep etrafında olan prens de gülerken kendini bırakmazdı.

"Sözden iyi mal mı olur?" dedi Hürmüz, ifadeden hoşlanmış gibi. "Paraya çevirmeyi bilirsen, yükte hafif pahada ağır."

Yanındakiler ne dediğini anlamaz diye de açıkladı:

"Bu adam bir masalcı! Subayların yemeğine çağıracağım onu. Eski destanları bilir misin, Kyrus'u, Darius'u, Ahemenilerin, bizim sülalenin gazalarını?"

"Hiç duyulmamış daha nice hikâyeler bilirim."

"Diğerlerini istemem. Adamlarım bildikleri destanları dinlemeyi sever. Ya da av hikâyelerini. Bildiklerin varsa, bize yaşatarak anlatabilirsen buradan elin boş gitmezsin."

"Sözlerimi satmam ben, dağıtırım."

"Yani ne tacirsin ne masalcı."

Prens misafirini bu kadar yanlış anladığı için öfkelenmişti, dalkavukları başlarını eğdiler. O sırada prensin yanına biri geldi, kırışıksız yüzünü özenle taranmış sarı bir sakal süslüyordu, üzerinde, yakası siyah işlemeli, parlak sarı ipekten yerleri süpüren bir harmani vardı. Kendinden emin bir tavırla Hürmüz'ün kulağına eğilip bir şeyler fısıldadıktan sonra yerine döndü.

"Sadık danışmanım, kıymetli müneccim Kerdir'e bakılırsa, Mezopotamya'da üreyen o Nasranilerdenmişsin. Deb'e de sapkın mezhebini yaymaya gelmişsin."

"Prensin huzuruna dinden bahsetmeye gelmedim. Mesele şehir..."

Hürmüz sözünü kesti.

"Önce Kerdir doğru mu tahmin etti, onu söyle."

"Saygıdeğer müneccim kısmen yanıldılar. İsa'yı kutsal sayarım, ama Buda'yı ya da efendimiz Zerdüşt'ü de."

Kerdir tokat yemiş gibi irkildi. Mani'ye doğru bir adım attı.

"Bu ne cüret! Bu Nasrani kutsal peygamberimizin adını nasıl öbür sahtekârlarla birlikte anabilir!"

"Saygıdeğer müneccimimiz yerine dönsünler", dedi Hürmüz, "ziyaretçimiz kimseye hakaret etmek istemez kuşkusuz. Zaten bu tartışma burada bitmiştir, din meselesi uykumu getiriyor, canımı sıkıyor. Günüm çok güzel geçti, neşem pek yerinde, herhalde kimse keyfimin kaçmasını istemez."

Dalkavuklar telaşla onu onayladılar. Prens de o günkü av macerasını ayrıntılarıyla, heyecanla anlatmaya koyuldu.

"...Muhafızlara siz gidin dedim, o aslanı bana bırakın, vücudunda benimkinden başka mızrak izi istemem. Sonra tek başıma peşine takıldım. Hızlı koşmuyordu, birden durup üstüme geldi. Atım ürktü, ben de kaçabilsin diye yere atladım.

"Vahşi yaratıkla karşı karşıya kalmıştık. Gayet sakin birbirimize yaklaşıyorduk, bu kadar soylu bir ölümden kaçmaya ikimizin de niyeti yoktu. Aramızda altmış adım kalmamıştı. Gelin görün ki yoldaşlarım, emirlerimi hiçe sayarak mızraklarıyla etrafımı sardılar. Hayvan durdu, sonra arkasını dönüp asaletinden taviz vermeden, koşmadan uzaklaştı. Yoldaşlarım onu yakalamak için kuduruyordu, ama öyle bir bağırdım ki hepsi olduğu yere çivileniverdi: 'O hayvanı avlamayı yasak ettim, cesurca geliyordu üstüme, kapışmanın tadını kaçırdığınız için gitti. Bırakın yaşasın!"

Mani, prensin av hikâyesinin sonunu böyle beklemiyordu. Derhal atıldı:

"Deblilere anlatacağım bu hikâyeyi! Bilsinler fatihin merhametine, mertliğine güvenebileceklerini, şehirlerini kimsenin canına kıymadan, yakıp yıkmadan alacağını."

Aklı hâlâ yaşadıklarında olan Hürmüz'den ses gelmedi. Mani'ye müneccim Kerdir cevap verdi.

"Aslan dövüşmeyi istediği için Prens ona acıdı. Debliler dövüşten kaçıyor, koyundan farkları yok, kaderleri de koyun gibi kırkılıp boğazlanmak."

"Tacir onlar, imparatorluk yasalarına göre silah taşımaları yasak!" diye haykırdı Malkos, Pattig'le birlikte otağın bir köşesinde duruyordu, tartışmanın gidişatından huylanmıştı.

"Şehirde garnizon yok muymuş?" diye sordu müneccim.

Malkos gene atıldı:

"Askerler valiyle birlikte gitmiş!"

"Şehir halkı bırakmasaymış onları; verecek paraları mı yokmuş? O sulugözlü şişko tacirlere prens niye merhamet etsin?"

"Prens aslana merhamet ettiğinde", diye sordu Mani, "şanına şan katan aslan mı oldu, yoksa prens mi?"

Nihayet hayallerinden sıyrılmış olan Hürmüz, başını sallayarak onuru sahiplenirken Kerdir tekrar söze girdi:

"Prens kutsal hanedanın bütün üyeleri gibi savaşçıdır. O her kavgayı, insanın değerini ortaya koyması için fırsat olarak görür. Debliler onu hayal kırıklığına uğrattı. Aşağılanmaktan başka bir şeyi hak etmediler."

Bu sözler salonda uzun alkışlarla karşılandı. Mani bu hırsı anlayamıyordu.

"Bir şehir prensin hükümranlığını kabul ediyor, kapılarını ona açıyor, itaat ediyor, onu hediyelerle karşılamaya hazırlanıyor. Siz de tutup o şehri cezalandırmak istiyorsunuz!"

O anda Hürmüz, bütün saflığıyla gerçeği ağzından kaçırdı.

"Askerlerimiz sefere çıktığından beri akılları fikirleri Deb'in zenginliklerinde, çarşılarında, ambarlarında, kadınlarında. Ne zaman karşılarına aşılacak bir dağ ya da bir tuz çölü çıksa, Deb'i hedef gösterdik."

"Ama İmparatorluğun yasasına göre, kapılarını açan şehir yağmalanmaz!"

Kesinlikle. Mani konuşurken meseleyi çözmüştü. Debli tacirlere ödleklikleri için değil, akıllıca davrandıkları için kızıyorlardı. Savaşmayı reddetmekle, yağmacıları ekmeğinden ediyorlardı! Bu durum, şehir adına konuşmasının ne kadar önemli olduğunu Babil'in oğluna daha derinden hissettirdi. Sesini yükseltti:

"Deb'in kapıları açıktır ve açık kalacaktır. Garnizon gitti, yerine de yenisi kurulmayacak. Şehirde tek bir silah yok, mutfak bıçaklarını bile kırmışlar! Askerler oraya girebilir tabii, canlara kıyabilir, yağmalayabilir, kadınların ırzına geçebilir, yakıp yıkabilir, ama İmparatorluğun ve Tanrı'nın yasasına göre bu hainliktir. Yüce hanedanın evladının buna razı olacağını bir an bile aklımdan geçirmem."

Hürmüz rahatsız olmuş gibiydi, Mani devam etti:

"Deb halkı sadece işlerine, geleneklerine karışılmasın, canları, malları bağışlansın istiyor. Adil, aydın bir prensin emrinde, huzur içinde yaşamaktan başka bir dilekleri yok. Bu onlar kadar prensin de çıkarına. Bu şehir, prensin ele geçirip hükmüne almayı görev bildiği memleketin incisidir, niye yakılıp yıkılsın ki?"

Efendisinin duraksadığını gören Kerdir atıldı:

"Prenslerimizin adaleti, hele de imparatorluğun çıkarları hakkında ahkâm kesmek Hintli tacirlere düşmez. Askerler savaştı, baştan ödül vaat edildi, şimdi vermek şart."

Subayların safından Kerdir'i destekleyen sesler yükseldi.

"Deb istediği kadar kapılarını açsın, silahlarını gömsün", diye ekledi müneccim, "gene de bir günah yuvasıdır. Muzaffer askerlerimiz imansız ülkelere baş eğdirmek, cezasını vermek, Gerçek Din'i benimsetmek için sefere çıktı. Bu doğrudur, Tanrı katında da makbuldür. Deb üç gün askerlere bırakılacak, günah tapınaklarının kökü kazınacak, sonra da kralların kralı, hepimizin efendisi Erdeşir'in emrettiği gibi limanda bir tövbe ayini yapılacak."

Hürmüz, kralların kralı olan dedesinin bu merasimi istediğini de, subaylarının niyetini de gayet iyi biliyordu. Ama Mani'nin söylediklerinden etkilenmişti, alttan alta destek aradı ondan:

"Müneccim Kerdir haklı geldi bana. Buna ne diyeceksin, Babilli?"

"Cevap vermek için küstahlığı iyice ele almak gerek. Ben gelip geçici bir misafirim, oysa müneccim besbelli önemli biri, yoksa prense ordularını nereye süreceğini, fethedilen şehirlerde nasıl davranacağını söyler mi hiç?"

Kerdir eli yüreğinde, atıldı:

"Kralıma tavsiyede bulunmak suçsa, cezama razıyım! Hep kutsal hanedanın iyiliği için konuştum, çalıştım, İmparatorluğumuzun ve dininin göğün altında yayılmadığı yer kalmasın, düşmanlarını yılan, akrep, canavar misali ezsin diye. Kutsal Erdeşir'in torunu olan efendim aleyhimde konuşanlara itibar etmez, Avesta'daki bilgece buyrukları unutmuş olamaz. Dört ayaklılardan önce, iki ayaklı kurtların kökü kazınmalı, demez mi Kitap?"

"Hangi kurtlarmış bunlar?" diye sordu Hürmüz fazlasıyla saf bir edayla.

"Dört ayaklı kurt bir koyunun üstüne atlayıp yer, iki ayaklı kurt tatlı dille çobanı kandırıp koca sürüyü günaha sürükler."

"İki ayaklı kurtlar", diye düzeltti Mani, "ötekilere av gözüyle bakanlardır, durmadan başkalarına boyun eğdirmeye, onur kırmaya, ceza vermeye, aşağılamaya uğraşanlardır. Bugün bir ses Deb halkına koyun dedi, boğazlanmayı hak ettiklerini söyledi. İki ayaklı kurtların lafları değil mi bunlar? Bilge ve kutsal çoban Zerdüşt bu katliam meraklılarını düşünerek konuşmadı mı?"

"Sonuç olarak herkes Avesta'yı kendine göre yorumlar."

Hürmüz, doğrudan Kerdir'e yapılan saldırıyı geçiştirmeye çalışmıştı, ama Kerdir öfkeyle patladı:

"Yorum da neymiş? Yani, önüne gelen kutsal metinleri keyfine göre mi anlayacak? Kalleş bir Nasrani'nin söylediğiyle benimki bir mi tutulacak? On altı yıl Gerçek Dinimizi boşuna mı okudum? Zerdüşt inancının temsilcisi burada ben değil miyim?"

"Bazen insan bir mesajı içinde sakladığını sanır, oysa mesajın kabridir sadece."

Kerdir kulaklarına inanamıyordu. Yanındakine duyduklarını tekrar ettirdi. Mani'nin sözlerinin yarattığı kargaşanın ardından ağır bir sessizlik çökmüştü. Babil'in oğlu, bütün gözlerde hakaret ve öfke görüyordu. Belki muzip bir ışığın parladığı Hürmüz'ün gözleri hariç. Müneccim de farkına varmış olmalı ki sitemle konuşmaya başladı:

"Efendimiz bu Nasranilerin hangi soydan olduğunu biliyor mu?"

Sözünü tamamlamasına fırsat kalmadı. Tanrı'nın bir lütfuyla, ilk heceleri ansızın içeri dalan gencecik bir kadının çığlıklarıyla örtüldü, kadın dalkavukları yararak prensin ayaklarına kapandı.

"Efendimiz! Kızınız! Kızınız!"

"Konuş Denag!"

Bir anda güçten düşerek annesinin eteğine yapışmış bir çocuğa benzeyen genç kadını omuzlarından tutmuş sarsıyordu.

"Dere kenarında koşuyordu, düştü, şimdi de kımıldamıyor!"

"Yaralı mı?"

"Hayır, kan yok."

"Nefes alıyor mu?"

"Evet", dedi genç kadın dehşetle. "Nefes alıyor, ama kendine getiremiyorum bir türlü."

Hürmüz oturduğu yerde çökmüştü. Azametli duruşunu bir kenara bırakmış, zihni bir kâbus girdabına kapılmıştı. Kerdir, tam sırası, diye düşünerek parmağını suçlarcasına uzattı:

"Aramıza sızan imansızlık, belaları üstümüze çekiyor. Dine küfredildi. Prensin kızının başına bir felaket gelirse, suçlusu şu topal Nasrani'dir."

Hürmüz'de akıl ya da irade kalmamıştı. Etrafındaki herkes kızına ne kadar düşkün olduğunu bilirdi. Prensin en sevdiği karısı onu dünyaya getirirken ölmüş, Hürmüz de annesine olan bütün sevgisini bu çocuğa vakfetmişti. Dolayısıyla Kerdir suçu üzerine atar atmaz, prens öfkeyle Mani'ye baktı. Ama o soğukkanlılığını kaybetmedi:

"Ben hekimim. Çocuğun hastalığını pis tartışmalara alet edeceğimize onu iyileştirmeye bakalım. Çabuk yanına götürün beni!"

Hiçbir çareyi yabana atmak istemeyen Hürmüz Mani'yi çocuğun başına götürdü.

Kız uzanmış yatıyordu, saçları öyle güzel örülmüş, elbisesi öyle düzgündü ki bir ölüye benziyordu. Odaya bir düzensizlik, bir hayat soluğu katan tek şey, iyi kapanmamış bir kutunun içinden sarkan kırık bir oyuncaktı. Oda aslında prensin otağının bir bölümüydü sadece, girişi, kapı yerine, ucuna ağırlık niyetine deniz kabukları takılmış iplerle kapatılmıştı. Yerden iki dirsek yukarıda duruyordu kabuklar, prensesten başka hiç kimse içeriye sessizce giremesin diye.

Mani yanağını çocuğun alnına dayadı, sonra nabzına baktı, gözkapağını kaldırdı. Prensin Denag dediği genç kadına avuç içi büyüklüğünde, beyaz, temiz, beş parça bez kesmesini, birkaç tutam da kâfur bulmasını söyledi. Kendi de dışarı çıkıp ağaçların arasından, bayırlardan, parmaklarının arasında ezip tek tek özelliklerine bakarak saplar, çiçekler, şifalı otlar, meyveler seçti.

Kucağında bu karışık yığınla odaya dönüp, hemen otları ezmeye koyuldu. Elde ettiği toprak rengi hamura bol kâfur ekledi, sonra da hamurdan kalın topaklar koparıp bezlere yaydı. Bezleri katladı, sıkıştırdı, yassılttı ve birini kulakları da kaplayacak şekilde çocuğun alnına koydu, ikisiyle bileklerini, kalanlarla ayak parmaklarını sardı. Ardından bir testi alıp bezlere azar azar su döktü.

Çadırda kimseden çıt çıkmıyordu. Bezler kurudukça Mani onları biraz suyla ıslatıyordu, bir saat sonra boşalan testiyi prense uzattı:

"Akar suyla doldurmak lazım."

Hürmüz testiyi alıp, mevkiinin verdiği alışkanlıkla arkasında duran yaverine uzattı.

"Hayır, prensin elinden olacak", dedi Mani hiç başını kaldırmadan.

Sasani prensi bir an şaşırdıysa da, askerlerle dalkavukların faltaşı gibi açılmış gözlerinin önünde testiyi doldurmaya gitti. Herhalde prens eli değen su şifalı oluyor, diye tahmin etmişti Hürmüz. Kalabalığın da fısıldadığı buydu; bir tek Malkos başka bir sebep arıyordu. Geçtikleri şehirlerde arkadaşını bol bol gözlemlediği için, fakir bir kadın bir tas çorbayla bir soğan getirdiğinde minnetle kabul ettiğini, zengin bir tacirin karısı muhteşem bir yemek ikram ettiğinde bir lokma da olsa alıp gönlünü yaptığını biliyordu, ama ne zaman bir hizmetkâr elinde bir tepsiyle belirse Mani onu geri göndermişti: "Git efendilerine söyle, sadakayı kendileri getirsinler ki onları kutsayıp teşekkür edebileyim!"

Şimdi de prensten istediği suyu prensin elinden almak istiyordu, yaverinden değil!

Ve Hürmüz testiyi iki eliyle tutarak döndü. O kadar acemice davranıyordu ki ayağı otağın bir direğine takıldı. Yanındakiler hemen onu tutmak için davrandılar, ama sendelediğini gördüklerini anlamasın diye toparlanır toparlanmaz başlarını çevirdiler.

Alacakaranlık çökmüştü bile. Mani bacağını kıvırıp çocuğun soluna oturmuş, bezlere bakıyor, kurudukça ıslatıyordu. Yanı başına çömelmiş olan Denag endişeliydi. Mani bir şey istediği anda yerinden fırlamaya hazır, tetikte bekliyordu. Hepsinden daha huzursuz olan Hürmüz çocuğun öbür tarafındaydı.

Herkesin sessizliğe gömüldüğü bir anda prens birdenbire:

"Kızım iyileşirse, yemin ederim ki Deb'i yağmalatmayacağım", dedi. Halk, evler, çarşılar, mabetler, hiçbirine el sürülmeyecek. Yeter ki çocuğum kurtulsun."

Mani kılını bile kıpırdatmadı. Sadece gene dua eder gibi:

"Tanrı bu basiretli, bu lütufkâr sözlerini duysun", demekle yetindi.

Sonra gene sessizlik çöktü. Saatler geçiyor, bütün kaygısına rağmen krallar kralının torununun uykudan gözleri kapanıyordu. Denag alçak sesle biraz dinlenmesini söyledi ona, ihtiyaç olursa uyandıracağına da söz verdi. Prens dirseğini yastık yapıp oracığa uzandı.

Hürmüz doğrulduğunda gün ışığı, otağın yukarı tutturulmuş eteğinden içeri sızmıştı bile. Aradan altı saat geçmişti. Denag bıraktığı gibi oturuyor, Mani de çocuğun alnına son damlayı döküyordu.

"Testiyi tekrar doldurayım mı?" diye mırıldandı prens.

"Gerek yok", dedi Mani yüksek sesle. "Tanrı seni duydu. Çocuğun iyileşti."

Küçük kız kendinden bahsedildiğini duymuş gibi gözlerini açıp gülümsedi.

Hürmüz hâlâ inanamıyordu:

"Uyandırdın mı onu?"

"Hastalığını uyuttum."

Mani başarısına rağmen soğukkanlılığı elden bırakmadan çocuğun sırtını büyük bir yastığa dayadı, sonra bezleri tek tek çıkarıp prense uzattı.

"Bunları suya at, testiyi doldurduğun yere."

Hürmüz değerli bir armağan gibi, iki avucuyla aldı bezleri. Gözleri yaşlarla perdelenmiş, boğazı düğümlenmişti.

"Tek eline al onları, öbürüyle de kızının elinden tutarsın, bak, seninle gelmek istiyor!"

Çocuk bütün güleryüzü, neşesi, canlılığıyla yeniden ayaktaydı.

Baba kız dışarıda candan bir sevgi gösterisiyle karşılandı. Hâlâ yerinden kıpırdamamış olan Mani huzur ve keyifle dinliyordu yankıları. Yorgunluktan bitmiş olan Denag yanı başında uyuyakalmıştı. Mani ilk kez alıcı gözle baktı ona. Koca bir geceyi yan yana geçirmişlerdi. Denag'ın içtenliği, sağlamlığı çok rahatlatmıştı Mani'yi. Onunla aynı kaygıyı, aynı umudu paylaşmışlardı, ama henüz dönüp bakmamıştı Denag'a. Saçının örgüsünü, şimdi önüne attığı, ucu dizine değen o simsiyah, upuzun örgüyü bile fark etmemişti. Mani onun ne kadar genç olduğunu anlayınca biraz şaşırdı. Birlikte sabahlarken kız tam bir yetişkin gibi davranmıştı. Şimdi burnu, çenesi, dudakları, yüzünün her yeri çocuksu, küçüktü. Ve oya gibi. Onu çocukluktan koparan tek şey, elbisesini zorlayacak kadar hızlı gelişmiş gibi duran göğüsleriydi. Kaç yaşındadır acaba? On üç, diye geçirdi içinden Mani, belki on iki.

Usulca, ani bir hareketle uyandırmamaya çalışarak başını kaldırıp altına ince bir yastık koydu.

VI

Mani askerlerle saraylıların alkışlarının dinmesini bekledi, sonra çocuğun odasından çıkıp, peşinde gururla yürüyen Malkos ve Pattig'le birlikte prensle vedalaşmaya gitti.

"Yoluma çıktığın güne şükürler olsun, Babilli hekim."

Hürmüz'ün gözleri hâlâ heyecandan kıpkırmızıydı, sesi de titriyordu.

"Seni ömür boyu rahat ettirecek kadar altın vereceğim."

"Altın istemem. Mademki tedavi etmeyi öğrenmişim, parmağımı kıpırdatmadan o çocuğun sararıp solmasına seyirci kalabilir miydim? Böyle bir şey için ödül kabul edersem, ilmimden utanırım."

"Seni elin boş gönderirsem, ben de servetimden utanırım!"

"Ne zenginliğini isterim, ne de bahşedebileceğin unvanları. Ama..."

Birden durdu; sanki gaipten bir ses duymuş, ondan gelen buyruk üzerine konuşacakmış gibi.

"Senden bir isteğim var."

"Oldu bil!"

"Evindeki kızların en tatlısını isterim."

"Denag'ı mı?"

"Ta kendisi."

Hürmüz haliyle şaşırmıştı, canının sıkıldığı da belliydi. Ama asıl Malkos'un ve Pattig'in halini nasıl anlatmalı? İkisi de Mani'ye, sanki o gitmiş, yerine ona tıpatıp benzeyen bir sahtekâr gelmiş gibi bakıyorlardı.

"Senden hiçbir şeyi esirgemem", demiştim, "ama bu kız benim malım değil. Dört yıl önce yanı başımda savaşırken ölen çok sevdiğim bir subayın kızı. Tedbirsizlik edip düşman saflarına dalmıştım, o da beni kurtarmaya koştu. Ben önemsiz bir yarayla kurtuldum, o ise benim yüzümden canından oldu. Ben de dokuz yaşındaki biricik kızını himayeme aldım, üzerine titredim onun. Bazen çocuğumla meşgul olur ama birbirlerine çok bağlı olduklarından. Yoksa Denag ne hizmetkârdır ne de köle. Soyumuzun en soylu aşiretlerinden Karen'lerdendir. Bizde de, onlarda da bir kızı istemezse vermezler. Seninle gelmeye razı olur mu?"

"Olur sanıyorum."

"Söyledi mi bunu?"

"Sormadım."

"Denag'ı getirsinler, kendim sorayım."

Beklemekle geçen her saniye Hürmüz'ün sıkıntısı artıyordu. Hükümdar yüksek sesle düşünmeye koyuldu:

"Ağabeyim Behram bir yıl önce beni ziyarete geldi. Denag'ı görmüş, çok hoşlanmış, bana açtı konuyu. Onun hakkında başka düşüncelerim olduğu için evlenecek çağda değil, dedim. Doğruydu da, değildi gerçekten! Ama Behram kızı başkasıyla gönderdiğimi öğrenirse ölene kadar unutmaz bunu. Zaten her şeyimi kıskanıyor..."

Prens bu konuşmanın sonunda, gene de kadere razı olmuş gibi davrandı:

"Ey Babilli hekim, öz çocuğumu geri verdin bana, ne yapsam borcumu ödeyemem. Hazinedarıma edeceğim tek kelimeyle paranı ödeseydim bile, borcum bitmiş sayar mıydım kendimi?"

Kampın dışına çıktıkları anda Malkos Mani'ye eğildi. Aklında binlerce soru vardı, ama şu hepsini özetliyordu:

"Ne yapacağız bu kızı?"

Başıyla, hemen arkasında atıyla gelen Denag'ı işaret ediyordu. Mani kıza da duyurmak için yüksek sesle karşılık verdi:

"Ben nereye gidersem oraya gidecek. Bana kucak açanlar ona da açacak."

"O bir kadın! İnsanların aklına bin türlü şey gelir!"

"Çünkü anlamaya muhtaçlar."

Anlamak mı? Mani anlamaya çalışmamıştı. İçinden ya da Tanrı'dan gelen, bazen onun ağzından konuşan o sesti kızı isteten. O da boyun eğmiş, Denag da böylece kervana katılmıştı.

Malkos o gün Mani'ye uzak durarak yerini, kendi endişelerini geveleyip duran Pattig'e bıraktı.

"Oğlum, yoksa bu kadını alacak mısın?"

Mani'nin yüzü o dakika asıldı.

"Bir erkek terk edecek olduktan sonra niye kadın alır?"

Cevabı yoktu bu sorunun, baba da kendini savunmaya cesaret edemedi. Maryam'a davranışını, Sittay'la Nabu Tapınağı'nda karşılaştıktan sonra Mardinu'dan ayrılmasını temize çıkarmaya mı çalışsaydı, hurmalıkta ettiği yeminleri mi hatırlatsaydı? Oğlunun ne tepki vereceğini kestiremiyordu; sonunda o da ondan uzak durmayı tercih etti.

Böylece Denag'ın atı Mani'ninkiyle yan yana geldi. İkisi de uzaklara bakıyordu. Şaşkınlık ve sevinçle. Ve bir de, bir tür gururla. Babilli at üstündeyken Partlığını bulmuş gibiydi, belki de sakat bacağının yüzündendi bu, yerdeyken topallıyordu, ama at sırtındayken bu sayede rahat ediyordu. Denag da daha güzel görünüyordu; genellikle yeni yetişen genç kızlara özgü utangaçlıkla kambur durduğu halde, ata binince sırtını dikleştirmiş, açılmıştı. Yanık teni, omzundan sarkan örgüsü, ufku seyreden profiliyle bozkırlardaki göçebelere benziyordu. Mani gözlerini ona çevirdi, atıyla daha da yaklaştı, o kadar ki eğerleri birbirine sürtünüyordu.

Hâlâ tek kelime etmiş değillerdi. Sessizlik uzadıkça uzuyor, sadece ara sıra, onlara eşlik eden askerlerin bağırışları ya da kişnemelerle bozuluyordu.

Uzaklarda, şehrin tozu dumanı görünmüştü bile.

Eski garnizon, şehri ve gözetleme kulelerini terk edeli beri, Debli çocuklar seğirdim yolunda sık sık görünür olmuştu, hem eskiden yasak olan bir alanda koşmanın keyfi; hem de istilacıların geleceği söylenen, uçsuz bucaksız kuzey yolunu gözetlemek için. Nitekim o gün çocuğun biri bağırmaya başladı. Halk o tarafa hücum etti, en yüksek binaların tepesine öyle kalabalıklar yığıldı ki çatılar çökeyazdı. Şehrin direnmeye niyeti olmadığını göstermek için ardına kadar açılmış olan Paşkibur kapısının bitişiğindeki yollarda da yığılma vardı.

Dedikodu, henüz epey uzakta olan süvarilerden daha hızlı ulaştı şehre. İhtiyar kunduracının gözlerinin sağlamlığıyla bilinen kızı, en yüksek kuleye çıkarıldığında ne asker ne sancak görebilmişti. Göğe yükselen toz bulutuna bakarak Sasani ordusunun değil, basit bir öncü ya da haberci birliğin geldiğine hükmetti.

Asla tahmin edemeyeceği şey, o toz bulutunun ardında, Hürmüz'ün, Mani'yi Deb'e geri götürmekle görevlendirdiği birliğin olduğuydu. Kafilede bir subay ile on adam vardı; şehirlilerin kuşatıldıklarını, hatta istilaya uğradıklarını varsayarak tir tir titremeye başladıklarından beri gördüğü ilk Sasani askerleriydi bunlar. Atlılar sura üç stad mesafede durdular. Subay yere atlayıp önce Mani'yi, sonra çarçabuk arkadaşlarını selamladı ve atına atladığı gibi dizginlere asılarak, insanlara, mazgallara, ardına kadar açık kapıya bakmadan uzaklaştı. Malkos, Denag ve Pattig atlarıyla o kapıdan ağır ağır geçtikten sonra herkes açılarak günün kahramanına yol verdi.

Askerlerin patırtısızca gelmesi, Mani'ye saygıda kusur etmemeleri ve tabii hemen gitmesi kalabalıkta şaşkınlıkla karışık, alaycı bir sevinç yaratmıştı. Korku, batmış bir kıymık gibi çıkıvermişti içlerinden. Herkes çılgınlar gibi en yakınındakini kucaklıyordu, gözler yaş doluydu, herkes mucizeye sebep bildiği tanrıya şükrediyor ve hep birlikte bu işe aracılık edene dualar ediyorlardı.

Mani ömrünü at sırtında zaferlerle geçirmiş, fetihten fethe koşmuş gibi serinkanlılıkla, başı dik girdi şehre. Babasıyla ikisinin durmadan yerdikleri prens kanı geç de olsa uyanmış mıydı yoksa? Ateşli dindarlar, peygamberlerin soyunu genellikle krallara dayandırmışlardır, sanki Tanrı'nın kutsamış olması peygamberi yeryüzünde meşrulaştırmaya yetmezmiş gibi. İsa'yı Kral Davut'un, Buda'yı Çakya prenslerinin soyundan gelmiş gibi göstermediler mi? İnsan bedeninde Tanrı, ve daha ötesinde bir satrabın isimsiz çocuğu; anlaşılan böyle cılız dayanaklara ihtiyaç duyan müminler var! Vakanüvislerin safça sözlerine inanılacak olursa Mani'de de çocukluğundan itibaren, hatta Ak-Giysililerin hurmalığında ezilirken bile krallara özgü bir küstahlık varmış; bu bir vakitler imparatorlukları Deb'e kadar uzanan Part hükümdarlarından kalan bir mirasmış. Yoksa Erdeşir'in torunuyla, sonra daha başka krallarla konuşacak cesareti nasıl bulurmuş? Bu hezeyanlı şehirde bu kadar rahat nasıl dolaşırmış?

Şehrin bütün mahallelerinden halk ona koşuyordu şimdi. Sorular dillerinin ucundaydı, ama herkes, hatta onu tanıyanlar, kilisede vaazını dinlemiş olanlar bile yanına gitmeye çekiniyordu. Malkos, arkadaşının şehirde kaldıkları tek gece onları konuk eden Hıristiyan zengini Bar-Tuma'nın evine gideceğini sanmıştı, ama o başka bir yola saparak eski valinin konağına yöneldi. Parmaklıktan içeri girerken bekçi onu durdurmaya yeltenmedi bile. Ama orada da, herkes merdivenden çıkmasını beklerken birdenbire taş döşeli yoldan ayrılıp bahçenin içindeki beyaz bir dut ağacına yöneldi. Eskilerin dediğine göre o bölgenin en yaşlı ağacıydı bu, bir başına kupkuru, kıraç toprakta yükselirdi, dalgalı gölgesi bu saatlerde doğuya düşerdi.

Mani ayağını toprağa bastı, sonra kollarını kaldırarak kafileyi durdurdu. Böylece dut ağacına yalnız başına gitti, avuçlarını gövdesine dayayarak önünde eğildi. Bu şehirde kaldığı sürece gecelerini, gündüzlerini orada geçireceğini söyledi.

Halk yaklaşarak etrafında bir çember oluşturdu. Daha cesur dudaklardan beklenen sorular döküldü: Fatih'le konuşmuş muydu? Hürmüz nasıl biriydi? Şehri ne zaman alacaktı? Halka nasıl bir kader biçmişti? Ticaret yeniden başlayabilecek miydi? Dinlere saygı gösterilecek miydi?

"Beni kabul eden prens", diye karşılık verdi Mani, "mantıksız ya da akılsız biri değil. Miğferlerin, süslerin ve zırhların ardında, her insanda bir kıvılcım vardır."

Mani hiçbir vaatte bulunmadıysa da bu sözler yürekleri ferahlattı, etrafı iyice kalabalıklaştı. Burnundan kıl aldırmayan bu ticaret şehrinin, daha yeni gelmiş bir dilenciden medet umması ne tuhaftı! Aslında Debliler, Mani sırtını ağaca yaslayıp burada durduğu, konuştuğu, dua ettiği, en mütevazı kadınların elinden yemek yediği sürece dünyadaki hiçbir ordunun şehirlerine giremeyeceğine yürekten inanıyorlardı. Böylece rıhtımlar yavaş yavaş hareketlendi. Gene eskisi gibi gemilere mallar yükleniyor, mallar indiriliyor, çarşılarda tezgâhlar gene dolup taşıyordu.

Her sınıftan, her dinden şehirliler, dut ağacının altında hep beraber toplanmayı âdet edinmişti. Birbirlerine burada akıl danışıyor, davalarını burada çözüyorlardı, bazen sesler yükselse de Mani'nin tek bir sözüyle tekrar sessizlik çöküyor, kulaklar ona çevriliyordu. Babilliye göre, uzun zamandır fethetmeye hazırlandığı, gerçeğe susamış cemaat buydu. Bu insanları bulmak ve bu binbir yüzlü aynaya bakarak Haberci olduğunu anlayabilmek için gelmişti Hindistan'a kadar.

"Geçmiş, şimdiki, gelecek zamanların bütün bilgeleri mukaddes olsun, İsa, Çakya-Muni ve Zerdüşt mukaddes olsun. Hepsinin kelamını aynı Işık aydınlattı, bugün Deb'in üzerinde parlayan da aynı ışık. Yoluma girenler her zaman dua ettikleri mabedi ya da atalarının ruhlarını yâd ettikleri sunakları terk etmeyecek."

Bunca dinin açılıp çiçeklendiği Deb'de Mani'nin sözleri barıştan yana olanların kulaklarını okşuyordu. O zor zamanlarda Mani'nin hoşgörülü inancını benimseyenler çok oldu. Ama Mani'yi dinlerken tüyleri diken diken olan muhalifler de onu faka bastırmaya uğraşıyordu:

"Madem Mesih'in ya da Buda'nın ağzından konuşuyorsun, ne diye yeni bir din kurmaya uğraşıyorsun?"

"Batı'dan yükselenin umudu Doğu'da yeşermedi; Doğu'da yükselenin sesi de Batı'ya ulaşmadı. Her gerçeğin, onu içinde hissedenin görüntüsüne, diline bürünmesi şart mı?"

"Üstad, bazı dinlerin saygıyı hak ettiğini kesinlikle kabul ediyorum. Ama ya putperestler, güneşe tapanlar?"

"Kaftanının eteğini öpersen bir kral bunu kıskanır mı sanırsın? Güneş, Yüce Tanrı'nın kaftanındaki bir puldur sadece, ama insanlar bu pırıl pırıl pul sayesinde onun Işığını doya doya seyrederler...

...İnsanlar tanrılara taptıklarını sanırlar, oysa onların tahtadan, altından, sumermerinden, resimlerden, kelimelerden, düşüncelerden yapılma tasvirlerini bilirler sadece.

"Ya hiçbir tanrıya inanmayanlar?"

"Önüne konan resimlerde Tanrı'yı görmeyi reddeden, Tanrı'nın gerçek yüzüne bir başkasından daha yakın olabilir."

Bir keresinde sordular ona:

"Sen kimin mesajını getirdin?"

"Ona 'Işık Bahçelerinin Kralı' diyorum."

"O Baba, Kadir-i Mutlak, Rahman ve Rahim olan, her şeyi yaratan değil mi?"

"Aynı anda hem rahman, hem de kadir-i mutlak nasıl olabilir? Cüzamı ve savaşı da o mu yarattı? Çocukları öldüren, masumlara eziyet eden de o mu? Karanlıkları ve karanlığın efendisini de o mu yarattı? Şeytanın varolmasına ses çıkarmadı mı? Bir hareketiyle onu yok edebilecek olsa niye yapmasın bunu? Karanlığı yok etmek istemiyorsa rahman ve rahim değil demektir; yok, istiyor da yapamıyorsa, o zaman da kadir-i mutlak değildir."

Kısa bir sessizlikten sonra ekledi:

"O, yaratıcılığı insana emanet etti. Karanlığın gücünü azaltmak, ilk başta insanın görevidir."

Sasani ordusu Deb'e girdiğinde, Babilli on gündür ak dut ağacının altındaydı. Ordu kapılara, surlardaki kulelere, rıhtımlara, çarşılara yayıldı. Ne kıyım oldu, ne de yağma. Ardından Hürmüz maiyetindekilerle birlikte eski valinin konağına yerleşti.

Mani, etrafında varlığından huzur bulan ateşli bir kalabalıkla birkaç gün daha bahçede kaldı. Ne var ki onu dinleyenler, yakında veda sözleri duyacaklardı ağzından.

Derken bir gece Hürmüz acilen onu çağırttı. Mani ağacına yaslanmış duruyordu, henüz uyumamıştı. Hürmüz'ün yaveri bir eliyle kalkmasına yardım etti; öteki elinde bir meşale vardı.

Prensin yanında yüksek rütbeli bir kâtip duruyordu.

"Bu Nam-Veh, en güvendiğim adamım. Ktesifon'dan geliyor."

"Yeryüzüne bir felaket çöktü. Hepimizin efendisi, kralların kralı, insanlar arasındaki tanrı, tanrılar arasındaki insan yüce Erdeşir şanlı hükümdarların yanına gitti..." diye başladı kâtip.

Hürmüz sözünü kesti:

"Büyükbabam ölmüş."

Gözlerindeki bir korku kıvılcımı sönmüştü. Mani'nin gözlerinde ise dönüş yolu şekilleniyordu.

* * *

Sasani prensiyle tanışması sonuçsuz kalmadı. Mani ile zamanın en güçlü hanedanı arasında hareketli, yoğun, bazen acımasızlaşacak bir ilişki doğmuştu. Düşünce sahipleriyle iktidar sahipleri arasındaki her bağ gibi, muğlak, anlaşılmaz bir ilişki.

Babillinin hayatı alt üst olacaktı bu yüzden. Ama yalnız o değil, imparatorluk da sarsılacaktı.

ÜÇÜNCÜ BÖLÜM

KRALLARLA YAN YANA

Babil ülkesinden
Çığlığım bütün dünyada
Yankılansın diye geldim
MANİ

I

Taht odasına girmek için sıra beklerken, Mani kan kırmızı başlıklarıyla muhafızların önüne dizildiği anıtsal kapıdan gözlerini ayıramıyordu. "İkizi"nin Ktesifon'u fethetmek bahsinde andığı kapı bu değil miydi? Ta İndus kıyılarına kadar gitmesi, o Sasani prensiyle karşılaşması, kızını iyileştirmesi; meğer hepsi Hürmüz'ün, imparatorluğun yeni efendisi olan babası Şahpur'a şu tavsiye mektubunu yazması içinmiş...

Girişte bir kez daha merasim hakkında bilgi verdiler. Protokol görevlisi ikide bir büyülü bir söz söyler gibi *padam* deyip duruyordu. Sasaniler zamanında herkes, kutsal varlıklara yaklaşacağı zaman, fani soluğuyla onları kirletmemek için bu beyaz mendili ağzına tutardı; sözgelimi ateş sunağı önünde ayin yapan müneccim ya da kralların kralının huzuruna kabul edilenler.

Sarayda yaşayanlar yenlerinde hep bir *padam* bulundururdu. Yabancı ziyaretçilere ise sarayın önde gelenleri bunlardan hediye eder, ayrıca onlara saygı ifade eden jesti öğretirlerdi; sağ elin işaret parmağı hafifçe bükülüp yukarı uzatılacak. Ve bir de hangi sözlerin muteber sayıldığını belletmeye çalışırlardı: Firavunlar zamanında Mısır'da ve tabii Roma'da olduğu gibi, ama daha bir altı çizilerek, hükümdar burada da yüce bir varlık olarak kabul edilirdi. Ona ne bir isimle hitap edilebilirdi ne de bir unvanla. İstisnasız herkesin kullanmak zorunda olduğu hazır kalıplar vardı, "Sizler, ilahi varlıklar!", "Siz, ölümsüz tanrılar!", ya da en azından "Ey ilahi varlık!"

Saray teşrifatındaki her kural, hükümdarla geri kalan faniler arasındaki uçurumu derinleştirmeyi hedefliyordu. Her şey insanüstü bir gücü, tanrısal bir görkemi, ölümsüzlüğü yansıtan görüntüyü pekiştirecek şekilde tasarlanmıştı. Taht odasının tavanı o kadar yüksekti ki, gören, devler için yapılmış sanabilirdi. Gözler duvar boyunca halıdan başka bir şey görmezdi, yüzeyde tırnak kadar bir yer bile çıplak bırakılmazdı.

Dev salonun dibinde bir perdeyle kapatılmış yüksek bir platform olurdu, saraylılar da bunun etrafına sıralanırdı. On dirsek boyu mesafede kral soyundan gelenler; on dirsek daha ötede krallar kralı Şahpur'un yakın adamları, musahipleri, danışmanları, önde gelen din adamları, Avesta'yı okuyucuları ve yorumcuları, ayrıca bilginler, müneccimler, isim yapmış hekimler; on dirsek daha ileride kralın soytarıları, hokkabazlar, cambazlar, rakkaslar, yani Sasani sarayında mimarlardan, ressamlardan ve şairlerden daha çok ağırlığı olan çeşitli görevliler. Ama onlar da müzisyenlerle aşık atamazdı. Hanedanın atasının isteğine uygun olarak bestekârlar ve ünlü hanendelerle sazendeler prenslerle bir tutulur, perdeye on dirsek boyu mesafede, fakat sol tarafta dururlardı. Arkalarında ikinci sınıf müzisyenlerle şarkıcılar, on dirsek öteye de lavta, *zend* ya da mandolin çalanlar dizilirdi.

Kalabalığı uyuşukluğundan çıkarmak için önce davullar dövülür, ardından şu geleneksel çağrı yapılırdı: "Erkekler, dilinize sahip olun ki kelleniz gitmesin, Efendiniz aranızda." Ardından ön sıradaki müzisyenler o gün için belirlenen ve bir sonraki yıl aynı güne dek bir daha duyulmayacak olan havaları çalarken, görünmez eller perdeleri açardı.

Herkes secdeye varır, başını kaldırmak için ikinci emri beklerdi: Hükümdar oradadır artık, kıpırtısız bir tanrı heykeli, bakanı kör eden bir altın yığını gibi; kıyafeti, yastığı, perdesi altın iplerle dokunmuştur, tahtı som altından yapılmıştır; altın gerdanlık, yüzük, toka takmıştır; sakalına bile altın serpilmiştir ki bu göz kamaştırıcı toz dudaklarında, kirpiklerinde, kaşlarında da parlar.

Hükümdarın tepesinde bir insandan daha ağır olan ve bir imparatorun başının bile taşıyamayacağı efsanevi taç görülürdü. Tacın incecik bir zincirle tavandaki bir halkaya tutturulduğu ancak çok yakından bakınca anlaşılırdı. Kral gidince taç adeta mucize eseri, tahtın üzerinde havada asılı kalırdı; tanrılaştırılmış insanlar yaşlanır ve ölürler, geriye haşmetleri kalır.

Uzaktan bakıldığında tam bir yanılsamaydı bu, fanilerin bütün korkularından, marazi arzularından doğmuş, insanları taş eden, büyüleyen, itaate zorlayan, sırrına erilmez efsanevi bir yaratıktı görülen.

Ve Mani, işte bu muhteşem canavarı dize getirmeye gelmişti!

Babilli şimdilik sürekli atacağı adımları ya da jestleri aklından geçiriyor, söylemeye karar verdiği sözleri içinden tekrar ediyordu, özellikle ilk şaşkınlık ânında, meraklı bakışlar altında gevelenen en can alıcı sözleri, sinirli sinirli devamlı aklından geçiriyordu.

Derken bir ses adını söyledi. Doğru duyduğundan emin olmak için döndüyse de çok geçti, kapı açılmış, bir el onu içeri itmişti bile; kutsal Şahpur'u bekletene lanet olsun! Mani tahtın basamaklarına dek uzanan çizgili halıda yürüyordu, ama mesafe kavramını kaybettiği için başka tarafa sapmış gibi hissediyordu kendini. Kral çok yakınındaydı sanki, tıpkı Mardinu'nun güneşi gibi, gözünü kamaştıracak, başına geçecek kadar yakın; ne var ki ona giden keçeli yol taşlı, yokuşlu, bitmez bir yoldu, onu müthiş yavaşlatıyor, içini daraltıyor, soluksuz bırakıyordu. O an şüpheye düştü ve pişmanlığa kapıldı. Saraya girene kadar hiç durmadan bu işten vazgeçmesini söyleyen Malkos'un telkinlerini dinlemediği için pişmandı. Sittay'ın deyimiyle "taşların arasındaki bir zulfaotu gibi" hurmalığında saklanmadığı için pişmandı. İki yıl geçmişti üzerinden. İki yıl, sonsuzluk kadar uzun! Mani bunları hatırladı, ama anıları başka bir hayata aitmiş gibi pusluydu.

"İkizini", Eşini çağırdı, çıksın ortaya! Ne olur! Orada, yanında olduğunu, bu zorlu yolda onunla yürüdüğünü, dudakları kilitlendiğinde sözü onun alacağını bilmeye ihtiyacı vardı. "Soğukkanlı ol Mani. Altını unut, görkemi görmezden gel, ister kral olsun ister peygamber, hiçbir insanoğlu gözünü kamaştırmasın. Kader sana ne verdiyse, herkese ne verdiyse ona da onu verdi. Önemli olan bunun bilincine varmak. Bin yıl sonra Şahpur'un adını anarlarsa, sarayına yolun düştü diye anacaklar."

Nihayet mabeyincinin hizasına gelebilmişti. Mabeyinci yere kapanmasını işaret etti, sonra ayağa kalkabileceğini fısıldadı. Mani konuşmaya başlamadan önce lekesiz *padam*'ı yeninden çıkardı.

"İnsanların en güçlüsüne selam olsun! Soylu dilekleri yerine gelsin!"

Alışılmamış bir hitaptı bu. Mabeyinci kaşlarını çattı, kralın kibirli yüzünden fanilere vergi bir şaşkınlık gelip geçti. Ama söylenenlerde bir saygısızlık yoktu. Nihayet Mani'ye kendini tanıtması işaret edildi.

"Babilli bir hekimim."

"Sevgili oğlum seni öven bir mektup göndermiş bana. Anlaşılan onun gözüne girmişsin."

"Tanrı, öldü sandığı kızını iyileştirmeyi nasip etti bana."

"Nasıl tedavi ediyorsun?"

"Sözlerle ve bitkilerle."

"Ya bıçak? Ateş? Sülükler?"

"O konuda benden daha mahir olanlar var."

Mani bilmiyordu, ama "sülük" kelimesi tuzaktı, çünkü Şahpur sülüklü tedaviden de, bunu yapanlardan da tiksinirdi. Bu bakımdan içi rahatlayan hükümdar sözüne devam etti:

"Oğlum ayrıca birtakım düşüncelerini yaymaya çalıştığını yazmış."

"Bana bir mesaj vahyedildi."

Saraylılar arasında mırıltılar yükseldi, ama hiç kimse hükümdardan erken davranmaya cesaret edemiyordu. Hükümdar ise Mani'nin devam etmesini bekliyordu. Araya sessizlik girince biraz da canı sıkılmaya başlayarak, ziyaretçisine sordu:

"Ne mesajıymış bu? Seni dinliyoruz."

"Yeni bir çağ başladı. Bu çağa tek bir halka, bir ırka ya da öğretiye ait olmayan yeni bir din gerek."

Mani'nin hangi halkı, hangi soyu ya da öğretiyi kastettiğini açıklamasına hiç gerek yoktu. İkinci sıradaki saray erkânı arasından biri bir mendil salladı.

"Bu adamı daha önce de gördüm!"

Mani arkasına döner dönmez müneccimler güruhunun arasında Kerdir'in sarı sakalını tanıdı.

"Nasrani'dir, üstelik dinimizin en kalleş düşmanıdır. Muzaffer ordularımızla Hindistan'a gittiğimde çıktı karşıma. Efendimiz ilahi Erdeşir, şanlı hanedanın zaferini kutlamak ve imansız sesleri susturmak için o yörede muazzam bir ateş yaktırmamı emretmişti. Ama bu Nasrani uğursuzluk üstüne uğursuzluk getirdi ve bu hayırlı işime engel oldu."

Kerdir muradına ermişti. Saraydakiler, bu Babilli hekimin merhum krallar kralına yaptıklarına içerlemişti. Mani'ye çevrilmiş gözler arasında en az düşmanlık barındıran Şahpur'un gözleriydi, savunmasını dinlemeye razı üç-beş kişiden biri oydu.

"Ben insanların en yücesine bir mesajı iletmeye geldim yalnızca", diye devam etti Mani. "Tanrı onun hükmüne, hepimizin görüşlerinden daha fazla değer biçti. Sözlerimi düşmanlarıma kulak vermeden, soğukkanlılıkla dinlesin!"

"Seni huzuruma kabul ettimse o mesajı dinlemek içindir. Söz senin."

"İmparatorluğunuz batıya doğru, Nasranilerin çok olduğu Aram, Adiabene, Osroen ülkelerine doğru yayıldı; doğuda ise Buda'nın yüceltildiği Baktriana, Hindistan ve Turan'a. Yarın hanedan Ahura-Mazda'ya tapılmayan yöreleri de egemenliğine alacak, her dinden sayısız uyruğu olacak. Bu insanları hain sayacak kadar aşağılamak akıllıca olur mu? Hanedanın gerçek dostu kimdir, insanları onunla uzlaştırmaya çalışanlar mı, yoksa kendi tebaasının hıncını üzerine çekenler mi?"

Hükümdarın yüzünde onaylayan bir ifade sezinleyen Kerdir hemen atıldı:

"Hanedanın en iyi dostuymuş!" dedi alaycı bir edayla. "Tanrısal efendimizin huzurundayım ve Ahura-Mazda'ya tapan birinin neden hanedana bir Nasrani'den daha iyi dost olduğunu anlatmak zorunda kalıyorum! Madem yürekler üzeri örtülü sözleri anlamaz olmuş, lafı dolandırmadan konuşmakta serbest miyim? Nasranilerin imparatorluğun şehirlerinde dağıttığı yazılardan birkaçı elime geçti; ayrıca toplantılarındaki bazı konuşmalar kulağıma çalındı. Tanrısal efendim dinimize, yasalarımıza, geleneklerimize ve hanedana ne gözle baktıklarını bilmek isterler mi? Bu insanlar, bütün Sasani soyuna lanetli diyor."

Şahpur, Nasranilerden de aktarılsa böyle sözlerin ağza alınmasından hiç hoşlanmazdı, asa tutan eli kasıldı. Kerdir hiç korkmuş gibi değildi, daha yüksek perdeden, daha büyük, ama kontrollü bir öfkeyle sözünü sürdürdü.

"Avesta'da tanrısal ihtişamın *hvedoda*'da, kardeşlerin evlenmesinde vücut bulduğu, bunun ölümcül günahları sildiği, şeytanları kovduğu yazmaz mı? Tanrı'nın gözünde bunun en büyük sevap olduğu söylenmez mi? Büyük Dara gibi bütün ilahi hükümdarlarımızın, ayrıca müneccimlerin ve savaşçıların en yakınlarıyla, kızkardeşleriyle, kızlarıyla ya da dul kalırsa anneleriyle evleneceğini öğrenmedik mi? Tanrısal efendimizin kızkardeşi ilahi ece Azur-Anahit, onun en sevgili eşi değil midir? Gelin görün ki Nasranilere göre hepimiz cehennemlikmişiz, kutsal efendimiz, kutsal kardeşi ecemiz de dahil, çünkü bize göre en yüce ibadet olan şey, onlara göre en iğrenç günahtır."

Kerdir bu kadar ileri gitmekle kellesini tehlikeye atıyordu. Ama cesareti savaşı kazanmıştı. Hükümdarın yüzüne yayılan öfkeden, kurbanın kim olacağı anlaşılıyordu.

"Ey sefil Babilli hekim, hanedanımızın ilahi varlıkları hakkında böyle mi düşünüyorsun? Kralımızın din düşmanlarına layık gördüğü cezaya çarptırılacaksın!"

Muhafızlar suçluyu yakalamak üzere koştu. Kollarını, omuzlarını kavrayan elleri hissedince bir an Mani'nin gözleri karardı. Korkudan dili tutulmuş bir halde, takatsizce düşecek gibi oldu. Tek bir şeyi düşünerek ayakta duruyordu: "İkizi", uhrevi yoldaşı onu böyle bir günde yalnız bırakamazdı! Güven veren yüzünü görebilmek umuduyla gözlerini kapadı.

Ansızın salonu bastırılmaya çalışılan gülüşmeler doldurdu ve bir kargaşa oldu. Saraya çöken aşırı gerginlik, mucize eseri yok olmuştu. Biri *padam*'ını sallıyordu, ve sadece bunu görür görmez Şahpur'un yüzü gevşeyiverdi.

"Her dem genç Yuvanoe yaklaşsın!"

Hükümdarı birdenbire saran neşe bir anda bütün yüzlere yayıldı. Bir tek bu neşeyi yaratan kişi bunun dışındaydı; o her konuştuğunda herkesin kıkırdamasından hiç hoşlanmazdı. Çocukluğundan beri hükümdarın lalası, saray müneccimlerinin başıydı; bilgisi, sağduyusu tartışılmazdı. Tek derdi "delikanlı" anlamındaki adıydı, Yuvanoe adı soylular ve müneccimler arasında gerçi çok yaygındı, ama doksanlık bir ihtiyarda biraz tuhaf duruyordu. Kralın soytarısı ihtiyar müneccimi diline dolamıştı; sert sesini, pamuk gibi sakalının sağa sola sallanışını, kemikli parmaklarını oynatışını aynen taklit edebiliyordu. Son yirmi yılda Şahpur'un tek bir davetine katılmış olan bütün saraylılar, saygıdeğer lalayı soytarıdan ayrı düşünemezlerdi, zaten soytarının adını hatırlayan bile kalmamıştı, herkes kurbanının adıyla anıyordu onu.

Yüce öğrenci de herkes gibi gülümsedi, ama Yuvanoe konuşmaya başlar başlamaz, herkese eğlencenin bittiğini gösterircesine kaşlarını çattı.

"Upuzun ömrümde ilahi efendime, şanlı ataları gibi büyük bir kral olmanın yolunu göstermek bana nasip olmuştur, iman, sağduyu, kerem sahibi olmak, tebaanın sevgisini kazanmak, neşe, cömertlik, adalet..."

Bitip tükenmez listeyi ezbere bilen Yüce Varlık sabırsızlandı:

"Hepsi aklımda!"

"Babilli cezayı hak eden, vahim şeylerle suçlandı. Ama efendim gelecekte zalim diye anılmak istemiyorsa, savunmasını dinlemelidir. Yasamız böyle söyler!"

Şahpur lalasına bir evlat gibi, sevgiyle baktı. Sonra muzipçe omuz silkerek kâtiplerden birine el etti:

"Yaz! Bugün hanedanımıza yakışmayan bir adaletsizlik yapmamı engellediği için kıymetli müneccim Yuvanoe'ye hilat verilsin!"

İhtiyar lala sevinçle geri geri yerine çekilirken hükümdar da Mani'ye döndü. Gerçi celladın gelmesi bir sözüne bakıyordu ama şimdilik onu dinlemeye hazırdı.

Sözler Babillinin ağzından, ölümden dönmüş birinin soluğu gibi döküldü.

"Kıymetli müneccim Kerdir söylediklerimi yalanlamaya çalışırken, beni en çarpıcı örnekle desteklemiş oldu. Hepimiz sarsılmış, korkmuş, hakarete uğramış hissediyoruz kendimizi, herkes din kavgalarının kendi hayatını da, imparatorluğu da nasıl etkileyebileceğini artık görüyor. Benim de sizler kadar sarsılmam gerekirdi, çünkü Part soyundanım, benim de atalarım geleneklere uyarak, Tanrı'yı hoş tutmak için kardeşleriyle evlendiler.

"Evet, Nasranilerin bu evliliklere mahremle zina yapmak gözüyle baktığı ve buna çok kızdığı doğrudur. Ne var ki İncillerinde Tanrı'nın ilk erkekle ilk kadını yarattığı ve yeryüzünün onların dölüyle dolduğu yazar. Demek ki bu ilk çiftin çocukları kendi aralarında evlenmişler! Bütün insanlık ensest evliliklerden olmadır. Dolayısıyla Avesta yandaşları İncil'e inananlarla alay etse yeridir. Ama nedendir bu kavgalar, beddualar, alaylar? Her halkın yasa bildiği, Tanrı'nın emri dediği âdetleri vardır. Tanrı'nın emri her halk için farklı mıdır? Gerçek şu ki Tanrı'nın buyruğu hakkında, Tanrı hakkında, adı, görüntüsü, vasıfları hakkında hiçbir bilgimiz yok. İnsanlar Tanrı'ya sayısız isim yakıştırır, hepsi hem doğrudur hem yanlış. O'nun bir adı olsa bizim kelimelerimizle yazılamaz, ağzımızla söylenemezdi. Zengin ve kudretli mi derler Tanrı için? Zenginlik ve kudret, insanlar içindir, yoksa Tanrı katında hiçbir anlamı yoktur. O'nun arzularından, korkularından, öfkelerinden, huylarından dem vurulur. Kimilerine göre bir heykeli kıskandığı, bir harekete kızdığı olurmuş, konuşmamızdan, hapşırmamızdan, giyinmemizden, soyunmamızdan alınırmış. Ben, Mani, bütün halklara yeni bir çağrıyla geldim. İlk önce, çocukluğumu ve gençliğimi aralarında geçirdiğim Nasranilere seslendim. Dedim ki: İsa'nın sözüne kulak verin, o bir bilgedir, lekesizdir, ama Zerdüşt'ü de dinleyin. Bütün dünya cehalet ve hurafeler içinde yüzerken, herkesten önce onda parlayan Işığı görmeyi bilin. Umudum bir gün gerçekleşirse nefret sona erer.

"Şimdi müneccim Kerdir'e bakıyorum, ve hak ettiği saygıyla diyorum ki: İmparatorluğun kapısındaki felaketi teşhis ettin, ben de ilacını getirdim. Sen bir hasta gibi konuştun, bense bir hekim gibi."

"Bu adam kuşkularımızı yatıştırmakta gayet mahir. Ama hâlâ dinini söylemedi."

"Hem bütün dinlerdenim hem de hiçbirinden. Bir soya ya da aşirete mensup olur gibi bir dine ait olmayı öğretmişler insanlara. Ben de onlara diyorum ki, size yalan söylemişler. Her inançtaki, her düşüncedeki ışıklı özü bulup artıkları atmayı öğrenin. Benim yoluma girenler ister Ahura-Mazda'ya, ister Mitra'ya, ister İsa'ya, ister Buda'ya yakarsın. Kuracağım mabetlere herkes kendi dualarıyla gelecek.

"Bütün inançlara saygım var ve herkesin gözünde suçum budur. Hıristiyanlar Nâsıralı için söylediğim iyi şeyleri duymazdan geliyor, Yahudileri ya da Zerdüşt'ü kötülemiyorum diye kızıyor. Müneccimler peygamberlerini överken kulak tıkıyor, İsa'yı ve Buda'yı lanetlediğimi duymak istiyor. Çünkü cemaatlerini sevginin değil nefretin etrafında topluyor, müminler de ancak kendilerinden olmayanlara karşı çıkmak için birbirlerine kenetleniyorlar. Onlar yasaklarda kardeş, başkalarını aforoz ederken kardeş. Bana gelince; herkesle dost olmak şöyle dursun, yakında herkes bana düşman kesilecek. Suçum onları barıştırmayı istemek. Bedelini ödeyeceğim. Çünkü birleşip beni lanetleyecekler. Ne var ki insanlar törenlerden de, efsanelerden de, beddualardan da sıkıldıklarında, bir vakitler, büyük Şahpur'un zamanında bir faninin dünyayı titreten çığlığını hatırlayacaklar."

Hükümdar etkilenmişti.

"Yaymak istediğin dinde tapınaklar, müneccimler olacak mı?"

"İbadethaneler ve Seçilmişler olacak. Bunlar ömürlerini ibadete, öğrenmeye, sanata, yazıya, adalet dağıtmaya adayacak, tıpkı bugünkü müneccimler gibi. Yalnız şu farkla ki, servet, şan ya da iktidardan vazgeçecekler."

Bu şart hükümdarı gözle görülür ölçüde memnun etmişti. Kerdir gene *padam*'ını salladıysa da, Şahpur hiç yanından ayrılmayan perdedarı *hurrembaş*'a dönmüş, parmaklarını hafifçe oynatarak emir vermişti bile. Birkaç saniye geçmeden iki kâtip koşarak gelip kralın ayaklarının dibine oturdu. Bu konuşmaların bittiğini, hükümdarın bir kanun çıkaracağını gösteriyordu. Partlar zamanından beri süregelen bir âdetti bu: Kralların kralı arzularını günlük dilde söyler, kâtiplerden biri de yüksek sesle tekrar ederdi, ama kelime kelime değil de başka bir dile tercüme eder gibi alengirli yazı diline aktararak; öbür kâtip de özel bir deftere güzel bir yazıyla bunu kaydederdi.

"Bugün karar verdik ki..." dedi hükümdar. Kâtip süsledikçe süslüyordu: "Biz, ilahi Şahpur, Acem diyarının ve diğer memleketlerin krallarının kralı, insanlar içinde tanrı, tanrılar içinde insan..."

Şahpur sözlerinin kayda geçirilmesini bekledikten sonra devam etti:

"...sadık bendemiz Mani, bizim de makbulümüz olan çağrısını imparatorluğun şehirlerinde ve köylerinde, serbestçe yayacaktır. Bütün krallar, satraplar, valiler, memurlar ona bizim elçimiz gibi kolaylık gösterecektir."

II

Mani'nin saraydan çıktıktan sonra tek yapabildiği yürümek, Ktesifon'un tozlu yollarını sağlam topuğuyla döverek dümdüz yürümek oldu. Yolda görenler dönüp bakıyor, çocuklara bu tuhaf yabancıyı, bulutlardan inmiş bu çirkin, sıska adamı parmakla gösteriyorlardı, o haldeyken başka ne düşünebilirlerdi ki?

Ama ertesi gün, hemen ertesi gün bütün o insanlar anlayacaktı. Şafak vakti tellallar meydanlarda adının geçtiği fermanı okuyacaktı, "Mani, Babilli hekim". Sarayı ziyaretinde yaşananlar bütün başkente yayılacaktı, gülünç kıyafetleri ballandıra ballandıra anlatılacaktı, herkes onu sokakta gök rengi libasıyla, yüzüne nur inmiş halde görmekle övünecekti. On güne kalmadan ulaklar, krallar kralının usulünce kopyalanmış, tuz ve balmumuyla mühürlenmiş emirlerini, Sasani ülkesinin en ücra yerlerine götürmek üzere yola çıkacaktı.

Mani yirmi altı yaşındaydı; ve bu sokaklar, bu Mezopotamya toprakları; ve bu İmparatorluk ve bütün evren ona dar geliyordu. Çok sevdiği İsa'nın Celile köylerinde vaaz verdikten sonra Roma'ya gidip Tiberius Caesar'ın huzuruna çıktığını, Palatino Tepesi'nden elinde bir fermanla ayrıldığını, bu ferman sayesinde Roma'da ve eyaletlerde öğretisini yayma iznine kavuştuğunu, bütün Herodes'lerin, bütün Pontius Pilatus'ların ona kolaylık sağlamak için kesin emir aldığını hayal etmek mümkün müdür?

Çünkü Mani, o gün aklında bu kıyaslamayı yapıyordu. Olayların dışarıdan görünüşü, aklında en olmadık hayalleri uyandırıyordu. Zihnine de, adımlarına da hâkim olamadan, bambaşka bir yüzle, sarhoş gibi yürüyordu.

Dostları sarayın parmaklıkları önünde bekliyordu, ama Mani onları görmeden çıktı. Denag, Pattig, Malkos ve Kloe oradaydı, seslendilerse de o sağır kesilmişti. Mani'ye koştular hemen, ne var ki o mancınıktan fırlamış bir taş gibi süzülmeye başlamıştı bile. Kadınlar ve babası sonunda yorgunluktan pes ettiler. Bir tek Malkos peşini bırakmadı. Ak-Giysililer zamanından beri her seferinde inatla yakalardı onu.

Malkos nihayet Mani'ye yetişti, hatta çılgın gözlerinden, sevinçten mi yoksa öfkeden mi böyle koştuğunu okuyabilmek için onu birkaç adım geçti ve soluk soluğa yavaşlasın, yüzüne baksın, cevap versin diye yalvardı. Ama Mani ne Şahpur'dan ne de taht salonundan bahsetti. Sadece gitmek istediğini söyledi.

"Gitmek mi? Ktesifon'dan Deb'e, Deb'den Ktesifon'a, karadan, nehirden, Büyük Deniz'den, imparatorlukta gitmediğimiz yer kalmadı. Daha nereye gideceğiz?"

"Dört iklimin hüküm sürdüğü her yere, ovaların görünmez ufkuna, daha uzağa, daha uzağa, her insanın ayağına! Benimle gelecek misin?"

Arkadaşının cevap vermesine fırsat vermeden, sanki duramıyormuş, sanki kelimeler kendiliğinden boşalıyormuş gibi devam etti:

"Bundan böyle bana gelenlere bekle demeyeceğim, alayıma katıl, diyeceğim. Yüzler, binler olacağız, bir ordudan daha çok toz kaldıracağız, dünyanın tenine silinmez bir iz nakşedeceğiz."

Bunları söylerken adımlarını sıklaştırdı. Malkos onu yakalamaya kalkışmadı bu kez. Arkadaşı uzaklaşırken o da büyük bir taşın üstüne çöktü.

"Gene nasıl gideyim peşinden", diye geçirdi içinden. Başkent sokaklarındaki bu saçma sapan kovalamacayı unutmuştu bile; onun aklı şimdiden daha saçma olan öbür yolculuğa, Mani'nin az önce davet ettiği, dünyanın dört bucağına uzanan yollara kaymıştı.

"Davet etmek... Acaba doğru kelime bu mu?" diye sordu Malkos kendine, yüzünde bir gülümseme belirdiyse de, yorgunluk bunu ekşitti. Hurmalığın yemekhanesinde ilk karşılaştıklarından beri Mani'nin hiçbir isteğine hayır diyememişti. Tartıştığı, homurdandığı, sövüp saydığı, yeminler ettiği olmuştu... Neye yarardı ki, sonunda arkadaşı ne derse o olurdu. Bazen itiraz edecek olduğunda bu sefer de kendi karısı Kloe Mani'ye arka çıkardı.

Ne var ki, ne kendisi ne de Kloe, hiçbir zaman Haberci'nin derdiyle yanmayacaktı. Arkadaşlıklarını benzersiz kılan belki de buydu. Bir din kurup da yanındakilere inançlarını benimsetmeye çalışmamak; böyle bir şeyi ancak hoşgörülü bir inancın havarisi olan Mani yapabilirdi. Onun tanrısı kendisine tapacak insan aramıyordu.

Din Tyr'linin umurunda bile değildi, o sadece güzelliğe vurgun bir bilgeyle, herkesin arkadaş olmaya can atacağı bir insanla karşılaşmıştı. Böyle bir ayrıcalığı bir kenara atamazdı. Eli ayağı tuttuğu sürece peşinden ayrılmayacaktı.

Malkos düşüncelere daldığı sırada Mani de aynı durumdaydı. Dicle kıyısına kadar yürümüştü. Ve orada, tenha bir yere gelince coşkusunun yerini bir kaygı almıştı.

Kralın himayesinde değilken, elinde itimatname yokken dünyayı çıplak elleriyle kavramayı hayal etmişti. Ve işte şimdi dünya önüne serilmiş, yollardaki engeller kalkmıştı, yeryüzünü fethedebilirdi! Ordusu olmadan fethe çıkmak mı? Sakat bacağını ülkeden ülkeye sürükleyecek, satraplarla, uluslarla, kastlarla, tarikatlarla, cemaatlerle yüzleşecek, kendi yolunda giden sürüleri, kemikleşmiş töreleri, insanların donukluğunu sarsacaktı, öyle mi? Yani bütün insanlık yeni bir şekle girene kadar öğretecek, yazacak, çizecek, hiç durmadan savaşacak, ardından bir sonraki menzile varıp yeni kalabalıklar toplayacaktı; ve her seferinde insanları aynı anda nasıl hem cezbedip, hem şaşırtıp, hem avutup hem de kamçılayacağını düşünecekti, doğru mu?

Bazen olduğu gibi, monolog şeklinde başlayan düşünceleri, bir noktadan sonra *alter ego*'suyla, "İkiziyle" bir diyaloğa dönüştü.

"Yapacaklarım için ne kadar zaman biçildi bana?"

"Onu hiç bilemezsin", dedi Öteki.

"Hiç olmazsa daha yedi senem var mı, İsa'nın ve İskender'in yaşını görecek miyim, bunu bilseydim!"

"Önünde ha sonsuzluk varmış ha tek bir an, ne önemi var? Zaman, karanlığın sunduğu bir yemdir, hayallere kapılma, sakın görevinden başka bir şey düşünme!"

"Bari eserimin tamama erdiğini görüp göremeyeceğimi bilseydim!"

"Geleceği bana emanet et, yürü, kaderin seni geçti bile. Beth Lapat halkı sabırsızlanıyor!"

Ferman verildi verileli Mani'yi beklemeyen şehir kalmamıştı. Ama o hiç tereddüt etmeden Beth Lapat'ın yolunu tuttu.

Burası Susiana'da, ne bir geçmişi, ne bir özelliği olan kocaman bir köydü. Yalnız, anlatılanlara bakılırsa Şahpur bazen burada kalırmış, havasını suyunu pek sevmiş, mimarlarına burayı büyütmelerini emretmiş; söylentilere göre hükümdar burada yazlık sarayını yapmayı düşünüyormuş. Herhalde Mezopotamya'yla Acem ülkesinin arasında bulunan, bu bakımdan Sasani İmparatorluğu'nun iki kanadının, Sami dili konuşan batı ile Ari dili konuşan Doğu ortasında yer alan şehrin bu konumundan faydalanmak niyetindeydi. Acaba Mani de aynı nedenle mi yolculuğuna Beth Lapat'tan başlamayı uygun gördü?

O kasabaya hiç adımını atmamıştı, ama orada faal bir Hıristiyan cemaati olduğunu biliyor, zaten ilk onlara gitmeyi düşünüyordu. Ne var ki gerçeği çabucak kabul etmek zorunda kaldı: İsimsiz bir yolcu olarak gezmek bitmişti, artık Deb'de olduğu gibi istediği yere gidemezdi.

Kasabanın önde gelenleri, misafirin ve arkadaşlarının geldiğini öğrenir öğrenmez karşılamaya koştular. Başlarındaki bölgenin kralı, yerlere kapanarak ilahi Şahpur'un himayesindeki kişiyi evinde konuk etme onurunu kendisine bahşetmelerini istedi. Mani bir bahçede, en yaşlı ağacın dibinde kalmayı âdet edindiğini söylediğinde de kızdı, tumturaklı bir edayla en eski hanedanlara dayanan soyağacını sayıp dökmeye koyuldu, etrafındaki kâtiplerin de onaylamasıyla uzattıkça uzattı. Daveti geri çeviren ya soyunu küçümsüyor ya da evinin dindarlığından şüphe duyuyor demekti. Denag'ın mahcubiyetine, Pattig'in bıkkınlığına rağmen Mani taviz vermedi. İnsanlar onu ağacın altında dinleyecekti, o da geceyi orada, yalnız ve yalnız orada geçirecekti.

Doğrusu Mani bir orta yol bulmaya yanaşmamış, hatta belki gereksiz yere kalp kırmıştı, ama en akıllıcası buydu. Çünkü Babilli, yol boyunca böyle hamlelerle hep karşılaşacaktı. Bazen sırf konukseverlikten olacaktı bunlar, ama genellikle daha bayağı nedenler olacaktı arkasında, bir zenginin Şahpur'un himaye ettiği birini evinde ağırlayarak kendine pay çıkarmaya çalışması örneğin, tabii aynı kişi alttan alta Mani'yi, arkadaşlarını ve öğretisine meyleden halktan insanları gammazlamayı da düşünüyor olabilirdi.

Sonuç olarak yolculuğun daha başında bir karışıklık ortaya çıktı. Eyaletlerin ileri gelenleri için, kralların kralının emirlerine uymak dendiğinde akan sular duruyordu, dolayısıyla onun lütfuna mazhar olmuş kimseleri en iyi şekilde ağırlamak da boyunlarının borcuydu, ama bir taraftan da bu lütufların, hele de hükümdarın lütfunun ne kadar geçici olduğunu biliyorlardı. Misafire gıptayla bakarken bir gün gözden düşebileceğini de hiç akıldan çıkarmıyorlardı; zamanı gelince gerekirse o kişiyi zaten gözlerinin hiç tutmadığını kanıtlayabilmeliydiler.

Mani konusunda ise mesele iyice ortadaydı. Haberler imparatorlukta çok hızlı yayılıyordu. Saraydan birinin bir *vitaks*'ın kulağına fısıldaması, onun da taşradaki soyluların bir şöleninde tek bir kelime etmesi yetiyordu; üç hafta sonra olup bitenler köy meydanlarına düşmüş oluyordu. Böylece taht salonundaki tartışmaları bilmeyen kalmadı, Kerdir'in söyledikleri de duyulunca Babilli hekimin hakkında büyük bir şüphe doğdu.

Mani Beth Lapat'ta adabınca, büyük bir nezaketle karşılandı, ama herkes diken üstündeydi. Akşama doğru bir muşmula ağacının altına oturduğunda, tepeye toplanan kalabalığın en önünde kasaba eşrafı ve tabii müneccimler vardı. Bir yandan askerler de etrafta kol geziyor, yanı başlarında olup bitenleri nezaketle, saygıyla seyrediyorlardı.

Misafir öncelikle krallar kralının güveninin kendisini ne kadar onurlandırdığını, Beth Lapat'taki karşılamanın nasıl duygulandırdığını vurguladı. Böylece birkaç sözle elindeki itimatnamelerden dem vurduktan sonra, imparatorluğun bütün uyruklarının ortak bir bilgeliğin etrafında toplanmasını istediğini anlattı. "Hepimizde aynı tanrısal kıvılcım var, o ne bir soya, ne herhangi bir kasta aittir; ne erkek, ne kadındır; herkes onu güzellikle, bilgiyle beslesin ki parlasın; insanı yücelten içindeki Işık'tır."

Dinleyicilerin arasındaki soylular kızgın kızgın bakıştılar. Onlar soylarıyla gurur duyardı; Erdeşir onları kastlar hiyerarşisini dosta düşmana kabul ettirmekle görevlendirmişti; herkes Tanrı'nın kendinden üstün yarattığına saygıyla, aşağı yarattığına merhametle baksın diye; onlara Sasani düzeninin, yerdeki ya da gökteki bütün düzenlerin böyle olduğu belletilmişti. Ve şimdi şu Babilli hekim onların önünde, hatta daha beteri halk kalabalığının önünde, sıradan insanların, kazancıların, tezgâhtarların, hamalların ve halı dokuyanların karşısında kastlara boş verin, hatta soyluluğu küçümseyin, diyordu! Başka zaman olsa bu adam ağzını açar açmaz zindana atılır, tekme tokat dövülür, hatta belki kellesi uçurulurdu. Ne var ki bu sözleri söyleyen kişi kralların kralının himayesindeki bir elçiydi! Kasabanın ileri gelenlerinden kimileri anlamaya çalışmaktan vazgeçerek sessiz sedasız uzaklaştılar; ama genç müneccimlerden bazıları gürültüyle ve öfkeyle ayrıldı oradan.

Yolculuklara devam ettikçe kışkırtıcı damgası sonunda Mani'ye yapıştı. Her konuşmaya başladığında ötekileri tahrik edecek biri peyda oluyor, olay çıkaracak fırsat kolluyor, ona isyankâr sözler söyletmeye çalışıyordu. Mani tahrike karşı değildi, bu onun da kullandığı araçlardan biriydi. Bazen kendini tutmayı, eleştirilerini hafifletmeyi, ayrılık yaratacak sözleri geçiştirmeyi başarsa da, biraz ısrarlı sorular geldiğinde, soranın amacı ne olursa olsun cevap vermeden edemiyordu. Konu ister ırk meselesi, ister kastlar arasındaki engeller, ister müneccimlerin ayinleri, isterse de kıskanç tanrılar olsun, sözünü hiç sakınmıyordu! Toplantının tadı kaçarsa da omuz silkiyordu.

"Dünyanın yaşlı kabuğu çatlıyor", diyordu. "Ben asıl, sözlerim insanların kulağına yastıktaki tüyler kadar yumuşak geldiğinde telaşlanacağım."

Genellikle böyle düşüncelerini Denag'la paylaşırdı. O artık Mani'nin en yakınıydı. Mani gün batarken ağacın dibinde ya da hava bozduysa bir müridin evinde uzandığında Denag hep yanında olurdu. Yanlarındaki herkes Denag'ın Mani'nin üzerine titrediğini görüyor, onun ayrı bir yeri olduğunu fark ediyordu, ama gene de yalnız kaldıklarında birbirleri için ne ifade ettiklerini, hangi kelimelerle, hangi bakışlarla, nasıl bir dostlukla birbirlerini sarıp sarmaladıklarını kimse tam olarak bilmiyordu.

Hem ayrıca kim cesaret edip de sorabilirdi ki? Bir keresinde Pattig yeltendi buna. Bin dereden su getirerek, bin düşünüp bir söyleyerek.

"Tanrı seni kutsasın oğlum, Tanrı beni senin peşinden yolladığı günü kutsasın. Başkalarının senin meziyetlerini, çilekeşliğini, gencecik bedenini bir sürü şeyden mahrum bırakmanı övdüğünü duydukça göğsüm kabarıyor."

"İnsan hiç tatmadığı bir zevkten uzak durursa", diye sözünü kesti Mani, "bunun övünülecek bir tarafı olabilir mi?"

Pattig kendini toplamak için bir hayır duası okuyarak uzaklaşmayı tercih etti. Mani onun yüzüne bile bakmadan cevap verdi, ama biraz uzaklaştıktan sonra, saygıyla arkasından seslendi:

"*Mar* Pattig!"

Babası gene telaşla koştu. Ne var ki oğlundan şunları duyacaktı:

"*Mar* Pattig, Ak-Giysilileri ne zaman bırakacaksın?"

Mani'nin kendinden emin, üstelik saygıyla konuşması yüzünden canı daha da çok yanan baba kendini savunmaya çalıştı:

"Senin uğruna cemaatimi, bütün kardeşlerimi terk ettim, baban olduğum halde önünde diz çöktüm, bütün vaazlarını tevazuyla dinledim..."

"Beni her gün dinledin *mar* Pattig, ama hâlâ Ak-Giysililer gibi konuşuyorsun. Sözlerin onurumu kırıyor."

"Sadece övgüleri naklettim sana!"

"Övgü toplamak için kendini bir şeylerden mahrum eden övgüye layık değildir, öylesi en sefih insandan daha kibirlidir. Bilgeler sadece kendilerine yaklaşmak için oruç tutar, kendilerinden başka yargıçları, tanıkları yoktur. Nefsini terbiye edeceksen, cemaat böyle istiyor diye ya da cezadan korktuğun için, hatta başka bir dünyada işine yarar diye yapma. Bunlar iğrenç hesaplar."

Pattig gülümsemeye çalıştı.

"Oğlum, iyiliği iyilik olsun diye, ödül bile beklemeden yapmak lazım diyorsan, değerin daha da artar."

Mani nihayet onun yüzüne baktı, ama üzüntü vardı bu bakışta.

"Hiç iyilikten ya da kötülükten bahsettiğimi duydun mu? Böyle soysuz kelimeler ağzıma almam ben!

"Tanrısal 'İkizim' uyardı beni. Ben bir şey söyleyeceğim ve insanlar, en yakınlarım bile başka bir şey anlayacak. Her varlıkta Işık'la Karanlık birbirine karışmıştır, diyorum, ikisini ayırmak hüner ister..."

Sonra kendini toplamak istercesine derin bir nefes aldı.

"Aslında Denag'a ne gözle baktığımı soracaktın bana."

Hazırlıksız yakalanan Pattig, kendini savunmak ister gibi iki elini havaya kaldırdı. Oğlu devam etti:

"Giysileri, göçebe krallığımın sınırlarını çiziyor."

Ve bu kez de Mani kalkıp her zamankinden daha çok topallayarak uzaklaştı ve babasını bu ikiyüzlü itirafla baş başa bıraktı.

Bir daha kimse Babilliye Denag'la ilgili soru sormaya cesaret edemedi. Meraktan kıvrandığı halde, Kloe bile. Malkos yollardayken Ktesifon'da kalıp evle ve onun işleriyle meşgul oluyordu, ama imparatorluğun başkentine yolu düştüğünde Mani onun evinde kalıyor, o da düşünceli düşünceli Haberci'yi incelemekten kendini alamıyordu. Hani hiçbir kadını yanına yaklaştırmayacaktı? Kendisi onun hayatına çok erken mi girmişti? Sırf Malkos'la dostluğu bozulmasın diye ona yalan mı söylemişti? Yunan kızının kimseye, hatta kendine bile soramadığı bunun gibi nice sorular vardı; bunları aklından attığını sanarak Denag'a saygıda kusur etmiyor, ama onu ne zaman Mani'nin yanına oturmuş, ağzının içine bakarken görse hepsi tekrar zihnine üşüşüyordu.

Denag. Öne atılmış örgüsü boynunun pembemsi esmerliğini saklıyordu. Kibirden uzak bir gençliği, yalın, iddiasız, ama bir tartışmaya noktayı koyan son cümle gibi inkâr edilemez bir güzelliği vardı. Beline kalın bir yün kuşak sarılıydı. Bir gün öğleden sonra gök kararıp serin bir rüzgâr esince Denag titredi, kuşağı çözüp omuzlarına örttü. Kumaşa incecik çizgilerle bir yüz çizilmişti, çiçeklerin arasındaki Denag'ın yüzüydü bu. Herkes Mani'nin üslubunu tanıdı, ve bu kumaş parçası müritleri için kutsal bir emanete dönüştü. Ona dokunmak için yaklaşanların burnuna bir koku çarpıyordu. Mani'nin kendi yaptığı, sarısabır, amber, nilüfer, Tibet miskinden bir terkip.

Bir keresinde Işık Bahçeleri'nde hiçbir şeyin madde olarak kalmayacağını, her şeyin kokuya ve renge dönüşeceğini söylememiş miydi?

Mani'nin alayında hep ciddi konulardan konuşulduğu halde, gene de huzurlu bir şenlik havası vardı. Herkes bir sanatla uğraşmayı görev biliyordu, genellikle Sasani ülkesinde çok muteber sayılan müzik ve şarkıyla ya da şiir ve tabii, efendilerinin izinden giderek resim ve hat. Efendileri kumaşı kasnağa gererken ya da parşömeni aherlerken, zemin renklerini, boyaları hazırlarken, hatta şekilleri çizip resim yaparken etrafında toplanmalarına ses çıkarmazdı. Müritleri dikkatini asla dağıtamaz, bakışları eline ağırlık yapmazdı adeta; ve genellikle resim yaparken konuşurdu da, sözleri fırça darbeleriyle noktalanırdı. Bunlar en derin anlardı, müritler sonsuza kadar sürsün isterdi, büyüyü bozmaktan korkarak saatlerce nefes bile almadan, kıpırdamadan dururlardı.

Etrafındaki herkesin onu sessizce yüceltmesine karşın, Mani'nin varlığı kesinlikle sıkıntı vermezdi. Babil'in oğlu en yakın müritlerinden, sonradan Mükemmeller diyeceği Seçilmişlerden kendilerini sanata, okumaya, tefekküre vermelerini bekliyordu, ama isteyenlerin işini, mallarını bırakmadan, geleneklerinden, yaşadığı hayattan vazgeçmeden de ona gelebileceğini de bıkıp usanmadan söylüyordu. Varlıklara zarar vermemek, bilgeleri ölüme terk etmemek koşuluyla.

"Yani, demek istiyorsun ki", dedi bir keresinde ona karşı olan biri, "senin dininde iki tür ahlak mı olacak?"

Mani inkâr etmeye kalkışmadı.

"Mükemmelliğin hasretini çekenlerin girdiği sarp bir yol var. Ve bir de bütün insanlık için daha düz bir yol."

"İyi ama, her iki yol da selamete götürüyorsa, zor olanı seçmekten çıkarım ne?"

"Çıkar kelimesini ağzına alabildiysen, sen zaten yolunu seçmişsin demektir."

Her menzilde müritleri çoğalıyordu, özellikle şehirlerde, sanatkârların, tacirlerin, yabancıların, melezlerin arasında. Hiç kuşku yok ki Mani dinlerin ve kastların içinde ezilenleri, farklı kimlikler arasında çekiştirilenleri, imtiyazların rahat minderine ebediyen sahip olamayacaklarını hissedenleri cezbediyordu.

Ne var ki öğretisini kabul etmekte en ağır kalan sınıf, en fakir olanıydı. "Ağacı öldürmeyin, toprağı incitmeyin!" deyip dururken, köylüler coşkuyla ona koşabilir miydi? Bunun tam tersine, savaşçı sınıfın birkaç parlak temsilcisini saflarına çekmeyi başarmıştı. Şahpur'un kardeşleri Firuz ve Mihrişah da aralarındaydı. Ve tabii hepsinden önce kralların kralının küçük oğlu Hürmüz vardı, o şimdi açıkça Mani'nin müridi olduğunu söylüyor, Ahura-Mazda'yı hâlâ kutsal saysa da Deb'de Buda resimli paralar bastırıyordu. Ancak derebeylerinin ve müneccimlerinin çoğunun ona diş bilediği de bir gerçekti. Ktesifon'un, Persis'in, Atropatene'nin ateş sunaklarında heyecanlı toplantılar yapılıyordu. Sasani parasında Buda ne demekti! Yarın Nâsıralının haçını görürlerse şaşmamalıydılar.

Tabii bu tepkiler, sorular Mani'nin yüzüne karşı dile getirilmiyordu. İmparatorluğun düzenini alt üst etmeyi, Sasani hanedanının ve Gerçek Din'in temellerini sarsmayı istemesi Kerdir'in değişmeyen hükmüyle onun "en sinsi cinsten bir Nasrani, iki ayaklı bir kurt" olduğunu muhaliflerinin gözünde doğruluyordu. Ama ya Şahpur? Neden kralların ilahi kralı, imparatorluğun efendisi iktidarının temellerini kendi elleriyle yıkmaya çalışıyordu?

Gizli toplantılar yapan soylular ve müneccimler, daha çok kralın kandırıldığına inanıyorlardı. O zındığın ne kadar zararlı olduğunu tam olarak öğrendiği anda kesinlikle onu himaye etmekten vazgeçecek, yasada yazan ibretlik cezaya çarptıracaktı. Böylece hanedana mensup prenslerden ve yüksek rütbeli müneccimlerden bir heyet kuruldu ve bin türlü şikâyetle kralın huzuruna çıktı.

"Bu Mani denen adam bir dilenci sürüsünü peşine takmış, vahaya üşüşen çekirgeler gibi imparatorluğun her yerine çöreklenıyorlar. İlahi emirlere karşı geliyor, halkı üstün doğanları küçümsemeye kışkırtıyor. Sanatkâr kâtip olmaya hevesleniyor, kâtip ise süvari. Saygı, otorite kalmadı, hanedanın düzeni çöküyor ve bütün imparatorluğa ilahi efendimiz böyle istedi, diye yayılıyor..."

Şahpur can kulağıyla dinledi ve derin düşüncelere daldı. Ardından hiç beklenmedik bir şekilde ayağa kalktı. Saraylılar yere kapanmaya zor vakit buldular. Yeniden tahta bakmaya cüret ettiklerinde perde kapanmıştı bile.

Ortaya çıkan gerçekler kralların kralını sarsmış mıydı? Prenslerin ve müneccimlerin konuşma tarzından rahatsız mı olmuştu? Her ne olursa olsun heyetten hiç kimseye ceza verilmedi. Ama Mani'ye karşı da herhangi bir tedbir alınmadı.

Birkaç hafta daha hiçbir şey olmadan geçti. Gizli toplantılar, tartışmalar tekrar başladı. Tanrısal Şahpur harekete geçmediyse, diye düşünüyordu Kerdir, ya tehlikenin büyüklüğünü tam anlayamamış, ya da tereddüt ediyor. Hele ciddi bir olay meydana gelsin, hükümdar o zaman safını seçmek zorunda kalır.

III

Kerdir'in ciddi bir olay çıksın diye uğraşmasına gerek kalmadı, çünkü Mani birdenbire Ekbatana'ya gitmeye karar vererek bunun zeminini yaratmış oldu. Burası babasının memleketi, ama öncelikle Medya'nın büyük şehirlerinden biri, müneccimlerin kadim kalesiydi. Ziyaretin kendisi başlı başına tahrik ediciydi, üstelik Babilli oraya gideceğini haftalar önceden, Ktesifon'un bir dış mahallesi olan Seleukeia'nın ana meydanında vaaz verirken haber vermiş, yolculuğun zorlu geçeceğini söylemiş, müritlerini gelmeye heveslendirmemişti. Ama yüzlercesi onunla gitti.

Karşı cepheden de Kerdir gitmeye karar verdi, Şahpur'un büyük oğlu Behram'ı tedbir olarak yanına almayı ihmal etmeden. Ne müneccimlerin ne de savaşçıların arasında Mani'ye onun kadar diş bileyen yoktu. Kerdir Babilliyi, müneccimlerin imparatorlukta kurmaya çalıştığı yeni dini düzene bir tehdit olarak görüyordu. Behram'ın gözündeyse o, sürekli çekiştiği kardeşi Hürmüz'ün bir müttefikiydi. Tabii Denag'ın durumu işi iyice içinden çıkılmaz hale getiriyordu: Behram'ın göz koyduğu soylu bir kız nasıl olur da Babilli hekimin peşi sıra serseri gibi dolaşır, Hürmüz buna nasıl razı olurdu, hazmedilir gibi değildi! Ekbatana faslı, gelecekte yaşanacak hesaplaşmaların ilk adımı olacaktı sadece!

Mani ile yanındakiler, ilk olarak soğukla sınav verdiler. Sonbahar sonuydu. Mezopotamya ovalarında gündüzleri hava hâlâ güzeldi, ama dağ yollarına girdikleri anda daha kalın giyinmek zorunda kaldılar. Ekbatana'ya altı parasang* kala ilk kar öbeklerini gördüler, bataklık bölgelerden gelenler hayranlıkla elledi bunları.

Çok şükür ki Mani'nin alayının, müneccimlerin dalga geçtiği gibi dilenci sürüsüne benzer tarafı yoktu. Müritlerin arasında, çileye girenleri giydirip karnını doyurmayı görev bilen zengin tacirler de vardı. Bunlardan biri Malkos'tu. Ne zaman dini tartışmalar alevlenecek olsa o başka bir yerde, genellikle bineklerin yanında olurdu, Mani'yi dünyevi dertlerden kurtarmayı görev bellemişti. Kervan konusunda deneyimli olduğu için müthiş bir organizasyon yapmıştı. Katırların sırtında daha kötü günler için saklanan harmaniler, yün battaniyeler bile vardı. Tedbirler boşuna değildi, Ekbatana'nın girişindeki dev aslan heykelinin yelesine düşmüş ak karlardan da belli oluyordu bu. Kar topağı küçüktü, ama bilhassa şehri kardan koruyacak bir tılsım olarak yapılmış, imparatorluğun en ünlü heykelini küçük düşürmeye yetiyordu.

Mani şehre girdiğinde Ekbatana sokaklarında in cin top oynuyordu. Ya da öyle görünüyordu. Sabah yeli dinmişti; güneş göğün ortasında yeni yeni yüzünü gösteriyor, taze ışınları havayı ısıtıyordu. Mani'nin kafilesi kapalı dükkânlarla dolu bir sokaktan geçti. Oysa ne yemek ne de uyku vaktiydi. Halk şimdi değilse ne zaman çalışır, gezinir, alışveriş yapardı burada?

"İnsanlar nerede?" diye mırıldandı Denag safça.

"Kafeslerin arkasından bizi gözetliyorlar, belli ki evlerinden çıkmamaları emredilmiş."

Mani cevap verirken atına hafifçe dokunmuştu. Sonra büyük bir sevinçle Denag'a baktı; Denag başlarına bir dert açılacağını hemen anladı. Zaten Mani de mutlulukla, meydan okurcasına sözüne devam etti:

"Şehrin kapılarından sorgusuz sualsiz aldılar bizi. Şimdi yolumuzu kesmeden, uzaktan gözetliyorlar. Bizi nerede beklediklerini hâlâ anlayamadım. Belki kalenin karşısındadırlar."

Kafiledeki herkes gibi Denag da alçak evlerin ardından, vaktiyle Dara'nın tutunduğu son siperin karaltısını görüyordu.

* İran ölçüsü. 5 kilometre, 328 metredir (ç.n.).

İskender İran'ı işgal ederken, kralların kralı Ekbatana'da bir şehir büyüklüğünde, bin odalı bir kale, bir bakıma muazzam bir kasa inşa ettirmiş, kadınlarını, küçük çocuklarını ve hazinesini sekiz ağır demir kapının ardına saklamıştı. Burası bir harabeydi artık, ama bir kanadı onartılmıştı, zaman zaman hanedandan birileri gelip kalıyordu.

Kalenin etrafında askerler atla ya da yaya olarak onar onar devriye geziyordu. Yaklaşan kervana dönüp bakmaksızın, inşaat işçileri gibi harıl harıl çalışıyorlardı. Denag dönmek daha akıllıca olmaz mı, diye sordu Mani'ye, ama o tınmadı. Hapsedileceğini, öleceğini bile bilse, bu gece bu şehirde kalacaktı. En yüksek yerden izni olduğunu kimse bilmezlikten gelemezdi. Sözlerini pekiştirmek istercesine yere atlayıp dizginleri bıraktı. Yoldaşları da onu izledi. Askerler şimdilik kimseye dokunmuyordu, ama aralarında, etraflarında, ortalarında karınca gibi dolaşıp duruyordu.

Mani durdu, kafileyi durdurmak için her zamanki gibi ellerini kaldırdı. Kendisi tek başına, kaleye giden meydana doğru yürümeye koyuldu ve tam o anda beş süvari mangası bir yerden işaret alarak üzerine atıldılar, etrafını sararak etten duvar ördüler. Müritlerden bazıları, özellikle kadınlar gülünç kaçan bir hırsla askerleri itip Mani'yi kurtarmaya uğraştılarsa da, Mani onları uzaklaştırdı. Sadece Denag askerlerin hattını inatla zorlamaya devam etti. Askerler de, sanki saçı örgülü bu kız hakkında özel bir talimat almış gibi göz göre göre açılıp ona yol verdiler. Denag hemen Haberci'nin yanına koştu.

Behram, Kerdir'le birlikte en yüksek gözetleme kulesine çıkmış, büyük bir keyifle olup bitenleri izliyordu: Mani'yi hiç hırpalamadan, tehdit bile etmeden yoldaşıyla birlikte, bu tuhaf zindana hapsedivermişlerdi. Az sonra zindanın duvarı ikinci bir asker hattıyla iyice kalınlaştı. Muhafızlar her iki saatte bir nöbet değiştirirken, o ikisi o gece, ertesi gün, ertesi gece, aç biilaç, ateş yakamadan, hatta battaniyeleri bile olmadan, sadece birbirlerinin rahatlatıcı varlığıyla ısınarak aynı yerde kalacaklardı.

Şahpur'un oğlu ancak daha ertesi gün, "sapkın mezheplinin" Denag'ın kollarında kendinden geçtiğini haber alınca işkenceye son verdi. Müritler mahpuslarla ilgilenmek, Mani'yi kendine gelir gelmez ziyaretini uzatmaya kalkışmasın diye Ekbatana'nın dışına götürmek üzere telaşla koşarken, Behram şehri kahkahalarıyla çınlatarak ziyafet sofrasına kuruluyordu. Mani kralların kralına şikâyet edecek olursa, prens ziyaretçiyi yakın korumaya aldığını, kimsenin ona el kaldırmadığını söyleyebilirdi.

Ama Şahpur meseleyi böyle anlamadı. Haber yayıldığı anda oğlunu Ktesifon'a çağırttı ve gözleri faltaşı gibi açılmış bir alay saraylının önünde onu itaatsizlikle, serserilikle, beceriksizlikle suçladı ve bir av köşküne kapatılmasını emretti.

O gün saray muhafızları Behram'ı götürürken, bir başka müfreze de Mani'yi alıp acilen başkente götürmek üzere Kengavar'ın yolunu tuttu. Acilen ve yalnız başına. Şahpur mevkiinin saygınlığına en ufak bir saldırıyı bile hoş görmez, kimseye iltimas geçmezdi. Öz be öz oğlunu bile elâlemin gözü önünde küçük düşürdükten sonra, çoğunluğun çıbanbaşı olarak gördüğü kişiye neler yapacağını kimse tahmin edemezdi.

Babilli, dostlarından ayrılmadan önce başladığı işi devam ettirmeleri için tavsiyelerde bulundu. Bütün yakınlarına ayrı ayrı söyleyecekleri vardı, ama subay veda sahnesini kısa kesmesini buyurdu.

IV

Mani saraya gelince, imparatorun ikametgâhını çekip çeviren *darbah*'ın odasına götürüldü. Memur onu birkaç dakika bekletti, bir ara ortadan yok oldu, sonra geri dönüp kendisini izlemesini rica etti. Ne var ki onu taht salonuna değil, labirentimsi yollardan ve bahçelerden geçerek oymalı, alçak bir kapıya götürdü, içeri girer girmez kapıyı da hemen arkalarından çekti.

Mani bu gösterişsiz odada, karşısında oturanın Şahpur olduğunu zor anladı. Bu sefer altınların debdebesi yoktu. Tabii simetrik motiflerin ahengini yansıtan değerli kumaşlardan kıyafetler giymişti, ama aynısını bir saraylının sırtında görse de yadırgamazdı insan, sandal ağacı kokan, uzun, kıvırcık saçlarını da öyle. Resmi kabullerdeki ihtiyatlılık ve keskinlik hareketlerinden silinmişti, ve kısa emirler vermeye alışkın parmakları, boş kalmanın tesellisini bir tespihin pembe tanelerinde arıyor gibiydi.

Babilli, tanrılaştırılmış hükümdarın huzurunda olduğunu geç de olsa anlayarak diz çöktü ve geleneksel mendili yeninden çıkarmaya davrandı.

"Bırak o *padam*'ı Mani, seninkinden daha kirli nice nefesler var. Hem kalk ayağa, gel, sağıma, şu mindere otur."

Art arda emirler yağdırmaya devam etse de sesi yumuşamıştı, hatta biraz titriyordu. Herhalde rolünden yeni sıyrılmış bir oyuncunun rahatsızlığını yaşadığından.

"Eyaletlerden gelen raporlara göre inancın yayılıyormuş,

büyük şehirlerde koca koca cemaatler seni istiyormuş. Sarayda başarına sevinen birkaç kişi var, üst üste gelen olaylar ötekileri telaşlandırıyor ya da kızdırıyor."

Mani kendini savunmaya kalkışmadı. Hükümdar cevap beklemekten çok, sözünün devamını nasıl getireceğini tartar gibiydi.

"Şu ana kadar olanlar canımı pek sıkmadı, oğlumun çocukça işlerinden çok daha sert tepkiler bekliyordum ben."

"Ben o faslı unuttum, her geçen gün yüzyıl uzaklaştırdı beni o olaydan, kin gütmeyeceğim."

"İşte bunda yanılıyorsun, hayat bana aksini öğretti. Hayat bir borçlar, kapatılacak hesaplar silsilesidir. İster ayak oyunlarıyla kapat borcunu, ister namusunla, ama bunu yapmak zorundasın. Suçun cezasız kalmasına katlanamam, bana yararı dokunsa bile. Ve imparatorluğun bekçisi olarak bunu hoşgörmeye hakkım yok. Oğlum zayıflığının, itaatsizliğinin bedelini uzun uzun ödeyecek."

Son cümleleri söyleyişini duyunca, Mani kendini taht salonundaki Şahpur'un karşısında hissetti.

"Hiç affetmez misiniz?"

"Sadece, affedilmek karşımdakine cezalandırılmaktan daha fazla acı verecekse. Büyük oğlum o yapıda değil. Sana da sitemim var."

Öyle ani bir geçiş yapmıştı ki Mani yerinde sıçradı.

"Behram'ın beni böyle aşağılamasına nasıl izin verirsin? İmparatorluğun bir ucundan bir ucuna koruyucu elim sayesinde gidebildiğini, düşüncelerini anlatabildiğini unuttun mu yoksa? Benim güvenimi, otoritemi temsil ediyorsun sen, kendinle alay ettirince beni küçük düşürmüş oluyorsun!"

Bir anlık şaşkınlığı geçince Babilli doğruldu, gururla, meydan okurcasına karşılık verdi.

"Bir hâmim, ilahi bir koruyucum daha var, o hakaretten hiç korkmuyor."

Şahpur bir an, hüzünle güldü. Onun lisanında bu af dilemek demekti.

"Niyetim sana nutuk çekmek değil. Her zamanki gibi, oğlumdan bahsederken kendimi kaybettim. Seni himayeme almamla alay ettiği için ona kızgınım. Hele Medyalı müneccimlerin elinde oyuncak olduğunu gördükçe iyice kahroluyorum.

"Beni anla, müneccimlere düşman değilim. Yuvanoe gibi bana babamdan yakın biri var içlerinde, bildiğim her şeyi bana o öğretti, tepeden tırnağa temizlik, adalet ve bilgelikle doludur. Ama hepsi böyle değil. Sadık bir müneccime karşılık, iktidar peşinde koşan, ömrünü entrikalar, komplolar çevirmekle geçiren kırk tane var. Herkese nasıl giyineceklerini, yiyip içeceklerini, öksüreceklerini, geğireceklerini, ağlayacaklarını, hapşıracaklarını, hangi durumda ne söyleyeceklerini, hangi kadınla evleneceklerini, sonra da ne zaman bırakıp ne zaman, nasıl sarılacaklarını onlar söylüyor. Büyük küçük herkesi kirlenmek ve günah işlemek korkusu içinde yaşatıyorlar.

"Her bölgede en iyi toprakları onlar aldı, zenginleştiler, tapınakları altınla, esirlerle, tahıllarla dolup taşıyor. Kıtlık ortalığı kırıp geçirirken, bir tek onların tuzu kuru. Her hükümdardan yeni bir imtiyaz kopardılar. Bir tablette iki şekli yan yana getirmiş bir çocuk yoktur ki müneccimler elinden tutmamış olsun. Tek bir satış sözleşmesi yok ki, paylarını almamış olsunlar! Tek bir anlaşmazlık yoktur ki hakemlik yapmamış olsunlar. Kral fermanlarının ilahi yasaya göre caiz olup olmadığına da onlar karar veriyor, tabii o yasayı da işlerine geldiği gibi yorumluyorlar. Ben bunu kabullendim, onların tekerine çomak sokmuyorum, aşırı imtiyazlarını ellerinden almaya kalkışmıyorum. Kralların kralının bu kadar sabırlı olacağı hiç aklına gelir miydi?"

İmparatorluğun efendisi dert yanmaya devam ederken, Mani ona acır gibi oldu.

"Sanıyor musun ki bunlar yetiyor? Eğer öyleyse Medyalı müneccimleri tanımamışsın demektir! Gözleri tahtta, benim tahtımda, hiç abartmıyorum. Ele geçiremezlerse, o zaman da hiç olmazsa değerini iki paralık etmeye, hükümdarı parmaklarında oynatmaya uğraşırlar.

"Bir keresinde babam tanrısal Erdeşir ateşler içinde yanarken vâdesinin dolduğunu sanmış. Ülkenin en seçkin müneccimleri başına toplanmışlar, Avesta'dan kopyalanmış birkaç sayfayı özenle getirip buhur dumanları içinde, büyük bir ciddiyetle okumaya başlamışlar. Neymiş amaçları dersin? Efendilerini rahatlatıp son saatlerin daha kolay geçmesini sağlamak mı? Acıların unutulacağı, babamın geçmişteki şanlı kralların arasında yerini alacağı daha güzel bir dünyayı anlatmak mı? Hayır, bunların hiçbiri onları imparatorluğun dört bir köşesinden koşa koşa getirtmeye yetmez. Bu kadar zahmete girerken tek dertleri yaşlanmış, zayıflamış olan babama bir ferman yazdırıp tahta geçecek kişiyi belirleme yetkisini müneccimbaşına verdirmekmiş! Tabii bunu böyle söylememişler: Avesta'ya göre, müstakbel krallar kralını sadece gökteki melekler söyleyebilir, ama Kitabın başka bir yerinde de meleklerin, seçtikleri kişiyi müneccimbaşıya söylediği, onun da insanlara bildirdiği yazar.

"Benimle ilgili bir sorun yoktu. Bu imparatorluğun kurulmasında babam kadar payım vardı ve o zaten daha sağlığında beni tahta ortak etmişti. Ama ben ölünce müneccimler akıl almaz kuralı gene ortaya çıkaracaklar. Zaten oğullarımın, kardeşlerimin kulağına da fısıldamışlar, günün birinde iktidara gelmek isteyenin onlarla iyi geçinmesi gerektiğini. Oğlumun sözümden çıkıp bu güya kral seçen insanlarla anlaşmasına niye o kadar kızdığımı şimdi kavradın mı? Himayem altındaki birinin müneccimlerin sevinçli bakışları altında Behram tarafından aşağılanmasına niye öfkelendiğimi anlıyor musun? Bu dünyevi hırsların çok üstünde, hırslardan uzakta duran bir hâmin daha vardır mutlaka. Ey Babilli hekim, gene de benden himaye talep ettin. Ben de sana bunu verdim. Sen de kabul ettin. Gittiğin her yerde bunu söyledin. Artık kaçmaya hakkın yok! Beni sırtımdan vurmaya da!"

Kaçmak mı? Sırtından vurmak mı?

"Tanrı beni bu saraya gönderdi, umudumun bu imparatorluğun bağrında, bu kutsal kralın zamanında yeşermesini uygun gördü. Niye sırtından vurayım ki?"

"Kuşkusuz bilerek yapmıyorsun, ama gene de yaptığına ihanet denir."

Kralın bu kadar ciddi bir suçlamada bulunurken böyle yumuşak, neredeyse dostça bir sesle konuşması Mani'nin aklını iyice karıştırmıştı.

"Mani, gelip bana yeni bir dinden bahsettin, Zerdüşt'ün bilgeliğine ve Ahura-Mazda inancına saygı gösterecek, din adamlarının toprak ve altın edinmesini yasaklayacak, onları duayla, eğitimle, tefekkürle sınırlayacak bir din. Bu dinin başarılı olmasını istiyorsun, çünkü sana gelen vahiy böyle, ben de yayılmasını istiyorum, çünkü bu hanedanın çıkarına. Yüce Tanrı'nın buyruğunu yerine getirmek için halklar ve inançlar uyum içinde yaşasın istiyorsun, ben de aynı ahengi diliyorum, imparatorluğun birliği ve refahı için bu gerekli. Tanrı ile aynı şeyin peşindeyiz, bunu da senin sayende anladım. Yolumuza çıkan düşmanlar da aynı. Onları yenmek, yok etmek istiyorum, seni Tanrı'nın gönderdiği bir müttefik sayıyorum, ve sen inatla bana ihanet ediyorsun."

Mani ne diyeceğini şaşırmıştı. Tam anlar gibi olurken Şahpur aklını karıştırıyordu. Karşısındaki kralların kralı değil de başka biri olsa, çoktan patlamıştı. Ama şimdi öfkesini dolaylı yoldan gösterebilirdi ancak.

"Niye ihanet etmiş sayıldığımı hâlâ anlamış değilim, ama madem yapmışım cezam ölümdür, ben de cezama razıyım."

Hükümdar başını arkaya attı. Tavandaki gülbezekli pencereden sızan güneşi tanıklığa çağırır gibiydi. İnci tespihini parmaklarına sardı. Sonra dilinin altındaki baklayı çıkardı:

"Seni öz oğullarımdan daha çok seviyorum. Ben sağ olduğum müddetçe ne benim elim ne de bir başka el sana kalkmayacak. Ama ne diye inatla sınıfları kaldırmaktan bahsedip duruyorsun?"

Demek buymuş, dedi Mani içinden, Şahpur'un derdini nihayet anladığı için neredeyse sevinmişti. Hemen kendini savunmak için düşüncelerini toparlamaya koyuldu ama hükümdar fırsat vermedi:

"Boşuna ne düşündüğünü anlatmaya zahmet etme, muhtemelen senden yana çıkarım. Ben krallar kralıyım, sınıf ya da soy sop peşinde koşmama gerek yok, esas onlar benim peşimden koşuyor. Ama müneccimlere karşı savaşırken savaşçılar sınıfını kendimizden soğutamayız. Eyalet valiliklerinde, ordu komutanlıklarında hep onlar var, bütün prensler de birer savaşçı! Hepsi birden müneccimlerin safına geçerse ezilirsin, umudun silinip gider ve ben krallar kralı Şahpur, imparatorluğun efendisi, benim de elimden bir şey gelmez. Hatta belki düşerken beni de sürüklersin. Her konuştuğunda okumuşlar, sanatkârlar, şehirliler kazanıyorsun davana, duyduğuma göre köleler, ayrıca pek çok kadın, pek çok yabancı da varmış. Ama büyük dövüş ânı geldiğinde o müritlerin hiçbir yararı olmaz."

Sonra soluk bile almadan devam etti; ama sesi birden boğuklaşmış, konuşmasına bir ürkeklik gelmişti.

"Bu sabah seninle ilgili emirler verdim. Bütün saraylarımda sana bir yer ayrılacak. Kabul salonunda ve özel meclisimde de. Nereye gidersem benimle geleceksin."

"Milletlere yayacağım bir çağrı var..."

"Müritlerin senin adına yapar. Sen artık benim yöremde olacaksın. Çıktığın yolda başın dik yürüyeceksin, kimse seni aşağılamayacak, tahrik, kargaşa, itip kakma olmayacak. Her sınıftan, her soydan insan etrafında toplansın, ama özellikle savaşçılar, prensler, satraplar. Hatta müneccimler arasında da yandaşların olsun. Eğer bunu başarırsan..."

Şahpur durdu, son bir tereddüt geçirir gibi oldu, sonra utançla, ya da buna benzer bir duyguyla gözlerini yere eğerek sözünü tamamladı:

"Başarırsan, kralların kralının Mani'nin dinine girdiği dört bir yana ilan edilecek."

Sadece vaaz verme hakkına kavuştuğu saraya yaptığı ilk ziyaretten, Mani coşkuyla, emin adımlarla çıkmıştı. İkinci görüşmesinden ise, kralların kralı din değiştirmeye söz verdiği halde, bütün tebaayı çağrısının etrafında bir araya getirmesini istediği halde, hem İsa'nın çarmıhını hem de Sasanilerin tacını sırtına yüklemişler gibi beli bükük ayrıldı!

Neler oluyordu Mani'ye? Nihai umudu, tahmininden çok daha büyük bir hızla gerçekleşmiyor muydu? Yarın kralların kralı, öbür gün imparatorluk, derken düşünceleri bütün insanlığı kucaklayacaktı. Bu artık tekil bir rüya olmaktan, "İkizinin" Dicle'deki bir kanalın kenarında verdiği bir söz olmaktan çıkmıştı, Mani artık kelimeler eken gezgin dilenci değildi, zafer elinin altındaydı.

Gelgelelim Mani, Ktesifon'a geldikçe kaldığı Malkos'un evindeki odasına kapattı kendini. O gün, ertesi gün hiç çıkmayacaktı oradan, oruca, tefekküre verecekti kendini, evin ve bahçenin her köşesini dalga dalga dolduran müritlerinin yüreğine su serpecek tek bir söz etmeyecekti. Yalnız Denag bir saniyeliğine sessizce içeri girip, kapalı duran pencerenin kenarına bir testi su koymaya cesaret edebildi.

Doğrusu, hurmalığın topal çocuğuyla kitabelerde "tanrıların soyundan gelen, Güneş'in ve Ay'ın yüce kardeşi, dört ufkun efendisi..." diye anılan Şahpur*'un karşılaşması gerçekten de tuhaf ve şaşırtıcıydı. Nasıl bir yakınlık olabilirdi aralarında, nasıl bir işbirliği, nasıl bir ortak görüş? Ne var ki hükümdar özür diler gibi davranmıştı. Ne var ki hükümdar kızarmış, gözlerini kaçırmış, sonra onun dinini kabul ettiğini itiraf eder etmez ürkekliğini göstermemek için kaçmıştı.*

Mani'nin dinini kabul etmek mi? Din değiştirmek mi? O ki kralların kralıydı, diz çöküp Mani'den elini başına koyarak kendisini takdis etmesini mi isteyecekti? Bu çok büyük, çok korkunç bir aldatmaca mıydı yoksa?

Babillinin şaşkınlığı, – gene "İkiziyle" bir görüşmeyle sonuçlandı. İkizi kendinden gayet emin, şöyle dedi ona:

*"*Şahpur *senin kendinden beklemediğin kadar çok şey bekliyor senden! Bugün yeryüzündeki en güçlü insandır o, orduları Ro-*

ma'nın, Çin'in ordularını yenecek güçtedir, daha şimdiden Doğu'nun ve Batı'nın hükümdarı diyorlar, kendini İskender'in mirasçısı olarak görüyor. Ve sen Mani, sen ona yeni bir çağın başladığını haber vermek için geldin. Bunun doğru olmasını o kadar istiyor ki! Tam sana Vahiy geldiğinde onun da başa geçmiş olması, Tanrı'nın ona, Şahpur*'a bir işareti değil midir, yapmak istediklerinin meşru ve Tanrı'nın amaçlarına uygun olduğunu gösteren bir işaret? Sana inanmak istiyor, senin en kutsal peygamberlerin halefi olmanı, Zerdüşt'e eş, hatta ondan daha büyük olmanı istiyor. Hem ayrıca, Zerdüşt'ün zamanında başta olan prensler* Şahpur*'la boy ölçüşemezdi!"*

*"*Şahpur*'un saltanatının oyuncağı olacağım!"*

"O senin saltanatının bir aracı olmasın sakın? Hem niye oyuncak diyorsun? Niye bu kadar acı, bu kadar küçümser konuşuyorsun? Bu hükümdar, müneccimlerin gücünü azaltmak için yardımını bekliyor. Yönettiği cemaatleri uyumlu yaşatabilmek için sana ihtiyacı var. Göz diktiği bütün toprakları ele geçirdiğinde, farklı milletleri hükmüne aldığında, imparatorluğun birliğini nasıl sağlayacak? Perslerin atadan kalma dinlerini her yere zorla yayarak, dört bir yana ateş tapınakları dikip müneccimlerin ekmeğine yağ sürerek mi? Tektanrılı mezheplerin, imparatorluğuna ve bütün imparatorluklara ateş ve kandan örülü binyıllar hazırlayan kıskanç, kavgacı dinlerin çoğalmasına göz yumarak mı? Yalnız sen Mani, yalnız sen insanları bu yanlıştan döndürebilirsin."

"Bu kral dünyayı silahla ele geçirecek, bir incir ağacının kabuğunu incitmeye bile çekinirken ben onunla nasıl birlik olurum?"

Üçüncü günün sonunda nihayet inzivadan çıktığında, Mani'nin ne sözlerinde ne de sesinde huzurunu bozan kuşkulardan eser kalmamıştı. Hâlâ onu beklemekte olan kalabalığa zaferin yakın olduğunu müjdeledi. İmparatorluğu kazanmaları an meselesiydi ve tam da bu umuttan ötürü çağrı, en uzaktaki milletlere bile hiç vakit kaybetmeden iletilmeliydi. En iyi müritlerine dört imparatorluğun eyaletlerine, Çin'den Mısır'a ve Aksum'a, Roma'dan Palmira'ya kadar yayılmalarını söyledi. "Eski dinler tek bir ülkeye, tek bir dilde hitap ediyordu. Benim dinim aynı anda her memlekette, her dilde yeşermeli."

Artık eskisi kadar rahat dolaşamadığından o da kendini çılgınca yazmaya verdi. Yüzlerce mektup, ilahiler, meseller, kitaplar; bunları kendi eliyle yazmakla yetinmiyor, süslüyor, resimliyor, altınla tezhipliyordu, zaten bir tek bunun için elini altına sürmeye tenezzül ediyordu.

Gelmiş geçmiş en şaşırtıcı kitaplardan biri işte bu dönemin ürünüdür. Mani bu kitaba sadece "Resim" demiş, içinde bütün inançlarını kelimelere başvurmadan, seri resimlerle anlatmıştır. Dil engelini aşarak bütün insanlara seslenmenin daha iyi bir yolu olabilir miydi?

V

Mani'nin silueti artık sarayın bir parçasıydı. Arada bir müritleriyle toplanmak için ayrılacak olsa Şahpur hemen onu çağırtıyordu, hatta bunu günde üç kere yaptığı oluyordu. Sağlık, gezegenler, kardeş-eşi Azur-Anahit'in huyları, müneccimlerin sıradan kalleşlikleri ya da imparatorlukla öbür devletler, derebeyleri, rakipleri arasındaki ilişkiler hakkında, hem insan hem hükümdar olarak aklına takılan her şeyi ona soruyordu.

Öbür devletlerin başında Roma geliyordu, Partların, ardından Sasanilerin ezeli rakibi. Hanedanların atılımları değildi Roma tarihini kuran, ama tıpkı Şahpur, ondan önce babası Erdeşir gibi dünyanın iki yakasını tunç kanatları altına alma hırsıyla yanıp tutuşan büyük imparatorları olmuştu.

Romalılar ile Persler, ortak bir saplantı yüzünden birbirinin üzerine yürümeye ve çarpışıp dağılmaya mahkum iki düşman dalgaydılar.

Toprakları Asya bozkırlarının derinlerine uzanan Sasaniler, başkentlerini mülklerinin en batı ucunda, hem kültürlerine, hem dinlerine yabancı bir memlekette kurmayı tercih etmişlerdi. Kısmen Hıristiyanlaşmış, Sami Mezopotamya'ydı burası. Sancaklarını Dicle'den, İskender'in doğduğu yerin yakınlarındaki Strymon Irmağı'na dek her yerde dalgalandırmak en büyük hayalleriydi. Böylece Ktesifon günün birinde imparatorluğun bir basamağı değil, merkezi haline gelecekti.

Roma o sıralar yüzünü tamamen Doğu'ya dönmüştü. Putlaştırdığı, tanrısallaştırdığı, şan ve selamet beklediği yerdi Doğu. Bundan dolayı Suriye'den ya da Arabistan'dan gelen komutanlar iktidara geliyor, nadir filozofları Mısır'da yetişiyor, Romalılar Adonis, Hermes Trismegistes, Hint-Avrupalı Mitra, yenilmez güneş Emes kültünün, ve hatta en inanılmazı, bir zamanlar Roma'ya başkaldırmış bir Yahudi eylemcinin kültünün yayılmasına ses çıkarmıyordu! Üstelik Pont-Euxin* yakınlarında, Avrupa'yla Asya'nın birleştiği yerde, eski Yunan kolonisi Bizantion'un yerinde imparatorluğun ikinci başkentini kurmayı düşünüyorlardı, kimilerinin daha o andan yeni Roma diye anmaya cüret ettiği –ne uğursuz bir iddiadır bu!– bu şehir gelecekte çok büyüyecekti.

Dünyayı ele geçirmek için savaşan iki güçten hangisi ağır basacaktı? Sasani dalgasının kendince avantajları vardı. "İlahi hanedanın" otoritesi kurucu kralların idaresinde giderek pekişirken, Roma anarşiye teslim olmuştu. Sırf Erdeşir'le Şahpur'un döneminde, sanki birbirlerine imparatorluk asası bırakacaklarına hançerle nöbeti devreden yirmi dört sezar birbirini izlemişti. Vatandaşlar hükümdarın adını, askerler kimden emir alacaklarını bilmez olmuştu. Roma'nın yeni birini imparator ilan etmesine fırsat kalmadan, Galya'da, Dacia'da, hatta İtalya'da başka bir subay ayaklanmış oluyordu. Rubicon Irmağı'nın suları artık duru akmıyordu.

Hunlar, Sarmatlar ya da Alanlar gibi Sasanilerin bazı eyaletlerini tehdit eden barbarlar yok değildi. Ama kral hemen üzerlerine soylu bir komutanını, yiğit bir *spahdar*'ını gönderir, komutan görevini tamamladıktan sonra gururla gelip hükümdarının önünde yere kapanır, bir hilata, birtakım övgülere hak kazanırdı. Bunun tersine, aynı barbarlar ya da Persler Roma İmparatorluğu'nun sınırlarına dayandığında Roma imparatoru tahtın altından kaydığını hissederdi. Lejyonlar düşmanı püskürttükten sonra komutanlarının, taze zaferin ışıltısıyla dosdoğru Roma'ya yürüyüp iktidarı ele geçireceğini bilmek için müneccim olmaya gerek yoktu. Olacak iş değildi ama, komutanın buna hevesi ya da cesareti yoksa, o zaman itirazlarına rağmen kendi birlikleri onu *imperator* ilan ederdi. Augustus'un ye-

* Karadeniz

rini alacak aklı başında herkes için tek çare şuydu: Zafer çelengini elleriyle kavrayabilmek umuduyla, hep birliklerinin başında bulunmak. Ama imparatorun Roma'dan çıkmasıyla entrika kazanının kaynamaya başlaması bir oluyordu.

Ayrıca cephede de güvende değildi imparator. Tarihçiler aynı adı taşıyan imparatorların üçüncüsü olan, Mezopotamya'nın kuzeyinde savaşa giren çocuk yaştaki İmparator Gordianus'u, Sasaniler tarafından satın alınmış bir paralı askerin mi, yoksa kendi başkomutanı Marcus Julius Philippus'un mu ölümüne yaraladığını hâlâ tam olarak bilmezler. Fakat *Urbs*'taki söylentilere göre cinayeti Philippus işlemişti. O devrin anayasal âdetlerine göre bu sayede o da ölenin en meşru mirasçısı haline gelmiş oluyordu. Arabistan çölünün kıyılarındaki göçebe bir kabileden geldiği için, Romalı imparatorlar listesinde adı Arap Philippus diye geçer.

Anlaşıldığı kadarıyla, çok erken bir tarihte Nâsıralının inancını kabul etmiş bir kabileydi bu. Kilise tarihçisi, Caesare'li piskopos Eusebos, Philippus'un Konstantinos'tan çok önce, ilk Hıristiyan imparator olduğunu, gizlice katakomplara gittiğini, tövbekârlarla beraber günah çıkardığını belirtir. Ama imparatorluğunun başı olmak gibi nazik bir durumu olduğundan, Tiberius'un ötesindeki kenar mahallelerde ya da Capitole'ün koridorlarında fısıldanan şeyi yüksek sesle ilan edemiyordu.

Philippus 244'ten 249'a dek, 5 yıl hüküm sürdü. Sonradan değişen Hıristiyan takvimine göre böyle söylense de tam tarihi aslında belli değildir. Kesin olarak hesaplayabilmek için bu tarihleri Roma takvimine çevirmek gerekir. 244, Roma'nın kuruluşunun 996. yılına, 249 ise 1001. yılına denk gelir. Dolayısıyla Roma bininci yaşını Arap Philippus'un yüksek himayesinde, görülmemiş şenliklerle kutlamıştı. Aylarca süren dev eğlenceler, sirk oyunları, geçit ve kurban törenleri, şehir meydanlarında bitip tükenmez kutlamalar, hepsi belki de olacakların önüne geçmek için sürekli tekrarlanan bir temanın etrafında yapılmıştı: İmparatorluğun ve yasasının ölümsüzlüğü.

Bu esrarlı bedevi savaşçısının saltanatı kısa sürdü. Ama ne saltanattı onunki!

Saltanatın iyice keyfine varabilmek, bininci yılın hazırlıklarına bizzat başkanlık edebilmek, aynı zamanda rakiplerini safdışı edip huysuz Got sürülerine baş eğdirebilmek için Arap Philippus'un Sasanilerle çatışmaları uzun süreliğine askıya alması şarttı. Böylece, o zamanlar yirmi yaşlarında olan oğlunu Ktesifon'a elçi yolladı.

Kralların kralı, elçiyi taht salonunun etkileyici resmi atmosferi içinde kabul ederken, onun azametle, ama aynı zamanda gençliğin verdiği sabırsızlıkla Yunanca olarak, sınırsız bir barış arzusunu dile getirmesini dinlerken, aklına ilk olarak Ermenistan geldi. Partlar zamanından beri burası Roma'yla Ktesifon arasında sürekli çekişme konusuydu. Başındaki prensler iki dev soyguncu arasında ince manevralar yapıp dururdu. Bir kefesinde Büyük Doğu İmparatorluğu'nu, bir kefesinde Batı İmparatorluğu'nu barındıran terazinin oku, Ermenistan'daydı. Bu nedenle Şahpur barışın bedeli olarak orayı istedi.

Philippus'un oğlu sadece bunu kabul etmekle kalmadı. Askerler Ermenistan'dan çekilecek, oradaki soylu sınıf kralların kralının egemenliğini tanıyacaktı. Kendi deyimiyle "basileus"un "o sınırsız merhametiyle" geçmişteki bağlarından dolayı kimseye hınç beslemeyeceğini umuyordu. Şahpur tepeden bakan bir ifadeyle bunu kabul etti. Ardından olanca haşmetiyle, ağır ağır iki elini çaprazlama omuzlarına götürdü, bu derin düşüncelere daldığı anlamına geliyordu. Bu Romalı Arap, dedi kendi kendine, birkaç saniyede yüzlerce yıldır süren iddialardan vazgeçtiyse, düpedüz dilendiği barışa yüksek, çok yüksek bir bedel ödemeye hazır demektir! Sasani zemin yoklamak amacıyla daha da ileri gitmeye karar verdi. Sezar'ın oğlu mutlaka rahatsız olacaktı, ama bu sayede anlaşmanın kaba hatları şekillenecekti.

Kendi tanrısal varlığını bir anda işin içine sokmamak için, Şahpur mabeyincisine yaklaşmasını işaret etti ve kulağına isteklerini fısıldadı. Yoksa en ufak bir ayrıntıda anlaşmazlık çıktığı takdirde uzlaşmak imkânsız hale gelirdi.

Özetle, Ermenistan, diyordu, bizim için hiçbir zaman anlaşmazlık nedeni olmadı. Askerler oradan çekilirse bu bir lütuf değil, akıllıca bir davranış olur, çünkü yiğit ordularımız zaten mülkümüzün ayrılmaz bir parçası olan bu topraklar üzerinde kılıçlarıyla ölümsüz yasamızı tekrar kurmaya hazırlanıyor. Hayır, eğer Romalı sezar dürüstse, gerçekten barış istiyorsa, lütfumuza mazhar olan nice kralların yolundan gitmelidir.

Elçi elinde *padam*'ıyla, mabeyincinin efendisinin isteğini dile getirmesini bekledi.

"Roma kralların kralı, Güneş ile Ay'ın kardeşi, Doğu'nun ve Batı'nın hükümdarı tanrısal Şahpur'a her yıl yüz bin altın verecektir."

Vergi! Roma imparatoru Sasanilere her yıl vergi ödeyecekti! Yani ona bağlı bir derebeyi olacaktı, tıpkı Sakaların hakanı, Vertes'lerin büyük şamanı ya da Gedrosiya marzpanı* gibi! Genç elçi kıpkırmızı kesildi, tırnaklarını avuçlarına batırdı, ak mendili öfkeyle sıktı, birden içinden onu buruşturup bu hakareti dile getirenin suratına fırlatmak geldi. Saraylılar nefeslerini tutmuş, Romalının uğradığı hakareti babasına anlatmak için çekip gitmesini bekliyorlardı. O zaman savaşlar iyice kızışırdı. Ama Philippus'un oğlu yerinden kımıldamadı, yumruğu yavaş yavaş gevşedi, yanaklarındaki kan giderek çekildi. Soğukkanlılığını toparlamayı, hatta yarım yamalak gülümsemeyi başardı. Geçmek bilmeyen sessiz saniyelerin ardından ağzından anlaşılır birkaç cümle döküldü, vergiyi reddetmek yerine meblağ ve ödeme şekli konusunda pazarlığa girişti.

Şahpur inanamıyordu. Bütün bu olup bitenleri elçinin acemiliğine verdi. Babasının yanına döner dönmez hiç şüphesiz bir güzel azarlanıp ayıplanacaktı.

Ama hayır, Philippus vergisini ödeyecekti. Her yıl. Kararlaştırılan meblağı. Sadece, Roma'nın adının ve askerlerinin üniformasının aşağılanmaması için, altınları kendi kabilesinin kervanlarına taşıtmayı şart koştu. Görüntüyü böylece kurtardıktan sonra tahta çıkar çıkmaz *imperator* ve *augustus* unvanlarına ek olarak kendine *persicus maximus*, "Persleri Yenen Yüce Hükümdar" sanını da bahşettiği bir ferman çıkardı.

* Eski Ermenistan'da ülkenin ya da bir Ermeni bölgesinin Persler tarafından atanmış bölge hamisi.

Tabii bu maskaralıklardan Şahpur'un hiç haberi olmadı. Anlaşmanın ertesi günü onun etekleri zil çalıyordu. Şanlı yazgısından azıcık şüphesi varsa, o da silinip gitmişti. Tanrı'nın onu bütün canlılara hükmetmek üzere seçtiği artık kesindi. Kim, nasıl kınayabilirdi ki onu? Biricik rakibinin efendisi olmaktan başka ne isteyebilirdi ki? Her yıl, kışın, baş eğen Roma'nın altınlarını Ktesifon'a taşıyan kervan geldiğinde üç gün şenlik yapılacak, mabetlerde kurbanlar kesilecek, yoksullara küpler dolusu erzak dağıtılacaktı. Başkentte, eyaletlerde ve imparatorluğa bağlı krallıklarda haberciler tantanayla haberi yayacaktı, en güçlü satraptan en yoksul köy muhtarına kadar herkes duysun diye.

Herkes bunun için Şahpur'a boyun eğiyordu: Roma'daki Sezar'ın bile vergi ödediği adama hangi fani kafa tutabilirdi?

VI

Kralların kralı mutlu görünüyordu. Ara sıra ağzından kaçan, giderek büyüyen hoşnutsuzluğunu açığa vuran, bıkkın sözlere rağmen. Romalılar bu kadar umarsız, dağınık olduğuna göre, hasta düşmanını tamamen ortadan kaldıracağına ondan vergi alması ayıp değil miydi? Niye kendisi değerli yıllarını harcıyor, bu sırada Romalılara toparlanacak zaman tanıyordu? Kırkını geçeli çok olmuştu, Batı'yı topraklarına ihtiyarlayınca mı katacaktı? Ama anlaşma anlaşmadır, Şahpur sözünden, mühründen dönecek adam değildi. Gücünü bağlılık yeminlerinden alırken, kendisi kalleşlik ederse öbür krallara kötü örnek olmuş olurdu.

Philippus'un öldüğünü, daha doğrusu âdet olduğu üzere oğlu, yandaşlarının çoğu ve ona destek olmakla suçlanan çok sayıda Hıristiyan'la birlikte, isyan eden askerleri tarafından katledildiğini öğrendiği gün ikilem çözüldü.

Sasani İmparatorluğu'nun belli başlı simalarını ve sağduyusuna güvendiği birkaç adamı çağıran Şahpur, hiç çekinmeden bundan sonra nasıl davranmak gerektiği konusunda konuşmalarını istedi. *Padam*'ını ilk sallayan Kerdir oldu.

"Efendimiz Romalılara karşı büyük âlicenaplık gösterdi, dedi. Muzaffer orduları imansızlara haddini bildirip imparatorluklarını yok edebilecekken, o sabır, iyilik, kendisine şeref kazandıran bir büyüklük gösterdi, ama düşmanlarımız bunu hak etmiyordu! Efendimizle Sezar Philippus arasında bir anlaşma vardı. Philippus buna onuruna düşkün olduğundan değil, sırf ödlekliğinden, tanrısal hanedanımızın gücü karşısında tir tir titrediği için uydu. Şimdi Philippus tekrar Ahriman'ın cehennemine kavuştuğuna göre, uzun zaman büyüklüğümüzü gören Roma, şimdi de haklı öfkemizi görsün."

Övgülerle allanıp pullanmış olsa da o güne kadar izlenen politikaya yöneltilen eleştiri kimsenin gözünden kaçmamıştı. Zaten sadece Kerdir'in görüşü değildi bu. Gerek din adamları, gerek prensler ya da kâtipler, herkes silaha sarılmaktan yanaydı.

Kralların kralına bakmak yasaksa da, bazıları arada bir yüzüne kaçamak bir bakış atıp ne hissettiğini, ruh halini anlamaya çalışıyordu. Büyüklerin söyledikleri hiç kuşkusuz onun da en samimi düşünceleriyle uyumluydu. Roma'ya karşı uzun zaman, fazlasıyla uzun bir zaman gecikilmişti. Artık vakti gelmiş, bahane de bulunmuştu. Hükümdar konuşacaktı, sadece müneccimin emirlerine uymuş gibi görünmemek için uygun kelimeleri düşünüyordu. Tam o sırada o âna dek ağzını açmamış olan Mani mendilini salladı. Sağ dirseğine dayanarak içine gömüldüğü kalın minderden doğrulup önce "kurnazca ateşkes siyaseti" sayesinde kralların kralının edindiği avantajları sayıp döktü ve "insanların en yücesinin" bütün milletlerin gözünde nasıl en üstün mertebeye ulaştığını anlattı. Sasani İmparatorluğu'nun gördüğü en zengin yıllara denk geliyordu bu siyaset. Şahpur'un pişmanlığını azaltan iyi bir girişti bu, üstelik ona ders vermeye kalkışanlara karşı destek bulmuş oluyordu. Mani bunun ardından uyarıda bulundu:

"Hanedanın birlikleri Roma İmparatorluğu'na saldırırsa zaferle döneceklerine şüphe yok, ama Romalı askerlerin tek bayrak altında toplanmasına yol açabilir bu. Bazılarının istediği gibi düşmanın işini bitirmek yerine, ona güçlü, acı ama etkili, üstelik hayatını kurtaracak bir ilaç vermiş oluruz. Benden önce söz alanların amacı bu mudur? İmparatorluğun efendisinin zekice siyasetinin yerine bu çılgınca siyaseti mi istiyorlar?"

Şahpur şaşırmıştı, hatta yüzünden fazlasıyla belli oluyordu bu. Etrafında karman çorman mendiller sallanıp duruyordu. Ama artık kimseye söz vermeyecekti, üstünlüğünü ortaya koyup kesin kararını bildirmesinin zamanı gelmişti:

"Bizim açımızdan, Romalılarla yaptığımız anlaşmada henüz hiçbir değişiklik yok. Yeni bir Sezar başa gelince, kendinden öncekinin taahhütlerini tutması gerekir. Böyle olursa biz de kendi taahhütlerimizi layıkıyla yerine getiririz. Ama vergi ödemeyi kesecek olurlarsa, hainlere hak ettikleri sert cevabı sonuna kadar veririz. Her şeye hazırlıklı olmak için, bize bağlı bütün beylere, hükmümüz altındaki halklara ve paralı askerlere çağrıda bulunalım. İlk ihanette yenilmez ordularımız Batı'daki kıyılara, Anadolu'ya ve Kapadokya'ya akın edecek. Ve Roma'ya yeniden boyun eğdirene dek çok daha ötelerdeki eyaletleri de yakıp yıkacaklar."

Toplantıdan çıktıktan sonra meclistekiler sarayın koridorlarına dağılarak, düşmanın damarlarına işlemiş olan sinsiliği, askerlerinin ve komutanlarının dillere destan korkaklığını ve kralların kralının yenilmezliğini konuşmaya daldılar. Bir tek herkesin bir anda unuttuğu Mani asık suratla bir kenara çekilmişti. Meclis odası boşalır boşalmaz mabeyinciye koşup Şahpur'dan özel bir görüşme talep etti. O da hiç vakit kaybetmeden huzuruna çağırdı onu.

"Söyleyecek bir sözüm daha vardı, fakat son konuşmacıya zaten vakit kalmamıştı."

Hükümdar devam etmesini işaret etti.

"İmparatorluğun efendisi, Romalıları ancak ve ancak vergiyi keserlerse cezalandıracağını kesin bir dille belirttiler. Doğru mu anlamışım?"

"Biliyorsun, hasımları küçük düşürücü, alçakça bir anlaşma imzaladığı için Philippus'a kızgındılar. Hatta belki bu yüzden öldürmüşlerdir onu."

"Belki. Ama bilemeyeceğim bir sebeple yeni sezar vergi ödemeye devam ederse gene de savaş açılacak mı?"

"Gayet açık konuştum. Sözlerinde dururlarsa ben de sözümde dururum!"

"İyi ama, öyleyse Romalıların ne yapacağını bile bilmeden herkesi harekete geçirip de hazineyi, derebeylerini, süvarileri, ayrıca bütün halkı masrafa sokmanın anlamı ne? Ordu toplandıktan, imparatorluğa bağlı beyler ve paralı askerler işe giriştikten sonra savaşmak, ganimet toplamak isterler, bir daha evlerine eli boş gitmezler. Geçmişte de oldu bu, savaş ihtimali var diye seferberlik ilan edildi, ama tehdidin geçmesine rağmen, sırf ordu toplanmış olduğu için gene de savaşa girildi."

"Öyle bir şey olmayacak. Herkes Romalıların nasıl davranacağını biliyor. Hem ayrıca kararımı bildirdim bile, artık sözümden dönemem."

"Efendimizin sözünden dönmesine gerek yok. Kendileri birlikleri toplayacaklarını söylemişlerdi, bunu yapsınlar, ama bütün satrapları, bütün kabileleri, bütün beyleri aynı anda toplamaya hiçbir mecburiyetleri yok. Hazırlıklar ağırdan alınabilir. Romalılar meydan okumayı seçerse, seferberlik hızlandırılır."

"Niyetim böyle değildi, ama fikirlerini kabul ediyorum, tavsiyene uyacağım. Dua edelim ki Tanrı beni buna pişman etmesin. Biliyorsun Mani, meclistekilerin hiçbiri bana fikrimi değiştirtemezdi. Seni dinliyorsam, görüşüne değer veriyorsam, hanedanın ve bizzat benim kaderimde, senin bile tahmin edemediğin bir yerin olduğu içindir."

Bunu izleyen haftalar boyunca Şahpur askeri hazırlıklara değinmekten kaçındı; ama saray koridorlarında kimse politikanın değiştiğinden şüphelenmedi. Kralların kralının bu halini, Ktesifon'da herkesin baştan kazanılmış saydığı bir savaşı küçümsemesine, duruma serinkanlı yaklaşmasına bağlıyorlardı. Hükümdarın, yanına oğullarından birini alarak ordunun başına geçeceği söyleniyordu. Ama hangi oğlunu? Müneccimlerle savaşçıların çoğunun çok tuttuğu, babasının tekrar gözüne girmiş olan büyük oğlu Behram'ı mı? Yoksa en yiğit, en akıllı diye bilinen, ama Mani'nin ve fikirlerinin yüzünden biraz gevşediği söylenen Hürmüz'ü mü?

Söylentiler beklenmedik bir anda Romalı bir elçinin gelmesiyle son buldu. Elçi yeni imparator Decius'tan "kardeşine, kralların ilahi kralına" bir mesaj getirmişti. Decius, Philippus'la yapılan anlaşmaya, hatta itiraf edilmeyen maddelerine bile sadık kalacağını belirtiyordu; zaten altın yola çıkmıştı bile, üstelik bu kez utanç verici Bedevi kervanlarıyla değil, açık açık, Romalı komutanlardan oluşan bir müfrezeyle geliyordu!

Ktesifon buna sevinmeliydi. Philippus, tek bir adam, kaderin cilvesiyle imparatorluğun tepesine oturmuş, iktidarını korumak için hazineyi de, toprakları da gözden çıkarmış bir zorba olarak karar vermişti anlaşmaya. Şimdiyse bütün Roma, kralların kralının üstünlüğünü kabul ediyordu!

Ne var ki Sasani sarayında bir matem havası vardı. Savaşmayı isteyenlerin hevesleri kursaklarında kalmıştı, hatta Romalı elçiye tuzak kurup fitili ateşlemeyi düşünenler bile oldu. Fakat savaş yanlıları ne denli güçlü olurlarsa olsunlar, böyle bir iş çevirip Şahpur'un gazabını çekmekten de korkuyorlardı. O ise kararsızdı. Gönlü savaşa kaysa da, Romalıların bu yeni bağlılık kararının anlamını tartabiliyordu. Bu da onun gurunu okşuyor, daha da önemlisi düşmanın hâlâ zayıf olduğunu göstererek içini rahatlatıyordu.

Hükümdarın kararsızlığını Kerdir gibi "lanet olasıca Babilli Nasrani"nin giderek artan etkisine bağlayan çok insan vardı. Aslında iki adamın her gün baş başa görüştüğünü bilmeyen yoktu. Mani'nin Romalıların nasıl davranacağını önceden kestirebilen tek kişi olduğunu unutmayan Şahpur, onun aklına güveniyordu. Ne zaman savaşa niyetlense ona açılıyordu. Babil'in oğlu da her seferinde onu ikna etmeyi biliyordu.

"Romalılar hiç kuşkusuz ordularınızın eyaletlerini istila etmesinden, büyük şehirlerini tehdit etmesinden korkmuşlardır. Onların korkusu size büyük avantajlar sağlar. Bu durumu sürdürün, düşmanınızın zayıflığından yararlanarak ne veriyorsa alın, bırakın yıllar boyunca hanedanınızın ve şahsınızın üstünlüğünü bütün milletlerin gözünde tekrar tekrar kanıtlasın. İnsanların en yücesi neden Tanrı'nın bahşettiği bu fırsattan yararlanmak yerine bir savaş serüvenine girsin?"

Düşman vergisini ödemeyi sürdürdükçe, hükümdar bu fikirlerle tatmin olurdu. Ama Roma'da işler iyi gitmiyordu. Philippus'tan iki sene sonra, yerine geçen de öldürüldü. Şimdi taht kavgası yapan en az dört aday vardı. Zaman zaman içlerinden biri kralların kralına bir elçi gönderip teveccühünü kazanmaya, onun desteğini almaya çalışıyordu. Şahpur'u çok eğlendiriyordu bu. Roma'nın efendisi olması yetmemişti, şimdi de generalleri arasındaki kavgada hakemlik mi yapacaktı? Sasani imparatoru ömrü boyunca bu kadar tuhaf bir mertebeye ulaşacağını hayal etmemişti.

Ne var ki bir sonraki kışın sonunda altınlar gelmez oldu. Roma'dakiler Ktesifon'la olan anlaşmayı bozmaya niyet ettiğinden değil, dört sezardan hiçbirinin böyle bir meblağı ödeyecek durumu olmadığı için. Adayların hasımlarıyla savaşırken ellerinin altındaki her bir altına ihtiyaçları vardı.

Sasani sarayında savaş gündemdeydi. Din adamları, savaşçılar heyecan içindeydi, Şahpur'un da onlara karşı koymaya niyeti yoktu. O kargaşanın içinde Mani'yle gene yalnız kaldığında, bu kez ateşkesin faydalarını duymazdan geldi.

"Sana hep kulak verdim, Babilli hekim, hatta içimdeki sesi bırakıp senin tavsiyelerine uydum. Ey koruduğum insan, ey yoldaşım, şimdi bana arka çıkma sırası sende. Başlayan bu savaşta saltanatımın, hanedanımın temel direklerinden biri kabul ettiğim sen, bütün ruhunla, bütün aklınla hep yanımda olasın.

"Savaşa artık mecburum. Uzun zaman sabrettim, merhametli davrandım, yapabileceğim halde, müneccimler Avesta adına meşru ve haklı olacağına yemin ettikleri halde, ateşkesi bozmak istemedim. Yani seni dinledim, ordularımı harekete geçirmeyerek Romalılara taahhütlerine uyma fırsatı verdim. Artık vergiyi ödemiyorlar, onları koruyan anlaşmayı kendileri bozdular. Ne sebeple olursa olsun bu nankörlüğe göz yumarsam kendi uyruklarımın bana saygısı, bağlılığı kalmaz. Ceza, sabrıma ve cömertliğime yaraşır ağırlıkta olmalı.

"Sezarların imparatorluğunu yıkmayı başarırsam bu savaş son olur. İnsanlar için bir barış çağı başlar. Karşımdaki düşmanım bile olsa, insan kanı dökülmesinden tiksindiğini biliyorum. Ama bu savaşta yanımda yer almakla hiçbir ilkeni çiğnemiş olmayacaksın; çünkü birkaç cana kıymakla nice canlar, çok canlar kurtaracağız.

"Yıllardır çok insan beni sana karşı uyardı, Mani. Kıskançlar, muhterisler vardı, ama bazıları da sadık, dürüst adamlardı. 'Bu Part', dediler bana, 'iyi günde yanınızda. Ama fetihler başladığı gibi sizi terk eder. Tereddütlerinize sevinen, yarın zaferlerinize üzülecek birini nasıl en yakınlarınız arasında sayarsınız?' Doğru muydu söyledikleri? Bilmiyorum. Ama desteğinizi bekliyorum, bu fethe seninle birlikte çıkmak istiyorum."

Şahpur o güne dek onunla, hatta ne de bir başkasıyla böyle konuşmuştu. Karşısındakinin ne diyeceğini hiç bu kadar merak etmemişti. Mani'nin ilk cümleleri yüreğine su serpti.

"Kan dökmekten tiksindiğim doğrudur, ama fetihten tiksinmem. Tam tersine, fetih benim hayalim; imparatorluğun efendisi bugün Aram diyarını, Kapadokya'yı ya da İberya'yı almayı düşünüyorsa, bendeniz Mani'nin tutkusu Roma'yı fethetmektir, daha azını değil, Roma'yı. Hem de bütün imparatorluğuyla beraber; ne kadar zengin ve büyük olursa olsun hiçbir eyaletiyle yetinmem. Roma'yı fethetmek istiyorum, üstelik fethedilecek kıvama geldiğini biliyorum. Şu an o şehirde olup bitenleri ya da söylenenleri mektupla bana aktaran onlarca müridim var. Roma yeni bir inanca susamış. Uzun zaman imparatorluğunun değişmezliğine, yasasının ebediyetine, yerin ve göğün sonsuza dek ona ait olacağına, göklerin onu hep esirgeyeceğine inanmış. Bugün Roma kendinden, gelip geçici hükümdarlarından, saldırıya uğramadık sınırı kalmayan imparatorluğundan, onu korumayı unutan tanrılarından şüphe ediyor; yoksullarla dolan mahallelerini gördükçe zenginliğinden şüphe ediyor. Roma, tıpkı sevgilisini bekleyen olgun bir kadın gibi, Akdeniz kıyılarından gelecek fatihi bekliyor. Kılıca değil, büyüleyici sözlere teslim olacak Roma, evet, kollarını sevda sözlerine açacak.

"Roma'ya gitmeye hazırım. Geçmişte Deb'de Buda'ya ve Ahura-Mazda'ya inananları nasıl bir araya getirdimse, orada da hem Nâsıralının, hem de Mitra'nın müritlerini toplayacağım, ama filozofları hırpalamaktan ya da Jüpiter'i karalamaktan kaçınarak. Orada bütün insanları içine alacak bir inancı vaaz edeceğim, merkezi Ktesifon olacak bir din, ben mütevazı habercisi olacağım, krallar kralı ise koruyucusu. Bu Dara'ya, İskender'e yaraşan, hatta geçmiştekilerden daha büyük, daha soylu, en önemlisi daha kalıcı bir fetih olmaz mı?"

Şahpur şaşkındı. Ama kavram kargaşasıyla vakit kaybetmek istemedi. Mani'nin söylediklerini işine geldiği gibi yorumlamayı tercih etti.

"Fetih diyorsun, ben de fetih diyorum, doğal olarak silahlarımız başka, ama tutkularımız aynı. El birliğiyle şu dünyada hiç kimsenin kuramadığını kurabiliriz. Eskiden de bütün insanlara daha iyi bir kader çizmeye çalışan fatihler geldi geçti, ama onların yanında bir Haberci yoktu; insanoğluna umut dolu yarınlar tarif eden, güzel konuşan, kutsal peygamberler de geldi, ama yanlarında aynı tutkulara sahip, güçlü hükümdarlar yoktu. İlk kez ilahi bir çağrıyla büyük bir saltanat aynı devre denk geliyor!

"Gözlerimizin önünde yepyeni bir dünya şekillenecek. Kralların kralı ve Işığın Habercisi olarak, birlikte Ermenistan'a, Aram diyarına, Mısır'a, Afrika'ya, Kapadokya'ya, Makedonya'ya gideceğiz. Roma'da adil bir saltanat kuracağım, sen bütün inançları kucaklayacak evrensel dini ilan edeceksin. Ben senin hayalini paylaşmaya nasıl can atıyorsam, sen de benimkini paylaş, ben gücümle evreni bir araya getireyim, sen kelamınla ona ahenk kat.

"Müneccimler kapıma yığılmış, bu savaşı, bu fethi sahiplenmek istiyorlar. İstila edilen her yerde hoşlarına gitmeyen inançları kovup herkesi zorla Aryenlerin dinine çevirmek niyetleri. Başka yerlerde kıskanç tanrıların müritleri her yerde hoşgörüsüzlüğün saltanatını kurmak için dünyaya saldırmaya hazırlanıyor. Ben ve sen, yalnız sen ve ben engel olabiliriz buna.

"Gel, orduların başında yanımda yürü, tek bir söz söyle, lanet olasıca müneccimleri ateş sunaklarında bırakayım. Seni beylerime, askerlerime, halkıma göstereyim, bu fethin senin adına, senin müjdelediğin yeni dinin adına yapılacağını ilan edeyim."

Hükümdar coşkuya kapılmış, adeta yalvarıyordu şimdi. Mani şaşkınlıktan ve heyecandan felce uğramış gibiydi. Ağzından tek kelime çıkmıyordu. Şahpur birkaç saniyelik bir sessizlikten sonra her zamanki azametli konuşmasına dönerek ekledi:

"Seninle konuşan o ilahi sese danışmadan hiçbir karar almadığını biliyorum. Git, kendini dinle, düşün, meleğinle görüş. Sonra da gel, cevabını ver."

* * *

Böylece Mani tek başına sarayın bahçelerine attı kendini. Muhafızlar onun topallayışına, mavi pelerinine, değneğine alışmışlardı. Burada alışkanlıklar edinmişti, bellediği yollar, özellikle yanına gittiği ağaçlar ve en önemlisi de bir havuz vardı. Bir bacağını altına alıp öbürünü uzatarak havuz kenarına otururdu, çocukken Dicle'deki kanalın kıyısına kurulduğu gibi. Burada, dünyanın en güçlü hükümdarının yuvasında, düşüncelere gömülmesini sağlayan huzur ve karmaşa simyasına tekrar kavuşurdu.

İçindeki sesi de duyabilirdi böylece.

"Bazen olur Mani, birden kendini elinde bir kılıçla buluverirsin. Kullanmaya utanırsın, ama bütün soğukluğu, keskinliği ve vaatleriyle oradadır. Ve yol çizilmiştir. Senden önce başka Habercilerin de başına geldi bu. Her biri kendi seçimini yaptı, yalnız başına. Sen de yalnızsın işte. Hiç olmadığın kadar. Şahpur'un ve maiyetindekilerin görüşlerinin karşısında yalnızsın. Kader ağının karşısında yalnızsın. İçindeki ışıktan başka fenerin yok, eğriyi doğrudan ayırmak ve bir seçim yapmak zorundasın."

"Evet dediğim anda, kralların kralının kılıcı koca evrenin yollarını önüme serer."

"O zaman yüzyıllar boyunca insanlar adını saygıyla anar, Mani'ye dualar ederler, kurbanlar keserler, devletler yönetirler, adını anarak gözlerini kırpmadan adam öldürürler."

"Hâlâ reddedebilirim..."

"Reddedersen, toza dönüşecek etini ve saf inançlarını savaşın tam tersi yola adamış olursun, kendini ortaya koyarsın, inat edersin, bulduğun her huzur, her barış damlasına sarılırsın. Ve ismin lanetlenir, silinir, çağrın bozulur."

"Uzun zaman sürer mi bu?"

"Belki de dünyanın ışıkları sönene dek. Roma'ya da giremezsin. Ktesifon'dan da kaçmak zorunda kalırsın. Hangisini seçiyorsun?"

Mani cevabını ayakta, dosdoğru göğe bakarak verdi:

"Sözlerim kan dökmeyecek. Elim hiçbir kılıcı takdis etmeyecek. Kurban kesenlerin bıçaklarını bile. Hatta oduncuların baltalarını bile."

DÖRDÜNCÜ BÖLÜM

BİLGENİN SÜRGÜNÜ

Seyredin beni, görüntüme doyun,
Çünkü bu surette beni bir daha görmeyeceksiniz.
MANİ

I

Kralların kralı, Mani olmadan çıktı sefere. Kırk bin okçuyla, Ölümsüzler denen, kızıl külahlı on bin muhafızla, bedenleri ve atları balık pulu zırhla kaplı soylu süvarilerle; ve bir de birbirine çatılı iki kamışa gerilmiş keçi derilerinden başka kalkanı olmayan, silahsız, yalınayak, çamur içindeki, angaryaya alışık köylülerle; ve Geluların, Kadusilerin, Verteslerin, Daylamitlerin, Hunların, Albanların, boyun eğdirilmiş bu halkların alacalı bulacalı birlikleriyle; ve fillerle; ve davullarla; ve savaş borularıyla ve sancaklarla yola koyulan, kadınlarını, müzisyenlerini, hekimlerini, aşçılarını, soytarılarını, kâhinlerini, kâtiplerini, dalkavuklarını, danışmanlarını da maiyetine alan, altmış omzun üzerinde savaş tahtına yükselen Şahpur sarsıldı. Ama Mani yoktu.

Önce kuzeye, Ermenistan'a doğru kıvrıldılar. Tam olarak sınırların ötesinde bir savaş sayılmazdı bu, Romalı sezar bu toprakları Perslere vermiş, ülkenin soyluları da buna boyun eğmişti. Ermenistan gene de bir krallıktı, bir gün Sasanilerin boyunduruğundan kurtulma umuduyla ayakta duran, bağımlı fakat ayrı bir krallık.

Eski bir Ermeni destanı, yüce kralları Hosrov'un saltanatının kırk altıncı senesinde Halkal'daki sarayından bir sürek avı bahanesiyle çıkarılıp, Ktesifon hesabına çalışan iki casus tarafından haince hançerlendiğini ve bunu kanlı olayların izlediğini anlatır. Bu sırada birlikleriyle tam zamanında sınıra dayanmış olan Şahpur, kabul edilemez kargaşaya bir son vermek için memleketi işgal etmeye karar vermiştir; iktidardaki hanedan tahttan indirilir, toprakları derhal Sasani mülküne bağlanır; bu sırada Atropateneli müneccimler de arabalara oturtulmuş seyyar ateş sunaklarıyla süvarilerin arkasından ülkeye girer ve Ermeni satraplıklarını tek tek gezerek büyük bir hırsla yerel inançları söndürüp başka tanrıları aşağılarlar. Ve nihayet ülkenin en şaşaalı aileleri gitmeye karar verir, önce Melitene'ye, Pontus'a ve sonunda tam da Roma'ya demir atar, çektikleri acıları anlatarak askerleri ve senatörleri etkilemeye çalışırlar. Ötekiler de dinler, Ermenilerin acılarını paylaşır, kızar, vaatlerde bulunurlar. Ama tek bir mızrak atılmaz.

Şahpur, adamlarını Amanos Dağları'ndan, Fırat'ın kaynadığı yerlerden geçirip Kapadokya'ya, Kilikya'ya, Roma'nın elindeki Suriye'ye sürüklemezden önce, böyle olacağından emin olmak istemişti. Otuz yedi şehri Romalıların elinden, etraflarındaki topraklarla birlikte kolayca aldı. Aralarında Batna, Barbalissos, Hierapolis, Alexandreia* vardı; ayrıca Hama, Khalkis, Germanikea; ve özellikle de içlerinde en hareketlisi, en zengini olan, bu yüzden de alabildiğine yağmalanan, meyve bahçeleri mahvedilen, kadınları kaçırılan, binlerce sanatkârı Ktesifon'a, kendilerine ayrılan bir dış mahalleye sürülen Antiocheia**.

Mısır'a kaçacak fırsat bulamamış Romalı bir prokonsül, ayaklarında prangalarla, kralların kralının, başkentin bayraklarla donatılmış sokaklarından geçirdiği zafer alayında yerini aldı. Sasani İmparatorluğu'nun dört bir yanından, savaşın galibini kutlamak üzere eli kolu hediye dolu heyetler akın ediyordu.

Mani şenlikte yoktu. Savaş yılları boyunca o bambaşka bir fethin peşinde, kendi yollarında, kendi birlikleriyle yürüdü. Sonradan tarihçiler onun o sırada taşları üst üste koyarak kendi kilisesini inşa etmekle uğraştığını yazacaklardı. Aslında kilise, onu rahatsız eden bir kelimeydi. O daha çok "Umudum" derdi, "yakınlarım". Sevgiyle, "kervanım". Ya da "Işığın oğulları". Oysa dışarıdan bakanlar için, başında Seçilmişler denen çobanlarıyla ve müritleriyle bu basbayağı bir kiliseydi; ama orada sade-

* İskenderun
** Antakya

ce dilenci gibi yaşayanların ve bir de elleriyle, zihinleriyle güzellik dağıtanların sözü geçiyordu. Salt yoksulluk ve ilham üzerine kurulu, diğer bütün meziyetleri dışarıda bırakan bir hiyerarşi; Mani'nin kurduğu kilise böyleydi, böyle devam etmeliydi.

Babillinin umudu yollarda yeşeriyor, inancı ateşe, zincirlere, cezalara tenezzül etmeden gönülleri fethediyordu. Aslen Norikli, Moritanyalı ya da Galyalı olan Romalı esirler Sasani topraklarına sürüldüğünde, Haberci'nin müritleri onları karşılayıp savaşın getirdiği zenginliğin ne kadar boş olduğunu anlatıyor, her birini tanrıların ve dillerin birbirine karıştığı bu insanca ortamda huzura davet ediyorlardı. Ve yığınla sanatkâr, kadın, yenik düşmüş asker bu hoşgörülü inancı benimsedi.

Şahpur'un uyrukları arasında da savaştan canı yanmış, bir yakınını kaybetmiş ya da kervan yollarının bir türlü açılmaması yüzünden zarar görmüş olanlar çoktu. Onların kulağında da Mani'nin kelamı çınlıyordu. Kralların kralı savaştan savaşa koşarken, himayesine aldığı kişinin imparatorluğun eyaletlerinde barışa övgüler düzdüğü, adlı adınca "kılıçları ve kılıç tutan elleri küçümseyen" vaazlar verdiği tuhaf yıllardı bunlar.

Savaşçıların ve müneccimlerin kulağını tırmalayan, isyankâr sözler sarf ediyordu Mani. Ama elden ne gelirdi ki, "Her kralın bir delisi var", diye acı acı alay ediyordu Kerdir ateş tapınaklarının kuytusunda, "yaman kralın deliliği de yaman olur!". Çünkü Şahpur Mani'nin münasebetsizliklerine başkalarının önünde sitem bile etmiyordu. Huzurunda konuyu açmaya cüret eden olursa kızgınlığını saklamıyor, birden celalleniyordu; bunun üzerine cesur saraylı da ister istemez sesini kesip, dalgalanan *padam*'ının arkasına siniyordu.

Bu bir yana, savaş yıllarında Babilliye sarayda yer kalmamıştı elbette. Hükümdar böyle karar vermiş, ona akıl danışmaktan vazgeçmiş, ama koruyucu elini üzerinden çekmemişti. Verdiği sözden dönmemek için mi acaba? Tek neden bu değildi. Seferler başladığından beri savaş meraklısı müneccimler başına üşüşmüştü. Nefes alabileceği bütün alanı işgal etmiş, özel meclisini, adalet meclisini, karargâhını ele geçirmişlerdi. *Mobedhan-mobed*, yani müneccimbaşılığa yükselmiş olan Kerdir'in ağzından çıkan Tanrı kelamı gibiydi artık, savaşçılarla kâtipler sözüne pek nadir karşı geliyordu. Şahpur'un gözünde Mani'nin suçu, tiksindiği insanlarla onu yalnız bırakmış olması, yanında olup dengeyi kurmaması, arada sırada farklı bir ses duyma fırsatından onu mahrum bırakmasıydı.

İki sefer arasında birkaç hafta dinlenmeye çekildiğinde hükümdar bazen, hepsi Mani'nin sadık hayranları olan oğlu Hürmüz'e, kardeşi Firuz'a ya da en sevdiği lavtacısı Zerav'a son zamanlarda ondan haber alıp almadıklarını soruyordu. Mani genellikle müritleriyle birlikte Haresene, Persis ya da Eberşehr taraflarına gitmiş oluyordu. Çağrılsın mı? Hükümdar soruyu parmağını şöyle bir şıklatarak geçiştirip sırtını dönüyor, Babillinin oradan oraya gitmesi kendisini hiç ilgilendirmiyormuş, adını anan kendi değilmiş gibi hemen konuyu değiştiriyordu.

Savaşın dördüncü yılına doğru kralların kralına, tacir kılığında Roma eyaletlerinde dolaşan bir casusundan kaygı verici bir rapor geldi. O güne dek her biri kendi *imperator*'unu başa geçirmek için kapışan Romalı birlikler, anlaşılan aralarındaki ölümcül rekabete birdenbire son vermişlerdi. Tahtın dört adayından üçü kendi adamları tarafından öldürülmüştü. Doğu'da yediği aşağılayıcı tokatların etkisiyle Roma İmparatorluğu bir anda, mucizevi bir şekilde tek bir sezarın etrafında birleşivermişti. Eskiden senato başkanlığı da yapmış bir soylu olan Valerianus, hem akıllı bir siyasetçi hem de övgüyle anılan bir askerdi. Tahta çıkar çıkmaz Sasanilerin ilerleyişini durdurmayı ilk hedef olarak belirledi.

Şahpur, düşmanlarının bütün intikam heveslerini kırmak amacıyla Roma'nın elindeki Suriye'ye birliklerini tekrar sürdü, yeni şehirler işgal etti, o zamana dek el sürülmemiş olan bazı yerleri yakıp yıktı ve Antakya'daki garnizonu takviye etti. Ktesifon'a döndükten sonra da gene bir zafer alayında boy gösterdi. Bu kez baş ganimet, galibin arabasının arkasına ikişer ikişer zincirlenmiş altı yüz Romalı askerdi.

Kendine her zamankinden çok güvenen kralların kralı, daha fazla gecikmeden Yunanistan'a, belki de Mısır'a saldırmaya karar verdiyse de, bir sıtma nöbeti yüzünden planlarını bir sonraki yıla ertelemek zorunda kaldı. O arada askerlerini de eve gönderdi.

Ganimet zengini, iyice semirmiş yedekleri yeni terhis etmiş, bunun yanı sıra bazı seçkin alayları da dikbaşlı aşiretleri susturmak üzere Drangiane'ye yollamıştı ki, casuslarından yeni raporlar geldi: Valerianus gelmiş geçmiş en güçlü Roma ordusunun başına geçmiş, yaklaşıyordu! Haliç'i geçmiş, Küçük Asya'da ilerliyordu. Kommagene'de öncü birlikleri görülmüştü. Askerleri Samosate surlarının dibinde toparlanmaya çalışıyordu, oradan on gün içinde kıyıdaki ovalara inebilir, hatta Kafkasya vadilerine çıkabilirlerdi.

Şahpur bu kadar vesveseli raporlara ne kadar itibar etmek gerektiğini düşünürken Antakya'nın aniden düştüğünü, Sasani garnizonunun kıyıma uğradığını haber verdiler. Derhal ülkenin büyüklerini meclise çağırdı, ama bu kez ısrarla Babilliyi de istedi.

Saraya ait tahtırevanla Malkos'un evine giden uşak, komşulardan Mani'nin o sabah doğduğu köye doğru yola çıktığını öğrendi. Babası Pattig geceleyin ölmüş, ölmeden önce Mardinu'ya, terk edilmiş evinin bahçesine, kısacık bir süre için taparcasına sevdiği karısı, ardından dindarca kaprislerinin kurbanı olan kadının yanına gömülmeyi vasiyet etmişti. Mani çocukluğunun geçtiği köyü görecekti yani, pek çok müridi bu özel haç yolculuğuna büyük bir hevesle katılmıştı.

Doğruyu söylemek gerekirse, bir habercinin, bir peygamberin, bir inanç sisteminin kurucusunun babasını bu kadar zaman yanında tutması şaşırtıcıydı. Musa'nın, Buda'nın, İsa'nın ya da Zerdüşt'ün hayatına bakıldığında onlara can veren insanlar ya yoktur, hayalet gibidir ya da erken solmuştur, kutsiyet damgası yetimlerin alnına daha çok yakışırmış gibi. Mani'de öyle olmamıştı. Babası hep yanıbaşındaydı, büyüyene kadar hiç peşini bırakmamıştı; katı inançlara sahip bir maceracı, ardından bir mürit ve havari olarak kat ettiği yol, oğlunun, üstadın yoluna da ışık tutar.

Mani, Maryam'la Pattig'in mezarı başında durmuş, arada bir, az ötede yatan, sadık ve unutulmuş Utakim'e göz atarken doğal soğukkanlılığını yitirmiş gibiydi, ne bir kılavuza, ne bir öndere benziyordu şimdi. Zihni hafif bir kayık gibi, karman çorman bir yığın halinde yükselen duygulara ve anılara gömülmüştü. Sissinios adlı, Edessalı bir mürit olan yanındaki Seçilmiş'e, kendi yerine ayini yönetmesini ve vaaz vermesini zar zor söyleyebildi. Kısa, sade bir ağıttı bu, ama Babilli sonuna kadar dayanamadı, bayılacak gibiydi. Denag koşup geldi, peşinden de Malkos'la Kloe. Ardından Sissinios'la birkaç kişi daha yetişip ona destek oldular, dikkatle onu eve, anasıyla babasının yatağına yatırdılar. Mani uzandığında hâlâ şaşkındı, bilinci şafak vakti Mesene bataklıklarının üzerine yığılan sisler kadar ağırdı.

Çok huzursuz bir gece geçirmesine karşın Mani ertesi gün yola çıkmak için ısrar etti. Kendini çok zayıf hissettiği, kendine hâkim olamadığı bu yerden bir an önce kaçmak istiyordu. Arkadaşlarını Ktesifon'a kadar iki gün dayanabileceğine de ikna etti. Ama taşlı yollarda üç saat gittikten sonra gene halsizleşti ve yolculuğunu bir arabada, güneşten ve yakınlarının bakışlarından uzakta, kadınlar için düşünülmüş bir tentenin altında yatarak tamamladı. Başucunda yalnız Denag vardı, alnını, ensesini ve dudaklarını hiç durmadan serin, kokulu bir suyla ıslatıyordu.

Daha başkent görünmeden saraydan bir ulak yollarına çıkarak Mani'ye imparatorun davetini iletti. Babilli zayıf bir sesle hükümdara özürlerini gönderdi, kendini biraz toplayıp, kralların kralının karşısına çıkacak hale gelir gelmez emre itaat edeceğine söz verdi. Uşak ısrar edecekti, ama Mani'nin bitkin hali karşısında atını sürüp uzaklaştı; o kadar canı sıkılmıştı ki nezaket icabı veda etmeyi bile unuttu.

Birkaç saat sonra kervan nihayet Malkos'un evinin önüne gelebildiğinde, görevli gene oradaydı. Ama bu kez yalnız değildi. Şahpur onunla beraber imparatorluğun hekimbaşını, yani *druşbad*'ı yollamıştı. Mevkiinin nişanlarını takıp takıştırmış, büyük nüfuz sahibi biri olan hekimbaşı, yanında koca bir hacamatçı, eczacı, tütsücü, sülükçü ordusuyla gelmişti; her birinin elinde tedavi, ya da belki de işkence aletleri vardı. İşi iyice büyüten hükümdar bu takımın yanına kurban kesmeyi bilen üç kâhinle resmi duahan* korosunu da katmıştı.

* Duacı sağaltıcılar

Mani akıl etmeliydi aslında, insanlar içinde tanrı, tanrılar içinde insan, Güneş'in ve Ay'ın kardeşi, krallar kralı ilahi Şahpur tarafından çağrılınca ne yas, ne hastalık, ne sakatlık mazeretten sayılırdı... Kapıdaki orduyu soluk, ama nazik bir gülümsemeyle karşıladı.

"Gidin, imparatorluğun efendisine deyin ki, davetini duyunca sizin yardımınıza gerek kalmadan iyileştim. Bu akşam tahtına yüz sürmeye gideceğim. Ama belki beni ayağa kaldıracak güçlü kuvvetli iki muhafıza ihtiyacım olur."

II

Şahpur'un ilk istediği Mani'yle; karşılıklı sessizlik içinde, devasa tahtının tepesinden gözünü ayırmadan baktığı Mani'yle yalnız kalmak oldu. Ardından:

"Bir zamanlar bir dostum vardı", dedi kralların kralı, gece misafirinin solgun yüzünden bakışlarını kaçırarak. "Onu hep hoş tuttum, oğlum yaşındaydı ama saygı gösterdim. Gelgelelim, günün birinde bir öğüdünü tutmadım diye terk etti beni, kaçıp gitti, sanki onu sevmemişim, hiç kol kanat germemişim gibi, sanki bu sarayda kanunsuz bir krallığa hükmeden bir zalim yaşarmış gibi."

Sustu. Sessizlik boşluğu doldurdu. Ardından Mani'nin zor duyulan cevabı geldi.

"Bütün o yıllarım, Tanrı imparatorluğun efendisine uzun ömür versin diye dua etmekle geçti."

Şahpur'un genzinin derinlerinden, pürüzlü bir kahkahaya benzer bir ses geldi.

"Yazıklar olsun sana, güya barışı müjdeleyeceksin! Savaşmaktan vazgeçmeyeceğimi, benim yüzümden binlerce insanın öleceğini bildiğin halde imparatorluğun bütün kılıçlarının efendisine, ömrüme dua mı ediyorsun? Akan kana dualarla çanak tutmayı inancın yasak etmez mi?"

Mani, huzursuz bir müridinin kafasını kurcalayan kaygılarla uğraşırcasına, sakince, bir öğretmen edasıyla cevap verdi.

"İster kral olsun ister deveci, hastasının iyileşince ne yapacağı hekimi ilgilendirmez. Dualarım için de bu böyledir."

"Yani sağlığıma duacısın, ama bugün imparatorluğu tehdit eden düşmanı püskürtmem için dua yok!"

"Dilerim işgalciler püskürtülür, bütün evrende şiddet ve alçalma evlerden, tapınaklardan, insanlardan, ağaçlardan ve ilahi varlıklardan ırak olur, hükümdarlar huzura erer, hem kendileri için, hem de attıkları her adımda kaderlerini tayin ettikleri insanlar için."

"Düşman kapıya gelmiş dayanmışken, temennilerin neye yarar?"

"Düşman kapımıza dayandığına göre, savaşa girmek neye yaradı?"

Şahpur acıyla yüzünü buruşturdu, ateşten süzülmüş hatlarından bir ürperti geçti. Bununla birlikte gözleri yumuşadı.

"Doğruya doğru, akıl danıştıklarım içinde bir tek sen Romalıların çok geçmeden toparlanacağını, o zaman da uğradıkları hakaretlerin intikamını alacağını söyledin. Haklı çıktın, kendinle gurur duy!"

Mani'nin yüzünü bir bıkkınlık sardı.

"Haklı çıkmışım çıkmamışım, ne önemi var? Ne söylediğimi doğru dürüst hatırlamıyorum bile. Danışman dediğin çenesini yorar, karar vermek, kumanda etmek efendiye düşer."

"Hatırla Babilli hekim, ne tereddütler ettim, ölçüp biçtim, oyalandım. Senin ısrarınla ağzımdan çıkmış sözlerden bile geri döndüm. Hatta o kadar kararsız davrandım ki, az kalsın lafımı dinletemez olacaktım, koca saray homurdanarak hop oturup hop kalkıyordu. Bir karar vermeden olmayacaktı, hükümdar olarak bu benim görevim ve ayrıcalığımdı. Senin görevinse yanımda olmaktı."

Son kelimeleri söylerken yükselen sesi, sanki yorulmuş gibi söndü hemen.

"Evet, Mani, o savaşları açmadan önce yeterince kulak vermedim sözüne, ama gene de o yolda hep benimle yürümeliydin, çünkü Ermenistan'da, Antakya kapılarında belki seni daha bir can kulağıyla dinlerdim, sayende Kerdir'in o yıkıcı hırsını dinginlerdim, müneccimlerin milletlere eziyet edip bize diş biletmesini engellerdim. Yokluğunda oğlum Hürmüz de, seni dinlemeye alışmış saraylılar da yetim gibiydi, dilsiz kesilmişlerdi sanki. Ben de o adil, o dürüst sesini özledim. Lanet olsun sana Mani, seni hep korumuş olana, ihanetine rağmen hâlâ da koruyana minnetini böyle mi gösteriyorsun? Eğer sen değil de tebaamdan bir başkası böyle yapsaydı, imparatorlukta dalga dalga yaydığın o isyankâr sözleri bir başka adam söylemiş olsaydı, çoktan kazığa oturtmuştum! Ey Babilli hekim, sen yapınca niye basiretim bağlanıyor?"

Kendi sorusuna şaşırmış gibi sustu, bir yabancı hiç aklına gelmemiş bir soru sormuş gibi. Rahatsız eden bir soru. Ve ona meydan okuyan. "Belki..." diye başladı. Tekrar sustu. Sonra yeniden kesik kesik konuşmaya başladı.

"İnsan şu tahtta otururken, üzerine dikilen ya da gizlenen binlerce bakış arasında biri ona faniliğini hatırlatır. Benim için bu senin bakışın."

İki adam bakıştılar, ikisi de yaşlanmış, süzülmüştü. Alabildiğine yakındılar. Şahpur arkadaşına devasa tahtının dibinde, birkaç basamak yukarıda duran işlemeli minderi işaret etti; normalde oraya perdedar oturur, hükümdarın kulağına uzun uzun söylediklerini dinlerdi. Kralların kralı, daha önce hiç yapmadığı bir şekilde elini Haberci'nin omzuna koyup içini döktü:

"Herkes en sefih arzularıma çanak tutuyor, dost seslerse gitgide sönüyor."

Sözleri havada kaldı. Gövdesi iki büklüm olmuş, kaidesine yığılmış gibiydi.

"Antakya düştü, dişe dokunur tek garnizonumu orada bırakmıştım. Bundan böyle Romalılar fethettiğim bütün şehirleri bir bir geri alacak. Daha bu akşam Romalı öncü birliklerin Fırat'ı aştığını, Kuzey Mezopotamya'ya ulaştığını haber verdiler! Valerianus yirmi güne kalmaz Ktesifon'un surlarını aşmış, buraya girmiş olur!"

Babilli, durumun bu kadar kötüleştiğine inanamıyordu. Şahpur'un yakışıksız bir merhamet okumasından korkup gözlerini kaçırdı. Hükümdar nefesi tıkanarak devam etti:

"Orduyu derhal Edesa'ya sürmem lazım. Mezopotamya'yı, mümkünse Ermenistan'ı elde tutmalıyız. Şimdi bile yanımda olursan, belki doğru kararları almama hâlâ yardım edebilirsin."

Mani kendini işin dışında tutmak istercesine belli belirsiz bir hareket yaptıysa da, Şahpur'un ağırlığını omzunda giderek daha çok hissediyordu.

"Bu sabah", dedi kralların kralı, "ferman çıkarıp Ermenistan'ı büyük kral unvanıyla oğlum Hürmüz'e verdim. Müneccimleri memleketten kovacak. Eski ya da yeni, bütün inançlara gene saygı gösterilecek. İstediğin de bu değil miydi?"

Mani'nin sesinde merak belli belirsizdi:

"Bütün ibadethaneler yeniden inşa edilecek mi? Tanrılar tekrar kaidelerine oturtulacak mı?"

"Öyle olacak."

Kralların kralı gene acıyla yüzünü buruşturdu. Bir an sallanır gibi oldu, sanki misafirine dayanmasa yıkılacak gibiydi. Her kelimede sesine biraz daha yorgunluk çöküyordu.

"Sabah akşam ilahi varlık diye tapıyorlar bana, söylesene Mani, sıtma ateşi bizim gibilere reva mıdır?"

Mani çaresizce içini çekti.

"Bana bakan hekimler", diye devam etti Şahpur, "yedisi sekizi yatağımın başına toplanıyor, ortalığı kâfuru ya da tütsü dumanlarına boğuyor, üç beş büyülü söz mırıldanıyor, sonra da betim benzim atıp titremeler sarana kadar beni hacamat ediyorlar. Sıtma böyle mi iyi edilir?"

Mani birden öfkelendi:

"Bu ne biçim tıpmış! Hangi büyü kitabında yazarmış böyle tedaviler!"

"Nereden bileyim? Kerdir'in ikide bir söylediğine bakarsan Yasa'ya uygun, derdime deva başka tedavi yokmuş. Ama gün be gün güçten düşüyorum. Ah Mani, ey Babilli hekim, sen bitkilerin sırrına vâkıfsın, yanımda kalsan, bana baksan, beni zehirleyenlerin ellerinden o dakika kurtulurdum."

"Efendimizin cevabımdan şüphesi mi var?"

Mani'nin sözlerini duymasıyla, Şahpur'un, birdenbire eski heybetine ve konuşmasına kavuşması bir oldu.

"Sadakatine güvenebileceğimi biliyordum. Yarın, kuzeye, Romalıların üzerine yürüyeceğim, yanımda da senden başka hekim olmayacak."

Mani ancak o zaman hükümdarın işi nereye vardırmak istediğini anladı. Ama geri adım atmak için çok geçti. Suyuna gitmek zorundaydı.

"Mütevazı ilmimi hep hanedanın hizmetine sunmadım mı?"

Şahpur kalkmış, haremin kapısına yönelmişti bile.

"Dilin ne kadar itaatkâr Mani, aklından geçenlerse ne kadar isyankâr!"

* * *

Mani kralın huzurundayken, bütün dikkatini Şahpur'a vermiş görünmek için kendi derdini unutmaya çalışmıştı, ama dışarı çıkar çıkmaz iyice güçten düştüğünü hissetti, o kadar ki tutmasalar düşüyordu. Daha birkaç dakika önce kendisi hükümdara destek olduğu halde bu kez onu neredeyse tahtırevana kadar taşımak zorunda kaldılar. Malkos'un evine vardığında da odasına kadar gene kollarda gitti. Görüşmesi hakkında tek kelime etmeden, ateşler içinde, huzursuz bir uykuya daldı.

Tyr'li ertesi gün hal hatır sormaya geldiğinde odasının kapısı aralıktı. Malkos bir eliyle ürkekçe kapıyı çalarak öbür eliyle usulca açtığında, belleğinden asla silinmeyecek bir manzarayla karşılaştı.

Denag sırtı Mani'ye dönük olarak topuklarının üstüne çökmüştü, o da alışkın ellerle onun saçını örüyordu. Malkos'un bir an dili tutuldu. Benim bildiğim, dedi kendi kendine, genç kızlar savaşçıların saçını örer. Bu adamdaki nasıl bir savaşçı Part kanıdır ki bir kadının saçını örebiliyor! Tanışalı otuz yılı geçmişti ve Mani onu hâlâ şaşırtıyordu. Denag Malkos'u fark edince kızardı, o da bir adım geriledi, ama Mani onu çağırdı ve neredeyse zorla oturtarak aklından geçenleri döktü; cevap verirken bir cesaret gösterisi gibi tuhaf işini de sürdürdü.

"Şahpur oldum olası reddettiğim şeyi kurnazlıkla kabul ettirdi sonunda: ordusuyla savaşa gitmemi. Görüyorsun ya, bunun utancının yanında saç örmek nedir ki!"

Malkos dilini tutamayıp bu sahneyi müritlere anlattı, böylece Denag'a ve saçına karşı, kimilerinde tapınmaya varan bir saygı uyandı. Örgüye her gün baka baka onun da bir dili olduğunu keşfettiler: Mani'nin yoldaşı huzuru, rahatı yerindeyken örgüsünü farkında bile olmadan sağ yanından öne atıyordu; neşeliyken, ama neşesine bir beklenti, bir sabırsızlık karıştığında sol omzuna sarkıtıyordu; kaygılı, sıkıntılı, mutsuz zamanlarında ise örgü sırtında kalıyordu.

İlerleyen günlerde Denag'ın örgüsü bir o yana sarkacaktı bir bu yana.

III

İki dev imparatorluk Edesa'da karşılıklı birbirini gözlüyordu. Romalılar müstahkem şehri elde bulunduruyor, Sasanilerse bir türlü saldırmaya karar veremeden, Edesa'yı uzaktan kuşatma altında tutuyordu. Ne var ki en arkada da, kuzeyde, güneyde ve batıda, niyetlerini ve sayılarını belli etmemek için sürekli hareket eden Valerianus'un lejyonerleri vardı.

Mevsim güz sonuydu, bütün denizlere alabildiğine uzak, dağlara ise bir adımlık mesafedeki bu yerde geceleri soğuktan donuyorlardı. Erzak azdı, etraftaki topraklar ya kıraçtı, ya yakılmış ya da hasadı çoktan kaldırılmış. Şahpur savaşçıların sabrının giderek azaldığını hissediyor, zaman zaman ustalıkla hiç yoktan bir çatışma tezgâhlıyordu. Ordugâha kahramanca, tüyü bitmemiş bir ceset getiriliyor, başında bir ölüm şenliği yapılıyordu. Savaşa o günkü tayını verilmiş, canavarın karnı doyurulmuş oluyordu böylece. Ertesi gün gerekirse, savaşçıların kanı her kaynadığında tekrar doyurulacaktı savaş. Ama hiç kimse kralların kralını kendisinin özenle seçtiği vakit gelmeden hamle yapmaya zorlayamazdı. Şimdilik birliklerini tepelerin üstünde, savunma pozisyonunda tutuyordu. Edesa'nın etrafındaki kıskacı daraltıyordu. Ve bekliyordu.

Neydi beklediği tam olarak? En yakınları arasında bile bunu kesin olarak bilen yoktu. Gerçi Ermeni süvarilerin başına geçmiş olan Hürmüz'ün getirdiği, yola dayanabilecek yegâne birliklerle kuzeye doğru çıkmıştı. Hükümdar büyük olasılıkla takviye bekliyordu. Ama Valerianus'un da Emese'den, Gaza'dan, Palmira'dan ya da Pontus'tan takviye almayacağını kimse söyleyemezdi. Şahpur hepsinin farkındaydı. Önündeki farklı seçenekleri ince eleyip sık dokuyarak bir strateji belirlemeye çalışıyordu. Gözleri sadece, mabeyincisi otağına bir keşif subayını ya da Osrohene'li keçi çobanı kılığında bir casusu aldığında parlıyordu. Hükümdar sözlerini hemen hiç kesmeksizin, onlarla baş başa saatler geçirebiliyor, heyecanla sorular soruyor, hatta bazen sofrasına oturtarak adamları onurlandırıyordu.

Mani Şahpur'u hiç sefer sırasında görmemişti. Güya sağlığına göz kulak olmak için gelmişti peşinden, ama genellikle onu dinçleşmiş, gençleşmiş, ateşi dinmiş buluyordu. Kralların kralı herkese, uçan kuştan bile haberdarmış, ertesi gün ne olacağını saniyesi saniyesine bilirmiş izlenimi veriyordu. Kuşkusuz abartılı bir izlenimdi bu, ama bütün savaşçılar o an ona o gözle bakıyor, bu sayede onu önder biliyor, yoluna baş koyuyordu. Dolayısıyla Mani Şahpur'u izlerken ister istemez hayranlığa kapılıyordu. Öte yandan, sabah içtiması başta olmak üzere, pek çok vesileyle hükümdarla bir araya geldiği halde fikri çok nadir soruluyordu.

Ne var ki günün birinde, öğlen uykusu saatinde muhafızın biri onu acilen hükümdarın otağına çağırdı. Şahpur'un ve oğulları Behram ile Hürmüz'ün etrafında, zırhlı süvarilerin komutanı, cephaneci, devletin önde gelenleri, müneccimbaşı Kerdir toplanmıştı bile. Bu meclisin ortasında ise üstünde üniformasıyla yüksek rütbeli bir Romalı subay vardı, yüz kişilik birliklerden, hatta belki altı yüz kişilik taburlardan birinin komutanı.

Bütün gözler onun üstündeydi. Diller susmuş, kim olduğunun, niye geldiğinin açıklanması bekleniyordu. Herkes ilk önce, Valerianus'un ültimatom vermek ya da ateşkes teklif etmek üzere yolladığı bir elçi sandı onu. Ama adam elçi gibi ezilip büzülmüyor, içlerinden biriymiş gibi Sasani ileri gelenlerinin yanında duruyordu.

Zaten kralların kralı da davetsiz misafiri tanıtmaya bile zahmet etmeden söze girdi. Bahsettiği konularsa, huzurundakilerin kanını donduracak cinstendi. Şahpur, hiç istifini bozmadan Romalılara hemen o gece, şafak sökerken baskın yapmayı düşündüğünü, en yüksek mevkilerdeki, en akil adamlarını da fikirlerini sormak için çağırdığını söylüyordu. O kadar sakin konuşuyordu ki hükümdarın yakınlarının, imparatorluğunun büyüklerinin arasına aldığı, üstelik bu kadar büyük bir sırrı paylaştığı bu Romalı subayın kim olduğunu sormaya kimse cüret bile edemedi.

Hükümdar kararını açıkladıktan sonra hangi noktadan saldıracağını söyledi, Harran yolundaki yüksek bir mevkiydi burası. Romalıların, Sasanilerin hareketlerini takip etmek için kurduğu iskeleden dolayı subayların "gözetleme kulesi düzlüğü" dedikleri yer. Şahpur ayrıca sadece zırhlı süvarilerin saldıracağını, okçuların rolünün takviye düşman kuvvetlerine yolu kapatmak olacağını da belirtti.

Hükümdar bu bilgileri verdikten sonra Kerdir'e döndü:

"Yıldızlar ne diyor?"

Cevap ânında geldi:

"Bu gece, yarın gündüz ve bütün hafta hayırlı."

"Ya alametler?"

"Efendimiz nicedir hasretle beklenen bu soruyu sorar diye her sabah kurban sunuyorum. Alametler hiç bu sabahki kadar iyi olmadı, görünen o ki Ahura-Mazda ordusunun ve kutsal hanedanın önünde bütün yollar açıktır."

"Ya sen Mani, seninle konuşan o ilahi sesler ne dedi?"

"Sormadım."

İmparatorluğun işlerini umursamayan rakibinin böyle suçüstü yakalanmasına Kerdir çocuk gibi sevinmişti. Ama Şahpur, kanatlarına aldığı Mani'nin imdadına koştu.

"Babilli hekimin bir cevap almak için biraz çekilmeye ihtiyacı varsa, bekleriz."

Bu bir öneri değildi, dolayısıyla Mani derhal söz dinledi.

Dışarı çıkınca gözüne kestirdiği bir yoldan yalnız bir ağaca gidip altına oturdu. Kulağının dibindeki hışırtılardan ya da uzaktan gelen uğultudan genellikle böyle ortamlarda kopar ve kendi deyimiyle "İkizi"ni çağırırdı.

Ama o gün ne bir suret belirdi, ne de aşina bir ses.

Bundan otuz yıl önce hurmalıktayken, kanalın suyunda ilk kez yüz yüze geldiklerinden beri, ilahi yoldaşı Mani'yi hiç cevapsız bırakmamıştı. Mani ile bu öteki ben arasında krizler, çekişmeler de yaşanmamış değildi, ikizi bazen gerçekleri ondan saklamış, hatta işi kandırmacaya, dalga geçmeye kadar vardırdığı da olmuştu. Ama Mani her istediğinde, hiç sektirmeden yüzünü göstermişti.

Edesa topraklarında yaşanan o güne kadar.

İlahi aynasından yoksun kalan Haberci'nin kendi varlığı da sönmüştü adeta. Her şey gözüne birden gülünç, yüzeysel göründü, ne sormaya geldiğini bile unutmuştu. Bitmiş, yıkılmış bir halde, hiç kımıldamadan durdu kayanın üstünde. Ta ki bir muhafız gelip onu sarsana, kolundan çekene kadar. Hükümdar sabırsızlanıyordu.

"Söyle Babilli hekim, cevap geldi mi?"

"Hayır."

Şahpur sözün devamını bekledi. Devamı yoktu.

"İlâhi ses ne cevap verdi?"

"Hiç. Sorumu dinlemeye bile yanaşmadı."

"Bir hiç uğruna mı bekledik bu kadar zaman?"

Etrafında çok önemli insanlar vardı, ama Mani'nin sözleri öncelikle kendineydi.

"Sessizlik! Canımı en çok bu sessizlik sıkıyor! Karanlığın, bitip tükenmez öfkenin sessizliği!"

Her zamanki gibi değildi, korkmuş görünüyordu. Karşısındakilerde muhtemelen, söylemeye dili varmadığı bir felaketi gördüğü izlenimini uyandırmıştı. O âna dek soğukkanlılığını koruyan Şahpur bile Haberci'nin şaşkınlığı karşısında sarsılmıştı.

Kerdir'in gizli bir işaretiyle, Behram babasını az önceki ruh haline döndürmek için atıldı.

"Bütün kâhinler, müneccimler Ahura-Mazda'nın bu seferi kutlu saydığını gördüler, Babilli hekimin tanrısı bizimkinden başka mı yoksa?"

Şahpur onu duymadı bile. Kaygılı, huzursuz bir edayla Mani'ye bakıyor, baktıkça huzursuzluğu artıyordu.

"Birliklerimiz tuzağa mı düşecek diyorsun?"

Mani hep aynı huzursuzlukla, telaşla karşılık verdi:

"Hiç bilmiyorum, hiçbir cevabım yok, Tanrı beni dinlemeyi reddetti, bildiğim kesin bir şey, bir fikrim, bir görüşüm yok, sadece kaygılarım var."

O ana dek sessiz kalan Romalı araya girmeye ihtiyaç duydu. Özenli bir Yunancayla konuşuyordu.

"Kutsal efendimiz bir tuzaktan şüpheleniyorsa canımı ortaya koyarım. Saldırı bitene kadar burada kalayım, ihanet ettiğime dair en ufak bir şüphe olursa bedelini başımla ödeyeyim."

Sözlerini bir jestle destekleyerek, miğferli başını tutup testi gibi imparatora doğru uzattı. Komik, kaba bir hareketti bu, ama kimde gülecek hal vardı ki? Şahpur dirseklerini çaprazlayıp ellerini omuzlarına koymuştu. O böyle, durumu aklında evirip çevirip tereddütler geçirirken, etrafındaki herkes nefesini tutup bekledi. Sonunda hüküm ağızdan çıktı:

"Saldırıyı ertelemeyeceğiz. Kızıl sancaklar açılsın, ama yere çakılı gönderlere çekilsin. Düşman uzaktan göremesin."

Romalıya gene kaygıyla bakanlar oldu ama Şahpur bunu fark etmedi. Hürmüz'e:

"Babilli hekimle bunca gönül bağın var, genellikle sözün sözüne uyar, kaygıları seni huzursuz etmedi mi?"

"Daha uyanık olacağım, ama cesaretim kırılmayacak. Her zamanki gibi, ilahi babamın öğrettiği gibi dövüşeceğim."

Şahpur, küçük oğlunun söylediklerini kabul etmesine rağmen bir taraftan düşünmeye devam ediyormuş gibi, üst üste, ağır ağır başını salladı.

"Yarın uyanıklıktan çok cesarete ihtiyacın olacak, çünkü ilk hamleye sen kumanda edeceksin. Ya galip döneceksin ya da şehit. Bütün askerlere iki kat ekmek, süt ve et tayını dağıttır, sonra yüksek rütbeli süvarileri topla, onlara söyleyeceklerim var. Behram, büyük oğlum, sen hükümdar makamında tahtıma oturup, asker sayımına nezaret edeceksin."

Savaş töresine göre Sasani savaşçıları, hükümdarın temsilcisinin karşısından sırayla geçerek dev saz sepetlere birer ok attılar; sepetler hemen kapanıp mühürleniyordu. Bunlar dövüş bittikten sonra açılacak, her asker gelip içinden bir ok alacaktı, bu sayede hükümdar kesin olarak kaç adamının öldüğünü ya da tutsak edildiğini anlamış olacaktı.

Edesa savaşında ağır kayıp verilmedi. Yüzyılın iki büyük imparatorluğu arasında, en korkulan iki ordu arasında, iki olağanüstü adam arasında dev bir çatışma bekliyordu herkes. Şahpur Sasani İmparatorluğu'nun gerçek kurucusu, Arabistan'dan Hindistan'a dek uzanan bütün toprakların efendisi değil miydi? Valerianus gökten gönderilmiş gibi Romalıları birleştiren kişi, çöküşe son verecek, şanlı fetihler ve refah çağını geri getirecek kurtarıcı değil miydi? Her şey cesurca, dakik, şanslı bir manevrayla çözüldü: Hürmüz'ün kumanda ettiği zırhlı süvariler Harran yolundaki Roma ordugâhına sızdığında, ilk avlananlardan biri Valerianus oldu, muhafız alayı kumandanı, sefer hazinesi, önde gelen kurmayları, ayrıca maiyetinde yer alan birkaç senatörle birlikte çadırında yakalandı. Kumandanlarından yoksun kalan Roma ordusu daha savaşmadan yenik düşmüş oldu; yardıma koşan üç beş tabur ya da yüzlük birlik bir bir yok edildi; kalanlar da canını kurtarmak için son sürat Fırat'ın öbür yakasına kaçtı.

Şahpur zaferinin anısını hem kelimelerle, hem resimle kayalara nakşettirdi. Yazıtta büyük bir zevkle Sezar Valerianus'un elinde "Germania'dan, Rhaetia'dan, Noricum'dan, İstria'dan..." ve ayrıca "Frigya'dan, Fenike'den, Yuda'dan, Arabistan'dan gelme yetmiş bin kişilik bir kuvvet" olduğu, kralların kralının hepsini darmadağın ettiği belirtilir. Bir alçak kabartmada Şahpur at üstündedir, sol eli kınından çekilmemiş bir hançerin sapındadır, sağ kolu ise Valerianus'a merhamet ettiğini gösterir şekilde öne uzanmıştır. Valerianus, üzerinde Romalı harmanisiyle diz çökmüş, yalvarmaktadır, defne tacı da hâlâ başındadır.

Yenik sezarın yanında, kralların kralına boyun eğmiş olmasına rağmen göğsü gururla kabaran bir başka Romalı vardır. Düşmana kendini satan dönek subaydır bu, Cyriades diye biri. Zafer yazıtında boy göstermeyi sonunda hak etmiştir, çünkü Valerianus onun yardımıyla kuşatılmış, zafer bu kadar kolay kazanılmıştır.

Cyriades bu kıymetli ihanetinin karşılığı olarak, Şahpur'dan yeni Roma imparatoru olarak tanınmayı talep etmişti. Verilen söz tutuldu ve subay, Edesa ele geçer geçmez bu şehirde büyük merasimlerle tahta çıkarıldı. Şahpur zaferin rüzgârıyla Roma'nın Doğu'daki eyaletlerini üçüncü kez işgal ettiğinde, yerel hükümdarların ona bağlılık andı içmesi için uğraştıysa da çabaları boşa gitti, Cyriades kendini hiçbir zaman kabul ettiremedi. Birkaç ay sonra Sasani birlikleri geri çekilirken o da tedbirli davranarak onlarla gitti.

Hayatına Ktesifon'da bir kâşânede, uyduruk bir saray ortamında devam etti. Ve sonra, tarihin unuttuklarının arasına karıştı.

Valerianus da ömrünü Sasani topraklarında tamamlayacaktı. Şahpur, Roma'da iktidarın tutsak imparatorun öz oğlu Gallianus'un elinde olduğunu göz önünde tutarak, Valerianus'u salıvermek için yüksek bir bedel istemişti. Ama Gallianus kendi babası bile olsa bir adamın diyetini ödemek uğruna ne bir eyaletten vazgeçeceğini ne de imparatorluğun hazinesini boşaltacağını söyleyerek her tür pazarlığı reddetti. Senatörlere en büyük özveri gibi sunduğu bu davranışa Romalıların çoğu gene de alçaklık, hatta neredeyse baba katilliği gözüyle baktı.

Şahpur tutsağından kâr etmekten umudu kesince, onu bir ayrıcalık tanımadan, ama aşırı acımasızca da davranmadan, öbür tutsaklarla birlikte Persis'e gönderdi. Devrik imparator, anlaşıldığı kadarıyla kendisini yeneni oğlundan üstün tutarak, ömrünün son demlerini burada geçirdi.

Kralların kralı ona Beth Labat yakınında, Karun Irmağı üzerine bir bent inşa etme görevi verdi, yanında tutsak düşen askerleri de işçi olarak çalıştıracaktı. Valerianus bu işe dört elle sarıldı. Bu yapı on yedi yüzyıl sonra hâlâ ayaktadır. Adına Bendülkayser derler, sezarın bendi.

* * *

Edesa Savaşı'nın diğer mağlubu Mani oldu.

Şahpur ona son bir fırsat tanımış, o ise bunu değerlendirememişti. Hükümdara talihin ondan yana olduğunu, zaferin kaderine yazıldığını, hiç korkmadan saldırı emri verebileceğini söyleyeceği an, içindeki kâhinin sesi susmuştu. Yıldızlar, hayırlı alametler ne söylerse söylesin, hatır sayamayacağı durumlar vardı. Müritlerine şunu öğreten o değil miydi: "Gerekirse imparatorluğa ihanet et, gökyüzünün buyruklarına isyan et, ama kendine, içindeki Işığa, içindeki bilgeliğe ve tanrısallığa sadık ol."

Ne var ki idealler aşınmazsa ölür; öğretiler üstatların mahcup uzlaşmalarıyla, müritlerin ihanetleriyle ayakta kalır, dünyanın ve prenslerinin arasında gelişir.

Her dinin kendince bir ordusu olacaktır. Mani'ninki hariç. Yanlış çağ mı seçmişti Mani? Yoksa yanlış gezegen mi?

IV

Büyük Sasani kralları fatih sanından çok, gene bunda da İskender'in ölümsüz anısına öykünerek, "kurucu" sanına özenirdi. İskender antik dünyanın topraklarında sayısız "İskenderiye"ler filizlendirmemiş miydi? Şahpur da şanını aynı şekilde, boyun eğen yöreleri kendi adını taşıyan şehirlerle donatarak sürdürmek niyetindeydi. Bir zafer kazanmayagörsün, derhal bunun anısına, yeni biçilmiş otların arasına "Şahpur'un Zaferi", "Şahpur'un Onuruna", ya da "Yiğit Şahpur" gibi bir isim taktığı bir şehrin temelini atıyordu. Buralara yerleşmek isteyenlere bol keseden unvanlar, ayrıcalıklar, muafiyetler bahşediyordu. İki ya da üç yıl sonra yolu düşüp de "şehrinin" ağır ilerlediğini görecek olursa öfkeden kuduruyordu, sanki bahşettiği yüce isim yerleşmenin bir anda parlamasına, refaha ermesine yetmeliymiş gibi.

Bu sırada seferler birbirini izliyor, zaferler art arda geliyordu. Tıpkı birer sevgili gibi, her biri kendinden öncekinin muhteşemliğinden rahatsız oluyordu. Kurulmasıyla terk edilmesi bir olan, sonsuzluğa adanmış nice şehirleri otlar bürüyor, kimileri tekrar bağ bahçe oluyordu. Taş bir yazıttan başka bir işaretleri olmadan, donmuş zamanın içinde arkeologların hünerli ellerini beklemeye koyuluyorlardı.

Edesa'nın yakınında, tam olarak Valerianus'un tutsak edildiği yerde kurulması planlanan yeni, büyük şehrin kaderi de böyle oldu.

Savaşın ertesi günü şehir merasimle takdis edildi. Bir direğe bağlanmış olan, tir tir titreyen, sersemlemiş haldeki tutsak Sezar da nazarlık niyetine oradaydı. Kaderinin nasıl sonuçlanacağını bilemiyor, belki de bu merasimin ölümüne bir hazırlık olmasından korkuyordu. Boynuna sarılan gümüş zincirin ucu, Şahpur'un bütün heybetiyle oturduğu platformun altında gözden kayboluyordu.

Alay kurarak gelmiş olan müneccimler şimdi ayini yönetiyordu. Tütsüler, danslar, dindarlar için Avesta ilahileri, kâfirleri yola getirmek için büyülü mırıltılar; her bir nefes üstatların tabletlerinde yazılıydı. Törene katılanlar kendilerini büyüye kaptırmıştı.

Vaaz vermek, müneccimbaşı olan Kerdir'e düştü. Kendisine tapanlara ve inananların en büyüğüne, en soylu, en dindar, en hünerli olanına zaferi bahşettiği için Ahura-Mazda'ya şükranlar sundu.

"Milletimize bu zaferi bahşeden, kâfirleri perişan eden yüce varlığa şükürler olsun!"

"Şükran!" diye haykırıyordu bütün göğüsler.

"Bu zaferle geçmişteki en haşmetli hükümdarların katına yükselen ölümsüz olsun!"

"Ölümsüz olsun!"

Zaferi ve övgüleri hak ettiğinden şüphesi olmayan mağrur hükümdarın yüzü ışıl ışıldı.

Ne var ki uzadıkça uzayan vaaz kabak tadı vermeye başlamıştı.

"Göklerin lütfuyla imparatorluğumuzun yüce efendisi Gerçek Din'in bilgelerini dinleyeceğine sapkınlara, dönmelere, hainlere kulak verseydi halimiz nice olurdu? Eğriyi doğrudan ayırmayı bilen kulak mukaddes olsun!"

"Mukaddes olsun!"

Mani'nin gözleri hamisinin gözlerini aradı, yalnızca o tek bir işaretiyle ya da bir kaş çatarak Kerdir'i susturabilirdi. Ama Şahpur'un gözü müneccimdeydi, üstelik bu kez onu dinlerken sıkılmış görünmüyordu.

Vaiz yüz bulunca iyice hırslandı:

"Son kararın verileceği an soylu zihinlere nifak sokmaya uğraşan zehirli ağza lanet olsun!"

"Lanet olsun!"

Hükümdarın yüzünde hâlâ bir kızgınlık belirtisi yoktu. Babil'in oğlunun tükenen bir yakarı ve uyanan bir isyanla dimdik baktığı o yüzünde. Dostluklarına ait sahneler, iç dökmeler, vaatler, sırlar, birlikte, müneccimlere karşı tek vücut olarak kuracakları o dünya, ölürken insanın gözünün önünden bir bir geçen anılar gibi, Mani'nin zihninde akıyordu. Ve şimdi bu sessizlik. Ve o kaçan bakışlar.

"Kahrolsun hanedanın, Gerçek Din'in düşmanı o hain zındık!"

"Kahrolsun!"

"Yüce varlıkların ayaklarına dolanan zararlı hayvanlar yok olsun!"

Birden bir ses, bir gürleme yankılandı:

"Ey Medyalı müneccim, bedduayı kesecek misin, yoksa *padam*'ını ağzına mı tıkayayım!"

Şahpur değildi bu. Mani hiç değildi, o böyle konuşmazdı. Kerdir nutuk atmayı bir anda kesti. Gözleri fıldır fıldır dönüyordu.

"Boşuna sağa sola bakma", dedi ses, "seni susturan benim, Hürmüz! Ve dün, şafak vakti bendim savaşan, yüce Şahpur'un oğlu ben, Hürmüz. Pek keyifle anlattığın o zaferi ben kazandım, benim atlılarım, benim silah arkadaşlarımdı şehit düşenler. Ve sen, aşağılık intikam hırsını onların kanıyla besliyorsun. Siz böylesiniz Medyalı müneccimler, akbabalar gibi savaşçıların ölüm kulelerine yatmasını bekler, etlerini didiklersiniz. Efendimizin yüce himayesine aldığı bir adamın arkasından ne cüretle böyle alçakça konuşur, ne cüretle ilahi babamın kulaklarına hakaret edersin!"

Bir tepki versin diye gözleriyle Şahpur'a yalvarma sırası şimdi Kerdir'deydi. O da sonunda araya girmeye karar vermişti. İşareti üzerine perdedar eğilip onu dinledi ve ardından doğrulup hükümdarın sözlerini nakletti.

"Gün kavga değil kutlama günüdür. Oğullarımızın otuz üçüncü göbeğe kadar gururla anacağı bir zafer kazandık. Efendimiz hem orduda hem de bütün imparatorlukta on gün şenlik emrediyor. Herkes boş çekişmeleri, gafletle söylenmiş kırıcı sözleri unutsun. Efendimiz bu mutlu günde herkese merhamet ediyor, ama dilleriniz bir daha kulaklarına hakaret etmesin."

Bütün saray yere kapanmıştı. Bir tek Valerianus, zincire vurulmuş Valerianus ayaktaydı.

Şahpur, Mani'nin saltanatının en güzel zaferinden onu az kalsın mahrum bırakacak olmasını affetmedi. Mani de onun Kerdir'in sövgülerine sessiz kalmasını affetmedi. Dostlukları bozulmuştu. Kuşkusuz doğaya aykırı bir dostluktu onlarınki, kuşkusuz içine hep birtakım hesaplar karışmıştı. Gene de kralların kralının Babillinin ideallerini öteden beri umursamadığını söylemek doğru olmazdı. Bir çıkar ortaklığı mıydı bu? Ama aynı zamanda umutların buluşmasıydı da. Ve sahici bir sevgi.

Zaten bundan birtakım izler kalacaktı da. Dostluklarının bitmesine rağmen hükümdar Mani'yi ve yakınlarını himayeden vazgeçmedi. Seçilmişlerden biri, müneccimler mahkemesinde üstün körü yargılanarak sapkınlıktan ya da dinden dönmekten hüküm giydiğinde; ya da giderek daha sık olarak, şehirlerdeki müritler evleri barkları yakılıp kovulduğunda, Babilli yakınlarından birini hemen divana ya da *darbah* denen mabeyinciye baskı yapmakla görevlendiriyordu. Kralların kralı olayı duyar duymaz herkese himaye fermanını hatırlatıyor, baskı hafifliyordu. İmparatorluğun başka yerlerinde, başka şekillerde tekrar başlamak üzere. Hiç kuşkusuz hükümdar, bir vakitler oğlu Behram'a yaptığı gibi daha katı davranıp ibretlik cezalar verebilir, baskıları hafifleteceğine bunların kökünü kazıyabilirdi. Ama hamiliğe eskisi kadar hevesli değildi, bunda küskünlük kadar, ilerleyen yaşının da payı vardı.

Mani artık saraya adım atmaz olmuştu. Zaten Ktesifon'a da nadiren geliyordu. Tekrar Haberci olarak imparatorluk topraklarını arşınlamaya başlamıştı. Hürmüz'ün evladı gibi üzerine titrediği Ermenistan'a sık sık gidiyordu. Babilli, kralların kralının huzuruna çıkmayı bir daha hiç talep etmedi. Şahpur da onu bir daha çağırmadı.

Gene de bir istisnası oldu bunun. Aradan on bir yıl geçmişti. O sıralar Susa'da olan Mani'yi bir ulak, Beth Lapat'ta kışlık bölüme taşınan hükümdarın huzuruna çağırdı.

Mani bir vakitler Sasani İmparatorluğu'ndaki yolculuğuna başladığı şehri görünce ister istemez anıları canlandı. O tarihte hâlâ İncil zamanındaki adıyla anılan şehrin her yağmurda bozulan, gülünç, kerpiç surları vardı. Duvarların ötesinde, şehrin mütevazı bir gelir sağlayan fıstık bahçeleri göz alabildiğine uzanırdı. İmparatorluğun efendisinin tasarıları henüz söylentiden ibaretti, şehirliler bunları büyük bir zevk ve gururla önlerine gelene anlatır, ama böyle bir talih kuşunun başlarına konacağına pek ihtimal vermezlerdi.

Babillinin ikinci gelişinde Beth Lapat tanınmaz haldeydi. Köy irisi şehirden ne kalmıştı geriye? Kırık dökük, kararmış, uçlarından kemirilmiş, alt üst olmuş bir tuğla yığını. Etrafı uçsuz bucaksız bir inşaat alanına dönüşmüştü, saraylar, ahırlar, ateş tapınakları, cılız, bodur ağaçlar arasında taş döşeli caddeler, kışlalar ve hepsini kuşatan, bembeyaz, yepyeni, mazgallı sur bedeni.

Burası artık Cundişahpur şehriydi. En azından resmi adı buydu, ama yerli halk bunu yadırgıyordu. Onlar için burası hep Beth Lapat olarak kalacaktı. İşleri düşmedikçe ayak basmadıkları yeni şehre ise, inşa eden mimarın adından dolayı "Bil" diyorlardı. Kimsenin kralların kralına söylemeye cesaret edemeyeceği, alaycı, müstehzi bir isim.

Beth Lapat halkının gururlu konukseverliği yerini düşmanlığa bırakmışsa, bunun sorumlusu topraklarını mesken tutmuş olan iki soyguncu takımıydı. Bunlardan birincisi askerlerdi – her akşam kışlalardan sokaklara tabur tabur ayyaş dökülürken, insan nasıl çoluk çocuk yetiştirir, nasıl namusuyla ticaret yapardı? Bir de imparatorluğun büyükleri vardı – hükümdar şehirle ilgili niyetlerini belli eder etmez prensler, vezirler, kâtipler, haremağaları, aşiret reisleri buraya üşüşmüş, en iyi toprakları komik bedellere kapatmışlardı. Hükümdar neredeyse başkent orasıydı, saraylılar da uğultuları, entrikaları, öncelikleriyle onun peşinden giderlerdi.

Şahpur'un ısmarladığı saray yirmi ayda tamamlandı. Doğrusu, inşaatta binlerce tutsak işçi olarak çalıştırılmıştı, ama ayrıca Sasani birliklerinin Roma İmparatorluğu'nun sınırlarına yaptığı akınlar sırasında, Nizip'te, Hatra'da, Singare'de ve böyle başka ticaret şehirlerinde tutsak edilmiş hünerli zanaatkârlar, duvarcı ustaları, mozaik ustaları, neccarlar, oymacılar, dokumacılar da vardı. Zorla çalıştırılan, ama işinin ehli olan bu ustalar sayesinde saray rahatlıkla Ktesifon'la boy ölçüşecek hale gelmişti. Belki sadece taht odasının tavanı daha alçaktı, fakat o da daha ince işlenmişti. Bir hüner ve zarafet mucizesi olan aydınlık bacaları sayesinde günün her saati en parlak ışınlar içeri süzülüyor, renkler göz kamaştırmadan canlanıyor, ışık bunaltmadan aydınlık veriyor, içeride sürekli hışırtılı, taze bir esinti dolaşıyordu.

Mani saraya gitmeden önce, o sıralar müritlerinin toplandığı ibadethaneyi ziyaret etti. Duvarlar yerli sanatkârların eliyle, daha o zamandan yeni bir çığır açan Haberci'nin üslubunda boyanmıştı. Abside sunak niyetine, rahlelerde göğe açılmış avuçlar gibi duran üç kitap konulmuştu. Mani dualarını ve vazını bitirir bitirmez, müritleri başına toplanıp hükümdara nakletsin diye bitip tükenmez şikâyetlerini sıraladılar. Mani çaresizce gülümseyerek acılarını paylaştı. "Kralların sevgisi de nefreti kadar yıkıcı", diye mırıldandı. "Kimsenin içmediği suya ne mutlu! Ne mutlu yollardan uzakta açan ağaca, ama mutluluğunu nereden bilecek?"

Hükümdar Mani'yi alçak kapılı bir odada kabul etti, ilk kez baş başa görüştükleri yerin bire bir aynısıydı burası. Dizlerinde yün bir örtü vardı. Uzun, kıvırcık saçları ve sakalı, sinsi sinsi ilerleyen yaşlılığın o kızılımsı rengindeydi. İlk başta kralların kralından çok kâtiplere yaraşır, resmi bir dille konuştu, belki de buluşmanın heyecanını kendince böyle gizlemeye çalışıyordu.

"Çok eski geleneklerimize göre, her hükümdar zamanının en usta ressamına resmini yaptırır. Söylediklerine göre bu senmişsin, Babilli hekim. Elin hâlâ tutuyor mu?"

"Elim hâlâ söz dinler."

"Benden öncekilerin resimlerinin olduğu kitabı getirttim, bak da nasıl yapacağını gör."

"Benim kendi üslubum var."

"Hani elin söz dinlerdi?"

"Kafam resmeder, elim söz dinler. Eskileri her ressam taklit edebilir, ama o zaman hükümdarlar arasında sakal ya da tacın büyüklüğünden başka fark olmaz. Efendimiz kendilerini oldukları gibi resmetmemi, ve böylece kendilerine ait çizgilerin, çizgilerin ardında saklanan değerin dünya durdukça hatırlanmasını isterlerse, kendi üslubumla çalışırım."

"Nasıl istersen öyle yap! Poz vereyim mi, yoksa yüzüm hâlâ aklında mı?"

"Belleğimde resimler var kalan, ama gözlerimin gördüğüyle bir değil."

"Belki de hatırladığın gibi çizsen daha iyi, ama yüce atalarımın töresine uymaz. Poz vereceğim."

Böylece yedi gün, günde iki saat Şahpur üzerinde tören kıyafetiyle poz verdi. Hiç kıpırdamadan. Ağzını açmadan. Mani de tek kelime söylemedi. Eserini tamamlayıp gösterdiğinde, hükümdar acı acı gülümsedi.

"Ne yazık ki artık gerçekten de böyleyim."

Mani'nin yolculuğunun bu aşamasında bir parantez açmak gerekiyor. Kendi de başlı başına bir muamma olsa da, bu epizot eski bir muammanın anahtarı da olabilir.

Bir zamanlar bir kraliçe varmış, efsaneler böyle anlatır, değil mi? Güzelmiş, zenginmiş, bilgiliymiş, ama devasız bir hastalığa yakalanmış. Günün birinde derdini kız kardeşine açmış, o da ona kervancılardan duyduğu, Babilli bir hekimin mucizelerini anlatmış. Kraliçe ne yapıp edip onunla görüşmek istemiş, ve hemen o gece, rüyasında suretini görmüş, sesini duymuş. Uyandığında iyileşmişmiş. Ve dinini değiştirmiş.

Manici metinlerde hikâye böyle anlatılır. Peygamberlerin hayatına renk katan buna benzer binlerce mucize vardır. Genellikle aynı hikâyeler farklı kişiler için anlatılır, belki de efsaneler yüzyıllar, milletler, inançlar değişse de hep aynı kaynaktan besleniyordur. Ama bazen bir gerçeklik tohumu da bulunur bunlarda, gerçek bir olayın allanıp pullanmış bir yansıması.

Bugün sözü geçen kraliçenin adının Zennube olduğunu, Palmira'da saltanat sürdüğünü, Mani'nin dinini kabul edip Mısır'a ve çok daha ötelere yaymaya çalıştığını biliyoruz. Acaba bunun nasıl gerçekleştiğini bir gün öğrenebilecek miyiz? Bu bir yana, çözülen muammalar da yok değil. Sözgelimi, sarayında filozofları, Yahudileri, Nasranileri ağırlayan, başkentindeki tapınaklarda her milletin kendi tanrısını yüceltmesine ses çıkarmayan, çölün bu büyük ecesinin hangi dinden olduğu uzun zaman merak edildi. Bu hoşgörü esintisinin kaynağı, Mani'ydi.

Palmira, zamanında sadece zengin bir kervan menzili değildi. Büyük bir dünya şehri olmaya gözünü dikmişti, nitekim on yıl kadar Roma'yla Ktesifon'u gölgede bırakır gibi oldu da. Dolayısıyla Mani, Zennube'nin kimliğinde, Doğu ve Batı imparatorlarının ortak rakibesini davasına kazanmış oluyordu. Özgür şehrin özgür ecesi, yolun sonunda iki devin yasasına boyun eğmek zorunda kalacaktı.

Ama adı bâki kaldı, hem de galip gelenlerin adlarından çok daha fazla ışık saçarak.

Zennube'nin yenilmesiyle Şahpur'un ölümü arasında birkaç hafta vardır. Mani iki doğru hükümdardan birini seçmek zorunda kalsaydı bile, ikilem kendiliğinden ortadan kalkmış olacakmış.

Yıl 272'ydi. Babilli, elli altı yaşına gelmişti. Çok mu çekmişti? Zayıf mıydı? Yaralı mıydı? Evet, ama coşkusu hiç eksilmemişti.

V

Tellallar Ktesifon sokaklarında ilerleyen günlerde tıpla uğraşmanın, gökyüzünü kralların kralının iyileşmesi dışındaki işlerle meşgul etmenin, ilahi lütfu parçalamanın yasaklandığını haykırmaya başlayınca, Şahpur'un ölüm döşeğinde olduğu anlaşıldı.

Ertesi gün yas ilan edildi. Resmi, saygılı, ama gözyaşsız, ağıtsız, üzüntünün açıkça gösterilmediği bir yas. Avesta'ya göre bir ölünün arkasından ağlamak Kurtuluş'tan şüphe etmek demekti, imansızlığın en adi işaretiydi bu. Hatta dindarlar neşeli görünmeye çalışıyorlardı, çünkü ilahi bir varlık olarak hükümdarın ahirette sahip olacağı ayrıcalıklar bu dünyadakinden fazlaydı. Hükümdar henüz tahtın yanında, ölülere güzel koktuğuna inanılan ardıç dumanları arasında yatıyordu. Akşam olmadan tuğla bir kulenin tepesine çıkarılıp alıcı kuşlara teslim edilecekti, çünkü çürümüş bir bedenin pisliği toprağa asla değmemeliydi. İmparatorluğun ölmüş efendisinin kemikleri etinden sıyrılıp ağardıktan sonra müneccimler bunları tabut yerine geçen sandıklara koyacaktı.

Daha hükümdar, sarayının kapısından son bir kez çıkamadan, taht salonunun bitişiğindeki bir odada üç adam toplandı. Devlet işleriyle uğraşan üç kastın; müneccimlerin, savaşçıların ve kâtiplerin temsilcileriydi bunlar. Hükümdar, tahtın el değiştirmesiyle ilgili vasiyetini yazıp mühürlemiş ve her birine vermişti. Sahtekârlıkların önüne geçmek için, bu üç belgenin birbirinin tıpatıp aynısı olup olmadığına bakılıyordu.

Hükümdarın vasiyeti son âna kadar sır olarak kalırdı. Üslup ve dille ilgili birtakım zorunlu kaideler vardı, ama içerik sadece hükümdarın arzularını yansıtırdı. Hükümdar isim vermeden, "doğruluk", "yiğitlik", "merhametlilik" gibi halefinde olmasını istediği özellikleri saymakla yetinebilirdi. Bu durumda üç kastın önderleri, bu muğlak isteklere en uygun hanedan mensubunu seçimle belirlerdi. Bir karara varamazlarsa, müneccimbaşı "meleklere danıştıktan sonra" son sözü söyleme hakkına sahipti. Kutsal metinlerde yazan, imparatorluğun kurucusunun da tasdik ettiği gelenek böyleydi.

Şahpur'dan beklenen, tıpkı Erdeşir'in ona yaptığı gibi, sağlığında tahtın vârisini belirlemesi, hatta iktidarına ortak etmesiydi. Ama bunu yapmamıştı. Herhalde babasıyla arasına sinsi bir soğukluğun girdiği o günlerin acı hatırası yüzünden. Erdeşir, Şahpur'un ismini telaffuz ettiği andan itibaren, yüzüne baktıkça kendi ölümünü görüyormuş gibi ona kin bağlamıştı. Şahpur da kendi vârisiyle aynı duruma düşmekten korkmuş olabilirdi.

Son âna kadar kimi seçeceğine karar verememiş de olabilirdi. Zaten söylenenlere bakılırsa, en son hastalandığında üç müstakbel seçmeni başına çağırıp birkaç yıl önce ellerine verdiği mektupları geri almış, kalbindeki yeni seslere uyan başka mektuplar vermişti.

Taht salonunda perde çekilerek tavana asılı taç gözlerden saklanmıştı. Huzura çıkanların secdeye vardığı yere, ölmüş hükümdarın başını yukarıda tutacak şekilde, eğimli bir kaide konmuştu. Etrafı tütsüler yakan, dualar okuyan müneccimlerce kuşatılmıştı. Saraylılar her zamanki yerlerindeydi. Asıl kalabalık dışarıda, sarayın bahçelerinde, parmaklıkların önünde birikmişti. Şehirliler iktidar sahiplerinin sessiz telaşını seyrediyor, eğlencesine, müstakbel efendilerinin kim olacağını tahmin etmeye çalışıyorlardı.

Nihayet seçmenlerin kapısı açıldı. Üçü rütbe sırasıyla dışarı çıktılar, en önde büyük müneccim Kerdir, arkasından savaşçıların en kıdemlisi, son olarak da baş kâtip. Avuçlarında mührü bozulmuş birer parşömen rulosu vardı. Bunları aynı anda açtılar, ama sadece Kerdir yüksek sesle okudu, ötekiler ellerindeki kopyayı gözleriyle kontrol etmekle yetindiler.

"Ben, Ahura-Mazda'nın müridi, İran'ın ve İran'dan ötesinin krallarının kralı, ilahi Erdeşir'in oğlu Şahpur, sayamayacağım kadar çok memleketi fethettim, dinime sadakatle hizmet ettim. Gökler adımı unutturmasın.

"İmparatorluğumun manevi âlemdeki suretine, şanlı atalarıma kavuşacağım şu saatlerde, âsamı ve tacımı hanedanın en layık mensubuna, sevgili oğlum..."

Müneccim genzini temizledi, sinek uçsa duyulacak kadar derin sessizlikte ses iyice çoğaldı.

"...sevgili oğlum, ilahi Hürmüz'e, büyük Ermenistan kralına bırakmaya karar verdim. Yiğitlikte aynı mertebeye ulaşmak nasip olsun..."

Son sözler uğultuların arasında kayboldu. Saraylıların gözleri prenslerin safına dikilmişti şimdi; öncelikle, farkında olmadan iki adım öne çıkmış olan yeni hükümdara. Ardından da yanındakinin omzuna yaslanıp kalmış olan Behram'a. Kerdir'le bir an göz göze geldiler, müneccim çaresizce sırıtmaya çalıştı.

Mani de az kalsın yığılıp kalıyordu, ama bambaşka nedenlerle. O âna dek imparatorluğun bütün tebaası gibi o da tahtın son zamanlarda babasıyla yakınlaşan, müneccimleri de arkasına alan Behram'a kalacağını sanmıştı. Hürmüz, ırak Ermenistan krallığında yarı yarıya gözden düşmüş gibiydi, kralların kralıyla arası o kadar bozuktu ki, ölüm döşeğinde olduğunu bilmese onu görmeye gelmek aklından bile geçmezdi.

Daha o sabah, ihtiyar hükümdarın öldüğünü haber aldığında Mani'nin dünyası kararmıştı. Son haftalarda Şahpur'un hastalanmasıyla birlikte başkent de dahil her yerde tehditler yoğunlaşmıştı. Canla başla olmasa da verdiği himaye sözüne hep sadık kalan Şahpur, sofulara karşı son kaleydi.

Babilli saraya gitmeden önce ilahi "İkizine" derdini açmış, ne var ki ondan içini rahatlatacak bir söz çıkmamıştı. "Yolun sonu yakınsa", demişti, "buna razı olmalısın, müritlerini olacakları göğüslemeye hazırlamalısın. Yazdıkların, çizdiklerin, öğrettiklerin sadece senin çağında yaşayanlar için miydi?"

Ve şimdi kâbus dağılıyor, şimdi yaman bir çelişkiyle Kerdir'in ağzından dökülen sözcükler umuda yeniden can veriyordu: "...sevgili oğlum, ilahi Hürmüz..."

Kızgın müneccim ritüelin dışına çıkmadan ayine devam etti.

"Melekler ilahi Şahpur'un oğlu ilahi Hürmüz'ü hükümdar tayin etti. Ona boyun eğin ey insanlar, sevinelim!"

Seçilmiş prense yaklaşmasını işaret etti ve elini tutarak yüksek sesle sordu:

"Viştasp'ın güç verip Erdeşir'in canlandırdığı Zerdüşt dinini Yüce Varlığın elinden kabul ediyor musun?"

"İlâhi âleme hizmet edeceğim, tebaamın iyiliği için çalışacağım."

Yeni hükümdar, iktidar boşluğunu tez elden doldurmak için kısa tutulan, gösterişsiz bir törenle tahtına götürüldü. Esas merasim çok sonra, başka yerde, taç giyme sırasında yapılacaktı. Geleneğe göre bir sonraki Nevruz bayramında, yılbaşında olacaktı bu. Ktesifon'dan çok uzakta, Sasani hanedanının beşiği Persis'teki kutsal bir yerde.

Aslına bakılacak olursa Hürmüz iktidarı ele almıştı bile. Uyrukları telaşla ayaklarına kapandı. Behram da istemeye istemeye yere yüz sürdü; kardeşi de onu yukarıya, yanına çağırarak uğultular arasında kucakladı. Birbirini ezerek tebriklerini sunmaya çalışan saraylıların arasında Mani taş kesilmişti. Oysa başka her yerde, müritleri ve aynı umudu paylaşan herkes bunu duysa bayram ederdi. Yeni hükümdarı ikinci bir baba bilen Denag uzun, gümüş tellerin de karıştığı örgüsünü sol omzunun üstünden öne atardı... Burada, sarayda, imparatorluğun önde gelenlerinin arasında bile, Haberci'nin dostları bambaşka bir sevinç içindeydi.

Hürmüz de bu kasırganın ortasında gözleriyle, yalnızken "Üstat" dediği insanı aradı. Bir an baktı ona, gizlice işaret etmek istedi, ama Babilli kendi içine dalmıştı. Bu mutlu anda o kaygılıydı, adeta işkence çekiyordu.

Adımları onu, başında tütsücülerden başka kimsenin kalmadığı Şahpur'un ölüsüne götürdü. Eski can dostunun donmuş çizgilerinde, gözünün önünde oynanmakta olan esrarın anahtarını aradı. Sesler kulaklarından silindi, dalgınca, uzun uzun seyretti. Ardından, yeni krallar kralına dönüp bakmadan dışarı süzüldü.

Perdedar bekleme odasının ucunda soluk soluğa yetişti ona. Hükümdar onu ertesi gün, güneş doğarken görmek istiyordu.

"Üstadımı, dostumu şimdiden kaybettim mi yoksa, diyerek karşıladı onu Hürmüz. Dün Kerdir denen o yabaneşeğinin bile yüzü senden çok gülüyor, ağabeyim Behram bile senin kadar üzgün görünmüyordu neredeyse. Yoksa zaferlerden korkuyor musun? Mutluluklara güvenmiyor musun?"

Mani üzgün görünüyordu. Öyleydi de, çünkü otuz yıl önce, İndus kıyılarında karşılaştıklarından beri Hürmüz, bütün dünyayı karşısına alma pahasına, ona hep içten bir sevgi sunmuştu sadece.

"Aşırı şaşkınlıktan böyle oldum. Tanrı sadece imparatorluğa değil, bana, Denag'a, bütün yakınlarıma da bir hediye verdi. Zulmün saltanatı gelecek diye korkuyorduk, mertliğin saltanatı geldi. Mutluluktan sarhoş olmamak elde mi?"

"Demek ilahi yoldaşın söylemedi sana!"

"Hiçbir umut vermedi."

"Herhalde sürprizin tadını kaçırmak istememiştir."

Ellisini geçmiş olmasına rağmen Hürmüz'ün gözlerinden yansıyan çocuksu saflık, Babillinin yüreğini burkuyordu.

"Şimdi şaşkınlığın geçtiğine göre mutlu yüzünü gösterirsin herhalde!"

"İmparatorluğun efendisi bundan kuşku duyabilir mi?"

Hürmüz bakışlarını göstere göstere boş odada gezdirdi.

"Bunu bana mı söylüyorsun Mani? İmparatorluğun efendisiymiş! Herkesin önünde böyle söylemen uygundur, ama yalnız kaldığımızda, imparatorluğun efendisi olarak emrediyorum, benimle her zamanki gibi konuş. Bütün tanrılar adına, varlığına, dostluğuna, aklına en çok ihtiyaç duyduğum anda sahiden benden kaçmaya mı çalışıyorsun? Babam sana kaçak derken haklıymış, gerçekten de öylesin. Ama benim o kadar sabrım yok, kendime de onun gibi hâkim olamam. Şu dakika, şerefin üstüne, ve seni Haberci tayin edenin adına, son nefesine kadar, saltanatımın dostu, desteği, ilham kaynağı, Işığı olup olmayacağını söyleyeceksin. Ya cevap ver, ya da bir daha karşıma çıkma, ne senin adını duyayım ne de yakınlarının!"

"Hürmüz, dünyanın adaletsizliğine karşı beni savunan dostsun. Ölümüm elinden olsa bile asla lanet etmem sana."

"Ölmek mi? Elimden mi?"

Krallar kralının gözleri buğulanmıştı.

Mani'nin elini tutup dudaklarına götürdü, geçmişte de bazen yapardı böyle. Ama o zaman kralların kralı değildi!

"İlâhi yoldaşın benden sakınmanı mı söyledi?"

"Hayır Hürmüz, sırf adını anmış olsa içim rahatlayacaktı."

"Şimdi rahatladın mı?"

"Senden hiç şüphe etmedim."

"Şüphenin devri geçti Mani. Kararsızlığın da öyle. Birlikte kuracağımız şeyler var. Bu akşamdan tezi yok, tellallar kralların kralının Mani'nin dinine girdiğini duyuracak."

"Hürmüz, sakın ha! Babanla da aynı yanlışı yaptık. Ondan çok şey bekledim, o da benden çok şey bekledi. Mantıklısı bu değil. Gün gelir, benden kral gibi karar vermemi istersin, ben de Haberci gibi tasalanmanı beklerim senden. Aramıza soğukluk girer, uzaklaşırız, hatta belki düşman oluruz. Aklından bir kere bile geçmediği halde bir de bakarsın ki sevdiğine kıymışsın, sonra da arkamdan samimiyetle ağlarsın. Hayır Hürmüz, aynı hatayı ikinci kez yaptırma bana, Tanrı bir başarısızlığımı daha affetmez."

"Bir keresinde Işığın saltanatı Şahpur'un saltanatına denk gelmedi, demiştin, benimkine denk gelir, diye umuyordum."

"Mesele ne sensin Hürmüz, ne Şahpur ne de benim. Kusur çağımızda. Dört bir yanımız kıskanç tanrıların müritleriyle kuşatılmış, ben ise cömert bir ilâhın sözcülüğünü yapıyorum. İnancıma daha uzun süre, dünyadan kopmuş bir avuç Seçilmiş'ten başka kimse sahip çıkmaz. İmparatorluk bağrına basamaz onu. Ama ikimiz de yerimizi bilirsek, birlikte çok şey inşa edebiliriz. Sen ant içtiğin gibi adil davranarak, tebaanın iyiliği için çalışarak, herkesi inancında serbest bırakarak. Kendi payıma ben de, Umuduma ortak olan müritlerimle Işığı elimden geldiğince milletlere öğreterek."

"Bu dost kalmamıza engel mi?"

"Büyük Ermenistan kralının dostuydum, imparatorluğun efendisinin niye dostu olamayayım? Her arzu ettiğinde bu sabahki gibi, baş başa buluşuruz, dünyadan, Işık Bahçeleri'nden, resimden, tıptan, âhenkten konuşuruz. Ama sarayı terk ettiğim anda tekrar Haberci olurum, hepsi bu. Sen de kralların kralı olursun, herkes kendi silahlarıyla, kendi yükleriyle kendi yoluna gider."

Bunu izleyen aylarda Mani'nin dini bütün imparatorluk topraklarında ve hatta sınırların ötesinde görkemli bir atılım yaptı. Tabur tabur savaşçılar, Kerdir'in öğretilerine düşman müneccimler, her sınıftan insanlar Seçilmişlerin, müritlerin ya da sadece dinleyicilerin arasına katıldılar. Haberci bu âni ilerlemeyi açıklayamıyordu. Hürmüz'ün bu dine olan meylini saklamamasının etkisi büyüktü; zayıflığa düşmeden merhametli olmayı bilen, tahta geçtiğinden beri uğuruyla bereket, mutluluk saçan yeni hükümdara halkın sevgisi bu etkiyi bir kat daha artırıyordu. Ne bir salgın, ne bir kıtlık, ne sel, başka zaman ortalığı kırıp geçiren afetlerin hiçbiri yoktu. Saltanatının bahtı açık görünüyordu.

Taç giyme merasimi için kesenin ağzı açılmış, kuşkusuz büyük masrafa girilmişti, ama halkın şikâyeti yoktu; yoksullara da bayramı şanına yaraşır şekilde kutlamaları için yardım dağıtılmıştı. Hürmüz Nevruz yaklaştıkça sabırsızlanıyordu. Her sabah, divandan önce Mani'yi çağırtıp bir önceki gün yaşadığı heyecanları, beklentilerini anlatıyordu. Persis'e onun da gelmesini çok istiyordu, ama sonunda Babilliyi bu işe karıştırmamaya ikna oldu, onun böyle merasimlerde yeri yoktu.

Kutsal alan iki yar arasında uzanan bir boğaz gibiydi. Erdeşir'le Şahpur, taç giyme sahnelerini işte buradaki kayalara oydurmuştu. Kurucuların iki adım ötesinde el değmemiş, pürüzsüz bir yüzey Sasani soyunun üçüncü kuşağından yeni hükümdarın suretini saklamak için hazırdı. Kutsal yolun taş zeminine bir uçtan bir uca halılar serilmiş, kaya duvarı ise üç adam boyu yüksekliğe dek hanedanın simgeleri olan güneş, ateş, ay, teke, yabaneşeği, köpek, aslan, yaban domuzu desenli ipeklerle kaplanmıştı. Tam ortada, yolun genişleyip aydınlandığı yere kenarları tatlı bir meyille inen bir platform konulmuştu. Üzerine ise boş bir taht.

Her iki yönden de kafileler geliyordu. Birinin başında at sırtındaki Hürmüz vardı. Uzun, kıvırcık saçları, miğfer biçimli tacının altından taşıyordu. Tacın tepesine bir küre oturtulmuş, ona da arkada uçuşan renkli şeritler bağlanmıştı; sakalına bu kez altınlı, incili bir halka takmıştı. Arkalarında bütün saray halkıyla muhafız subayları hükümdarın peşinden yürüyordu, ama belli bir mesafeyi koruyarak. Öbür taraftan ise Kerdir'in önderliğinde müneccimler geliyordu. Takdis boyunca Yüce Varlık Ahura-Mazda'nın rolüne soyunarak hükümdarı en yüksek mertebeye yükseltecek olan oydu.

İki alay adım adım ilerliyor, yavaşlıkları şenliği uzattıkça uzatıyordu. Süsler, dumanlar, kokular, nakaratlar. Hükümdarın peşinden destan şarkıları, büyük müneccimin arkasında kutsal danslar. Alayın sonunda ise beklenen taşkınlıklar, zararsız kavgalar, sarhoşluklar. Karnavallara yaraşır, aşırı bir şatafat.

Ve atlar platformda kafa kafaya gelene dek bu böyle sürdü. Sesler birdenbire kesilene dek. Kerdir sağ elinde ilahi krallığı simgeleyen şeritlerle süslenmiş halkayı, sol elinde ise asayı tutuyordu. Hürmüz halkayı sol eliyle aldı, işaret parmağını bükerek Ahura-Mazda'ya itaat ettiğini gösterdi; sonra asayı aldı, ilâhlaşan krala itaat ettiğini gösterme sırası, tekrar basit bir faniye dönüşmüş olan Kerdir'deydi şimdi.

Derken kralların kralı atının dizginlerini bıraktı, müneccimbaşı yere atlayıp bunları yakaladı ve tebaasının alkışları arasında Hürmüz'e yavaş yavaş bir daire çizdirdi. Hükümdar tahtına oturdu. Kerdir'in büyük bir resmiyetle sunduğu altın ritonu dudaklarına götürdü. Resmi tören bu hareketle sona eriyordu. Kafileler bu kez hızla geri çekildi. Etraf ıssız kaldı. Hükümdar yalnızdı. Elinde ritonuyla. Yanında sadece yelpazesiyle sinekleri kovalayan, sağır dilsiz, yaşlı bir köle vardı. Karşısında ve dört bir yanında ise, az sonra içinde duyacağı ataları ve tanrıları sıralanmıştı.

Riton *haoma* denen, tanrıların içkisiyle doluydu; bir gün önceden bin yıllık bir geleneğe göre hazırlanmıştı. *Haoma* bitkisinin dalları temizlenmiş, takdis edilmiş bir havanda dövülmüş, ardından sütle ve sırrını sadece büyük müneccimlerin bilip birbirine aktardığı otlarla karıştırılmıştı. Antik dönemde Hindistan'ın ve Pers ülkesinin kutsal içkisi olan *haoma*'yı içen ilahi kişi vecde gelip öbür kutsal varlıklarla bütünleşirdi.

Hükümdar, *haoma*'nın etkisiyle çırpınmaya başlamıştı, ama hiçbir faninin bu mucizevi titreyişleri durdurmaya hakkı yoktu. Hükümdar çılgınlığın kollarına bıraktı kendini, haykırdıklarını ya da mırıldandıklarını faniler duymamalıydı; müminler hükümdarın o sırada, atalarıyla gaipten konuşmakta olduğuna inanırdı.

Kralların kralı ilahi mertebeye ermeye çalışırken, yaşlı, sağır hizmetkârın telaşsız, iyilik dolu gözleri önünde can verdi.

Geceleyin halk ve ülkenin büyükleri ilahi Hürmüz'ün sağlığı onuruna sarhoş olurken, üç kastın başları meclis kurup kralların yeni kralını belirlediler. Behram. Müneccimlerin tercihi.

Hürmüz'ü kimin zehirlediğini anlamamak mümkün müydü? Ama kim onları cezalandırabilir, suçlarını kanıtlayabilirdi? Tanrıların içkisinin hükümdara ağır geldiğine, belki içmeye layık olmadığına, belki *haoma* meleğinin taç giymesine olur vermediğine hükmettiler. Cinayet o kadar ortadaydı ki, bu bile katillerin elinde başlı başına bir kozdu: Kerdir Hürmüz'ü öldürmek istese, bütün ülkenin gözü önünde, kendi elleriyle yapar mıydı bunu?

VI

Hürmüz'ün öldürülmesinin nedeni, müneccimlerin ve savaşçıların onun tahta çıkmasına, Mani'nin zaferinin ilk adımı gözüyle bakmasıydı. Ama Mani böyle bir mucizeye hiçbir zaman inanmamıştı. Denag umut ve mutluluktan sarhoş gibi dolaşırken, o dünyadaki kötülüğün bu kadar kolay pes etmeyeceğini anlatmaya çalışmış, acıdan, sabırdan, sınavlardan dem vurmuştu. Şahpur'un yanında geçirdiği uzun yıllarda hayallere aldanmamayı öğrenmişti. Haberci savaşları ya da baskıları engelleyemedikten sonra, asrının en güçlü hükümdarı ise sınıfları ortadan kaldırmaktan da, sözünü tutup din değiştirmekten de çekindikten sonra, büyük Sasani'yle o umut veren ittifak neye yaramıştı ki?

Çok hareketli geçen o yıl, Mani'de bir burukluk vardı. Bir de bıkkınlık. Ve gönül gözü alabildiğine açıktı. Hürmüz'ün saltanatına baştan beri karanlık bir gökyüzünde gecikmiş, gelip geçici bir aydınlık gözüyle bakmıştı. Öldüğünü öğrenince üzülmüş, kahrolmuş, isyan etmişti, ama yakınlarının gözyaşlarına engel oldu.

"Büyük sınav başlıyor", dedi onlara. "Bedenimin kat edeceği bu zorlu yola hiçbiriniz gelmeyin."

Malkos uzaklaşmak istemiyordu. Ama Mani kesin bir dille Kloe'yi ve çoluk çocuğunu alıp Tyr'e gitmesini söyledi. Çok insan böyle memleketine döndü.

Behram taç giyip Ktesifon'a döndükten sonra, saraydan bir uşak Mani'ye kendiyle ilgili fermanı getirdi. "Part soyundan, savaşçılar sınıfından, ülkesinde hekimlikle uğraşan Pattig oğlu Mani, Gerçek Din'e karşı düşünceler yaydığı için bugünden itibaren Mezopotamya, Ermenistan, Persis topraklarından kovulmuştur..."

Kovulmak mı? Sadece kovulmuş muydu? Denag ve Mani'yle kalmayı tercih etmiş olan herkes gelip omzuna, dizine dokundu ve o saf parmaklarını öptü. Günler boyunca kaçması için Mani'ye yalvardıktan sonra, ona kardeş katili hükümdarın elinde can vermiş gözüyle baktıktan sonra, şimdi Haberci'ye yeniden kavuşmuşlardı.

Ve en önemlisi, Mani meydan okur gibi konuşarak onları sevindiriyordu. Niye Mezopotamya'yı, Ermenistan'ı, Persis'i terk edeyim, niye sadece bu memleketleri terk edeyim, diye haykırıyordu. O imparatorluğu bütün bütün terk edecekti! Sasanilerin gölgesinde fazla oyalanmıştı, ömrünü bu topraklarda tüketmişti! Şahpur'un gönlünü kırmamak için Palmira'ya gitmekten kaçınmıştı. Çağrısını hissettiği halde Roma'ya da uğramamıştı. Mısır'a, Aksum ülkesine de. Bundan böyle kralların vaatlerine kanmayacak, gidecekti! Ve umut veren toprağını şöyle bir yoklamakla yetindiği Hindistan'dan başlayacaktı yolculuğa. Sonra Tibet, Turfan, Kaşgar, Çin.

Kovulmak mı? Onu tek bir imparatorluğa, tek bir hanedana bağlayan görünmez prangalardan kurtulmak denebilirdi buna.

Peşinde müritleriyle yeniden yollara düştü. Kaçan bir hükümlü gibi değil, bir fatih gibi. Sadece uyumak için duruyor, tıpkı eskisi gibi geçtiği her yerde, minnetle, gururla ona kapısını açan bir ev buluyordu.

Rotasını Doğu'ya çevirmiş, Kengavar ile Ekbatana'yı geçmişti. Eberşehr'e giden kervan yoluna girmek üzereyken, bir su başında mola verdikleri sırada düşüncelere daldı ve güpegündüz "İkiziyle" yüz yüze geldi.

"Koştukça koşuyorsun", dedi öteki, "bezginliğinden böyle kurtulacağını mı sanıyorsun?"

"Henüz müjdeyi götüremediğim milletleri bir an önce tanımak istiyorum. Sen değil miydin diyen..."

"Hayır Mani, artık çok geç. Yol bitti. Geri dönmelisin."

"Kovulduğum topraklara mı?"

"Seni en çok sayan şehirlerden geçeceksin, Kerha, Susa, Gokay, Holasar... Her yerde insanlar yollarına dökülecek, binlerce erkek ve kadın alayına katılmak isteyecek. Ama sadece şunu söyle onlara: Beni seyredin, görüntüme doyun, çünkü beni bu surette bir daha görmeyeceksiniz!"

***

Holasar surlarının önü, Susa kapısının her iki yanı tıklım tıklımdı. Veda anlarının alışılmış kalabalığı. Akşamki sevinç yerini mağrur gözyaşlarına bırakmıştı. Önce Haberci geçti kapıdan, arkasından kafilesi. Bir süvari birliği gün doğumundan beri onları bekliyordu. Subay yaklaştı.

"Pattig oğlu Mani'yi kralların kralı ilahi Behram'a götürmem emredildi."

"Efendin nerede?"

"Yazlık sarayında."

"Beth Lapat'ta mı? Yolculuğum tam da orada bitecekti. Git, söyle efendine, Mani yolda!"

Babilli cevap beklemiyordu. Atının sağrısına bir kere vurup subaya aldırmadan ilerlemeye koyuldu. Afallayan subay, bir dakikalık bir kararsızlıktan sonra adamlarıyla birlikte dizginlere asıldı. Güya isyankâr Haberci'yi yakalamaya gelmiş, ama ondan bir söz alabilmişti ancak.

Mani Beth Lapat'a özgür bir adam olarak girdi. Müritlerinin hınca hınç doldurduğu yollardan geçerken özgürdü, sarayın parmaklıklarına, hükümdarın dairesine kadar özgürdü. İhtiyar bir divan kâtibi, muhafızların koruduğu giriş odalarında yol gösterdi ona; sonra, saygılı bir sesle geldiğini krala haber verene kadar oturmasını rica etti.

Behram yakınlarıyla birlikte kuşluk yemeğine oturmuştu. Memur yerlere kadar eğilerek selam verdi.

"Efendimiz rahatsız ettiğim için beni bağışlasın. Mani geldi."

Hükümdar derhal tahtının kolundan destek alarak kalkmaya davrandı. Ama ebedi danışmanı Kerdir'le göz göze gelince kendini tekrar yerine bıraktı.

"Efendimizin onu görmeyi istediğini biliyorum. İçeri alayım mı?"

"İçeri almak mı? Bu kadar ünlü bir insanı buraya kadar zahmete sokmak mı? Ne büyük bir akılsızlık! Hayır, bizzat ben onun ayağına gideceğim!"

Kâtip tatlı sözlerine aldanmasın diye ekledi:

"O adam yerinden kımıldamasın! Yemeğim bitince görüşeceğim onunla. Hem de uzun uzun."

Mani'nin yanına gittiğinde hükümdar tıka basa yemiş, içmiş durumdaydı. Yıllar geçtikçe semirmiş, ağırlaşmış, ama Şahpur'un doğal vakarına ya da Hürmüz'ün o güzel rahatlığına sahip olamamıştı. Sol kolu, kendinden kırk yaş küçük metresinin omuzlarındaydı. Üstelik, tarihlerde "Sakaların ecesi" diye geçen kızı kendi torunuyla evlendirmişti. İki adım arkasında müneccimbaşının sarı entarisi göründü.

"Hoş gelmedin!"

Behram'ın ilk sözü bu oldu. Besbelli Mani onu gerçekten korkutuyor, o da bunu aşmak için iki kat saldırganlaşıyordu. Babilli, bu acınası, bir o kadar da zalim, az sevilmiş, ihtiyar, şişko çocuğa uzun uzun baktı. Sonra, hırçınlaşmadan cevap verdi:

"Hiçbir kötülüğüm dokunmadığı halde kuyumu kazanlar var."

"Kötülüğüne gelmeden önce, sen söyle bakalım, hanedanımıza ne faydan dokundu? Ne savaşta işe yararsın ne avda! Güya hekim geçinirsin, kimseyi iyileştirdiğini görmedik!"

"Herkes bilir kime bakıp iyi ettiği..."

"Babam ilahi Şahpur seni saray hekimliğine atamıştı, ama ateşine, acılarına deva bulamadın. Ölüm döşeğinde seni istediğinde gelmeye tenezzül etmedin!"

Demek Şahpur onu son bir kez görmek istemiş, herhalde biri araya girip mesajın ona ulaşmasını engellemişti. Böyle iğrenç bir kötülüğü Kerdir'den, Behram'dan ve yardakçılarından başka kim yapabilirdi? Mani tiksintinin, öfkenin içinde kabardığını hissederek kendine hâkim olmaya çalıştı. Sustu. Hükümdar yüreklenerek devam etti.

"Ya kardeşim, ilahi Hürmüz? Onun hekimiydin, dostu geçinirdin, ama rahatsızlandığında yanında değildin, çünkü istediği halde onunla gitmeye gerek görmemiştin. Oysa belki acılarını hafifletebilirdin."

Kerdir bile ilk kez duyduğu bu üstü kapalı itiraftan rahatsız olmuştu, ama Behram anlamlı anlamlı göz kırptı ona. Korkacak ne vardı? Biri adalete hükmeden müneccimbaşıydı, ötekiyse hükümdar.

"Susuyorsun!"

Mani içini çekti.

"Cevap bende değil başkalarında. Yüreklerinde, ellerinde", deyip sustu.

Hürmüz'ün katilleri yargılanacaksa bile, yeri bu mahkeme değildi! Behram, Mani'nin böyle imalı bir cevapla yetinmesine bozulmuştu. Müthiş bir aşağılama dolu gözlerle baktı ona, sonra başka suçlamalara geçti.

"Kralların kralı seni istediğinde yoksun. Ama ne zaman bir yere gitmeni yasaklasa, kovulduğun topraklarda bitiverirsin. Efendilerine böyle mi hizmet ediyorsun!"

Mani ses çıkarmadı. Şahpur'un can çekişerek ismini mırıldanan görüntüsü zihnine musallat olmuştu gene, başucundaki gölgeler ise duymamış gibi yapıyordu. Bunaltıcı, ama aynı zamanda huzur veren bir görüntüydü bu. Babilli, büyük Sasani hükümdarının yanında geçen senelerine artık acımıyordu.

Ne var ki Behram'ın homurdanması bitmiyordu:

"Seni sürdüm, bana karşı geldin!"

"Son bir yolculuk yap diyen ilahi sesi dinledim."

"İlâhi sesmiş! Tutturmuşsun bir ilahi ses! Tanrı seninle niye konuşsun? Koca imparatorlukta niye dosdoğru kralların kralıyla konuşacağına, böyle sefil, topal bir kulu seçsin?"

Görüşmenin başından beri, Behram'ın her sorusuna Mani biraz bekleyip öyle cevap vermişti. Böylece kendince, karşısındaki şu zavallıya değil, temsil ettiği dünyevi makama teslim olduğunu göstermiş oluyordu. Ama bu kez gözlerini hükümdarın gözlerine dikti ve suskunluğu iyice uzattı.

"Tanrı'nın bir bildiği vardır, o insanoğlunun süslerinin ardındakini görür."

Behram tepki vermedi. Bir anda afallamış, sarsılmış gibiydi. Kerdir öfkesini alevlendirmek için atıldı:

"Bu adam kendini hanedanın kutsal üyelerinden daha layık görüyor bu onura!"

Hükümdar sesini çıkarmadı. Hâlâ dalgındı. Müneccim yanına gitti ve kazayla olmuş gibi omzuna çarptı. Mani gülümsedi. Şahpur'a ya da Hürmüz'e kimse böyle davranmaya cesaret edemezdi! Ama Behram uykudan uyanırcasına başını salladı ve bıraktığı yerden sorulara devam etti.

"Demek krallar kralına karşı çıkmanı o ilahi ses emretti. Ve isyan etmeni."

"Benim adımla hiçbir yerde isyan bayrağı açılmadı!"

"Huzursuzluk yarattın. Savaşçılara görevlerini, sanatkârlara mesleklerini unutturdun. İnsanları sınıf ve ırk ayrımını küçümsemeye çağırdın. Artık satıcılar utanmadan süvarilerin gözünün içine bakabiliyor. Müneccimleri kimse dinlemiyor. Bu isyan değil de nedir?"

"İlâhi Şahpur inancıma uğursuz deseydi, onu yaymama izin vermez, eyaletlerin önde gelenlerine bana yardım etmelerini yazmazdı. İmparatorluğun, hanedanın çıkarlarına ters düşen hareketlere destek olması mümkün mü?"

"Gaflete düşürmüşsün onu."

"Otuz yıl boyunca mı? O ki bir fatih, devrinin en korkulan hükümdarıdır, otuz sene benim sözlerime kanmış olabilir mi? Hem öyleyse ölüm döşeğindeyken niye beni çağırsın? Son nefesini verirken, yeryüzündeki gücünün son demlerindeyken, herkesin dostum, koruyucum olduğunu bildiği, düşmanlarımın korktuğu oğluna niye bıraksın tahtını? Benim adım mı kirlenmiş olur bu durumda, yoksa büyük hükümdarların adı mı?"

"Yeter bu kadar!"

Behram boğazına sarılacak gibi Mani'nin üstüne yürüdüyse de, hükümdarlık vakarını hatırlayarak duyulmamış bir küfür savurmakla yetindi.

Hükümdar sakinleşirken Kerdir nöbeti devraldı ve çok açık bir dille Mani'yi suçladı.

"Pattig oğlu Mani, atalarının dini olan Gerçek Din'den ayrılarak suç işledin. Müminlerin aklını karıştıran yeni düşünceler yaymakla sapkınlık etmiş oldun. Gök katında ikisi de günah."

"Kerdir'in düşüncelerinden kesinlikle uzaklaştım, ama Zerdüşt'e bağlıyım."

Hükümdar bir anda kendini toplamıştı.

"Duyduğum bana yeter. Suçlama da, savunma da ortada. Mani dinden dönmüşse, doğru yoldan sapmışsa cezası ölümdür. Eğer söylediği gibi hâlâ Zerdüşt'e bağlıysa onu cezalandırmaktan vazgeçeceğim, hatta itaatsizliğini de affedeceğim. Yasamıza uygundur, değil mi?"

Kerdir onayladı. Babilli hiçbir şey söylemedi. Nasıl bir pazarlık önerildiğini anlamıyordu. Zaten hükümdar da onun rızasını beklemedi.

"Yargılayalım", dedi.

Sonra gidip oturdu, Mani'yi de karşısındaki bir divana davet etti. Olup bitenleri eğlenceli bulmaya başlayan biri varsa, o da kralın genç metresiydi. Hükümdara yapışıp bundan sonra neler olacağını sordu.

"Babilli kıymetli hekim düşündüklerini söyleyecek. Eğer bunlar Gerçek Din'e uygunsa özgür kalacak ve himayemiz altına girecek. Mani, seni dinliyoruz."

Ama genç kız tam anlamamıştı.

"Bu adam konuşurken dine bağlı mı kaldığına, yoksa yoldan sapmış mı olduğuna kim karar verecek?"

"Böyle konularda hüküm verebilecek tek kişi: Aramızda olmasından onur duyduğumuz büyük müneccim Kerdir'dir."

Mani yine gülmekten kendini alamadı.

"Maskaralıklarınıza boyun eğmektense, elinizden kargabükenli *haoma* içerim, daha iyi. Yoksa baldıran mıydı?"

"Bu cümle seni mahkum etti", diye hüküm verdi Kerdir.

"Yoksa söylemeseydim aklanacak mıydım?"

"Hayır", diye itiraf etti Behram açıkça. "Atalarımın üzerine, öleceğine yemin etmiştim. Ama kalleşliğin bedelini işkenceyle ödeyeceksin."

VII

Mani prangaya vuruldu. Boynuna ağır bir zincir takıldı, üç tanesi göğsüne, üçü bacaklarına, üçer tane de kollarına dolandı. Bunun dışında şiddet, eziyet yoktu, zindana da atılmadı. Muhafız kulübesinin yanında, taş döşeli bir avluda tutuluyordu. O ağırlığın altında canı damla damla eriyip gidecekti. Hemen ölmemesi için beslenmesi emredilmişti. Daha uzun süre acı çeksin diye.

Mani'yi ziyaret etmek yasaklanmış değildi. Hüküm Beth Lapat sokaklarında duyulur duyulmaz insanlar akın etmeye başladı. İçlerinde müritleri vardı, muhafızların izin verdiği kadar yaklaşıp Haberci'nin ayaklarına bir çiçek atıyorlardı. Ama halka açık işkencelerde hep olduğu gibi, çoğunluk serserilerdi. Şehirde ya da civarda yaşayanlardan hiç kimse böyle bir sahneyi kaçırmak istemezdi. Ailecek geliyorlardı, çocuklar korktuğunda ana-babalar hafifçe gülerek onları yatıştırıyordu.

İçlerinde hükümlüye sövmeyi ya da nasihat etmeyi iş edinenler de vardı. Kimi sofuluktan, kimi gayretkeşlikten, kimi de sırf dürüstlüğünden, kralın sunduğu bu eğlenceden faydalanıp da, hiç olmazsa bir sözle karşılığını vermemeye gönülleri razı olmuyordu.

Mani'nin bu son azabının üçüncü gününde, şehirliler hâlâ seyre geliyordu. Gün batana, üstü açık zindanının ahşap kapısı kapatılana dek. İki tüysüz asker, onunla göz göze gelmemeye dikkat ederek başında bekliyordu. Birden ikisi birden öyle hızla yere kapandılar ki avuçları soyuldu. Hükümdar karşılarında bitivermişti. Yalnız başına.

Hükümdar şöyle bir öksürerek askerleri uzaklaştırdı. Kararsızca birkaç adım yürüdükten sonra, Mani'den ve zincirlerinden yüksekteki taş bir bloğun kenarına ilişti.

"Seninle konuşasım geldi Babilli hekim. İlk karşılaştığımızdan beri aklımı kurcalayan bir soru var."

Tuhaftır, Behram'ın sesi hınçtan arınmıştı adeta. Hatta dostça bile denebilirdi. Hükümlü lütfen gözlerini kaldırdı.

"Seninle konuşan şu ilahi ses, Mani..."

Hükümdar konuşurken sıkılıyor, adeta çocuk gibi yalvarıyordu.

"Geçen gün zaten cevap vermiştin, ama merakım geçmedi."

Mani ona ilgisizce, ama düşmanca kıvılcımlar saçmadan baktı tekrar. Sonra sabırla görevine nasıl başladığını, "İkizini", hurmalığı, Hindistan'ı, hatta Şahpur'la ilk görüşmesini anlattı. Çarmıha gerilenlerin bitkin sesiyle konuşuyordu. Hükümdar yaklaşıp daha iyi duymak için eğildi. Mani'nin sözünü keseceği zaman da, dostça bir fısıltıyla yaptı bunu.

"Ama neden sen, Mani? Neden Tanrı doğruca ilahi Şahpur'la konuşmamış olsun?"

"Haşmetinin dünya yüzündeki gücünden değil de Tanrı'dan geldiğini insanlar nasıl anlayabilirdi? Oysa basit bir adamın ışık saçması, başlı başına bir kanıttır."

Behram rahatlamış gibi başını salladıktan sonra devam etti.

"Kafama takılan bir soru daha var. Babama, kardeşim Hürmüz'e, amcalarıma ve Denag denen şu kadına ne söyledin de seni böyle el üstünde tuttular? Yoksa evrenin bazı sırlarını mı açıkladın?"

"Benim ağzımdan kendi içlerinde olan gerçekliği duydular. İnsan hep, yalnızca kendi sesini dinler."

Mani bu son cümleyi bir itiraf gibi söylemişti, Behram iyice eğildi. Hemen hemen aynı yaştaydılar, ama Babilli çelimsiz kalmıştı. Uzaktan biri onları böyle yarenlik ederken görse, huzur arayanın zindancı olduğunu tahmin edemezdi. Ve kurbanının ona hiç hınçlanmadan cevap verdiğini. Ama yaltaklanmadan, kendini acındırmaya çalışmadan. Ya da aman dilemeden. Adeta o akşam iki adam, Mani'nin çektiği işkenceleri konuşmaya değer bulmamışlardı.

Sekizinci gün, ilk başta Erdeşir'in, ardından kırk yıl boyunca Şahpur'un en sevdiği lavtacı olan Zerav Haberci'yi ziyarete geldi. Vakur duruşlu, uzun boylu, ince bir adamdı, seksenlik parmakları boğum boğumdu. Ama tellere dokundukları anda gençleşiveriyorlardı yeniden.

Babillinin bilgeliğine her zaman değer vermiş, onunla derin sohbetleri olmuştu. Mahkûm edilmesi onuruna dokunuyordu. Durumu protesto etmek için lavtasıyla gelmişti. İçeri girişi görkemli oldu. Doğruca Mani'nin yanına gidip zincirli elini öptü, sonra yanına bağdaş kurarak telleri inletti. Kalabalık sustu.

Askerler azametli duruşundan korkarak araya girmeye cesaret edememişlerdi. Yüksek rütbeli saraylılardan biri derhal yardıma koştu, ama imparatorluğun bu yaşayan abidesi karşısında o da ezilip büzülüyordu. Zerav gibi şanlı birinin, bu kadar çirkin bir yerde çalması ayıptır, diye kekeledi. Yaşlı sazende şaşkınlıkla sordu:

"Saray değil mi burası?"

"Elbette öyle. Ama işkence avlusundayız!"

"Bana göre burası sarayın en değerli, hem de en güzel kokan yeri."

"Krallara çalmış bir sazende, bir tutsağın önünde çalamaz!"

Zerav'ın cevap vermesine fırsat kalmadan Mani'nin hırıltılı sesi duyuldu. Tartışmaya girmedi. Kesinlikle. Hatta belki onları dinlememişti bile. Müzisyenle uzaklarda kalmış bir sohbete devam ediyor gibiydi.

"Biliyor musun Zerav, kâinatın doğumunda bütün varlıklar soylu bir ezgiyle yıkanırdı, yaradılışın kaosu bize onu unutturdu. Ama sanatçının ruhuyla akort edilmiş bir lavta o asli ezgileri tekrar uyandırabilir..."

"Bilgenin sözleri kulağımı okşuyor", diye haykırdı Zerav.

Ve tehditleri, gereksiz adap tartışmalarını bir kenara bırakarak tekrar, ateşle, tutkuyla akşama kadar çaldı.

Dediklerine göre Behram o gün avdaymış. O yokken hiç kimse, kralların kıymetli hanendesine kötü davranıp sorumluluk almaya cesaret edememiş.

Ertesi gün hükümdar döndüğünde askerler lavtacıyı çağırmaya, evine gittiklerinde, onu yatağının sımsıkı sarmalayan huzurunda can vermiş buldular. Bu onun son itirazıydı.

On dördüncü gün serseriler sıkılmış, müritler çoğalmıştı. Muhafızlar oturmalarını yasaklayarak zorla, sessizce yürümeye zorluyordu onları. Bu upuzun gündüz nöbeti sırasında huzursuz görünen Mani dalıyor, sonra birden uyanıyor, çırpınıyor, uyuşmuş uzuvlarını oynatmaya çalışıyordu. Vücudunu belli bir şekle soktuğu anda, bir önceki haline dönmeye çalışıyordu.

Müritleri bir an konuştuğunu duyar gibi oldular:

"Yazdın, yazdın, onlar okumadı. Sen bir şey söyledin, onlar başka şey anladı. İnsanların istediği başkaydı."

Gözlerinden yaşlar süzülüyordu. Müritler, birbirlerine onlardan bahsedip bahsetmediğini sordular bakışlarıyla.

On yedinci gün ecel kapıyı çaldı sandılar, muhafızlar müritleri Mani'nin yanına bıraktı. Sorulacak bir soru vardı, ama Mani'nin yüreği alt dudağında çırpınıyordu. Müritler onu daha fazla yormamak için konuşturmaktan vazgeçtiler.

Mani, dile getirilmeyen kaygılarını hissetmiş gibi gözlerini açtı. Sonra açık seçik mırıldandı:

"Sonra mı? İçimdeki Karanlık karanlığa karışacak, Işık, Işık olarak kalacak."

Kimseye yetmemişti bu. Ama Haberci'nin sesi titriyordu, müritleri de bu kadarına razı oldular.

Öğleden sonra kapıların kapanmasına yakın Mani'ye birden can geldi. Başı dikildi, sesi yükseldi. Yoksa "İkizinin" sesi miydi bu?

"Gözlerini son kez kapar kapamaz, kendiliğinden tekrar açılacaklar. Ve ilk ânın kuşkuyla dolacak. İnancın ne olursa olsun. En katı dindarlarda bile kuşkunun izi vardır; en koyu inançsızlıkta ise itiraf edilmemiş bir umut yaşar. Öbür dünyaya karşı, insanlar sadece rollerini oynar, ortak inançları bedenlerdeki yorgunlukta yazılıdır."

Durup zar zor soluğunu toparlamasını bekliyorlardı, ama o devam etti:

"Sonra sınav gelir."

Etrafında birinin "Yargı" dediğini duyan Mani hakarete uğramış gibi sıçradı.

"Ne Yargısı? Gözlerini kapadığında hüküm çoktan verilmiştir zaten! Hem de kendi ağzından!"

Yüzü iyice canlanmıştı. Avuçları, parmakları, boğazı, göğsü de.

"Kuşku ânı geçtikten sonra herkes kusurlarına, alışkanlıklarına kavuşacak. Ve insanlar arasında, mahkemeye ihtiyaç duyulmadan seçim yapılacak. Hükmederek yaşayan itaat eden olmadığı için acı çekecek; görüntüsüyle yaşayan bütün görüntüsünü kaybedecek; sahip olmak için yaşayanın elinde hiçbir şey kalmayacak, eli boşluğu kavrayacak. Sahip oldukları artık başkalarının olacak. Zincire bağlı bir köpek gibi, dünyada yaşadığı yerlerde dönüp duracak sonsuza kadar. Efendisi olduğu yerlerde sıradan bir dilenci olacak.

"Işık Bahçeleri, hiçbir yere bağlanmadan yaşayanların olacak."

Sustu. Gözleri tekrar kapandı. Sonra vaazına kendi için devam eder gibi, aydınlanan yüzünde dudaklarını oynatmaya koyuldu. Zaman zaman tutarsız bir cümle kaçıyordu ağzından.

"...güneş gözlerini yakmayacak... sen ki başkalarının mutluluğunu seyretmeyi bilirsin... sevgilin bütün kokuları... yaşlanmayan o kadın... tepesi görülmeyen bir piramit... bütün kitapların orada olacak... ve kimsenin yazmadıklarını... kâinatın çağlarını öğreneceksin... öbür dünyadaki Mısır'a doğru gideceksin..."

Müritleri üzerine eğilmiş, bu bölük pörçük sözleri kaydetmeye çalışıyordu. Hepsi yaşamaya başladığı o âna dikmişti gözünü.

Yirminci gün müritlerine gitmelerini emretti. Baskılara maruz kalabilecek bütün erkeklere, bütün genç kadınlara.

Ve son bir gürültü koptu. Kimin fısıldadığı asla anlaşılamayan bir söz dalga dalga yayıldı. Babillinin ağzından çıkmamıştı bu, o sadece şöyle mırıldanmıştı: "Ayrılın, dağılın, bırakın intikam seli geçsin, sonra yeniden ayağa kalkarsınız." Ama müritlerin yaydığı talimat bambaşkaydı: "Mani'nin adını dağa taşa yazalım!"

Kömürle, tebeşirle yazılsın, ama en önemlisi kazınsın. Derin kazınsın, yakıcı harflerle kazınsın ahşaba demire taşa. Dört yol ağızlarındaki dikitlere, şehirlerin duvarlarına, imparatorluğun bütün binalarına, zindanlara, saraylara, kışlalara, bütün ibadethanelere, sayısız eller, kendi dilinde Mani'nin adını yazdı. Aşkla, şevkle, bir daha silinmesin diye.

Uysal insanların korkunç öfkesi böyle oldu. Kızgınlıkları çağlarına, gelecek bin yıllaraydı. Kıskanç tanrılara, kutsal hançerlere. Dört imparatorluğa, dört kasta, ırklara, soya, soyguncu müneccimlere, zalim hükümdarlara.

Öfkeleri ölüme karşıydı. Prangalara karşı. Mani'nin zincirlerine karşı.

* * *

Yirmi altıncı sabah, azabın son perdesi de kapandı. Müritleri yakında işkenceden bahsedeceklerdi, şehitlikten, çarmıha gerilmekten; Mani olsa sadece "sürgün edilmem" derdi.

Başında yalnızca kır saçlı kadınlar kalmıştı. Gözü yaşlı, sessiz, beli bükülmüş, şimdiden yasa girmiş kadınlar. Mani artık kıpırdayamıyor, hırıltıyla nefes alıyordu, ama bakışları canlıydı.

Denag'la göz göze geldi. Denag anladı ve kadınların kulaklarına bir şeyler fısıldadı. Hemen kalktılar. Hemen yüzleri değişti.

İçlerinde Atimar'ın kızı dedikleri biri vardı. Tatlı bir sesle önceden öğrendiği sözleri okumaya koyuldu.

Isı veren soylu Güneş,
Aynı eliyle bizi koruyan gölgeyi de dağıtır
Güneş bayram için salkımları ve bedenleri olgunlaştırır
Sonra kutlayalım diye çekilir
Güneş fanilere özgü aşırılıklarımıza, deliliklerimize gözlerini kapatır
Ve ertesi gün her zamanki iyiliğiyle, cömertliğiyle çıkagelir

Bizden minnet ve itaat bekler sadece
Doğarken soyludur Güneşimiz
Soyludur batarken de…

Atimar bunları söylerken Mani'nin çilesi bitti. En yakınında olan Denag gözlerini kapadı. Sonra dudaklarına son bir hayat öpücüğü kondurdu. Öbür kadınlar da onu izledi.

Babilli astronomların hesabıyla 584 yılının Adar ayının dördüncü günüydü – Hıristiyan takvimine göre 2 Mart 274, bir pazartesi.

O günden beri, Mani'nin çilesi bizimkine karışır.

Sonsöz

Hükümdar, mezarının bir ziyaretgâha dönüşmesinden korkarak Mani'nin bedenini yakınlarına vermedi. Ayrıca cesedini yok etmeden önce, Beth Lapat'ın kapısına asılmasını emretti. Derisi yüzülmüş, çırılçıplak, topal bacağından tanınacak şekilde.

Ama surda asıldığı yer başlı başına bir ziyaretgâh haline geldi. Haberci'nin gölgesinin asla silinmeyeceği dev bir mezar anıtı. Müritleri ölüme kafa tutmak için onu hep "Mani-Hayy", Yaşayan-Mani diye anmaya ant içtiler. Bu iki söz hem yazdıklarında hem dualarında birbiriyle kaynaştı, öyle ki Yunanlılar bunları tek bir kelime gibi duyup "Manikhaios" yazdılar. "Manichaeus", ya da "Manike" diyenler de oldu.

Adı bozulmuş mu oldu böylece?

Keşke bu kadarla kalsaydı!

Birer sanat eseri olan kitaplarından, coşkusundan, hoşgörülü dininden, tutkulu arayışından, insanlar, doğa ve ilahi varlıklar arasındaki ahenk çağrısından geriye hiçbir şey kalmadı. Güzelliği vaaz eden dininden, incelikli gölge-ışık dininden sadece ağzımızdan hakaret gibi dökülen "Manici", "Manicilik" sözleri kaldı. Çünkü Roma'daki, İran'daki bütün engizisyoncular el birliğiyle Mani'yi bozdular, söndürdüler. Belleğimizden bile kovulacak kadar tehlikeli olan tarafı neydi?

"Babil ülkesinden, çığlığım bütün dünyada duyulsun diye geldim", diyordu.

Bin yıl boyunca duyuldu çığlığı. Mısır'da "İsa'nın havarisi" diyorlardı ona; Çin'de "Işığın Budası" diye isim takmışlardı; umudu üç okyanusun kıyılarında yeşeriyordu. Ama hemen sonra kin, hırs boy verdi. Bu dünyanın prensleri onu lanetledi, onlar için "yalancı şeytan"dı o, "kötülük küpü", alaycı dillerinde "manyak"tı; sesi "kalleşçe bir büyü"; çağrısı "iğrenç bir hurafe", "pis bir sapıklık"tı. Sonra odun yığınları girdi devreye, ve yazılarını, resimlerini, en mükemmel müritlerini, adına tükürmeyi reddeden dikbaşlı kadınları aynı karanlık ateşlerde yaktı.

Bu kitap Mani'ye adanmıştır. O hayatını anlatmak istedi. Ya da yalanlarla, unutuşla örülmüş onca yüzyılın ardından seçilebilenleri.